ハヤカワ文庫 FT

〈FT420〉

エレニア記②

水晶の秘術

デイヴィッド・エディングス

嶋田洋一訳

早川書房

5910

THE DIAMOND THRONE

by

David Eddings

Translated by

Yoichi Shimada

Published 2006 in Japan by

HAYAKAWA PUBLISHING, INC.

This book is published in Japan by

arrangement with

RALPH M. VICINANZA, LTD.

through JAPAN UNI AGENCY, INC., TOKYO.

目次

ペロス海
ゼモック海
メージュク川
メージュク
アパリア
アリス川
エノタ
ドロカ
アーカ
メージュク湾
ヴィレタ
ゼモック
アーカ川
ペロシア国
ヴェンネ
タリス川
パレル
ヴェンネ湖
ヴェルドス
アルバク
アエラ川
アグナク
ランデラ
ヴラーデン
ランデラ湖
フォラカク
カネアス
ゼモック国
ガナ・ドリト
ラモーカンド国
ラモーカ
ベラク
ラモーク湖
ドアール川
スンダ
ガンダ
モテラ
ダク川
クドゥ川
カドゥム
エブラシュ
カダク
ヴェッラ
カモリア湖
ヴェッラ湖
カレロス
オナド
ハルガ
アルネク
カモリア
外の海
レブロス川
ゲラス川
カム川
ボラッタ
サリン川
カモリア国
ゼンガ
ランドクス
マデル
レブロス
ミラスカム
サリニウム
ザハール
イオシア大陸
内の海
キップリア
国境
街道
道路と航路
マイル 25 50 75 100 200 300 400 500
リーグ 8 17 25 33 67 100 133 167

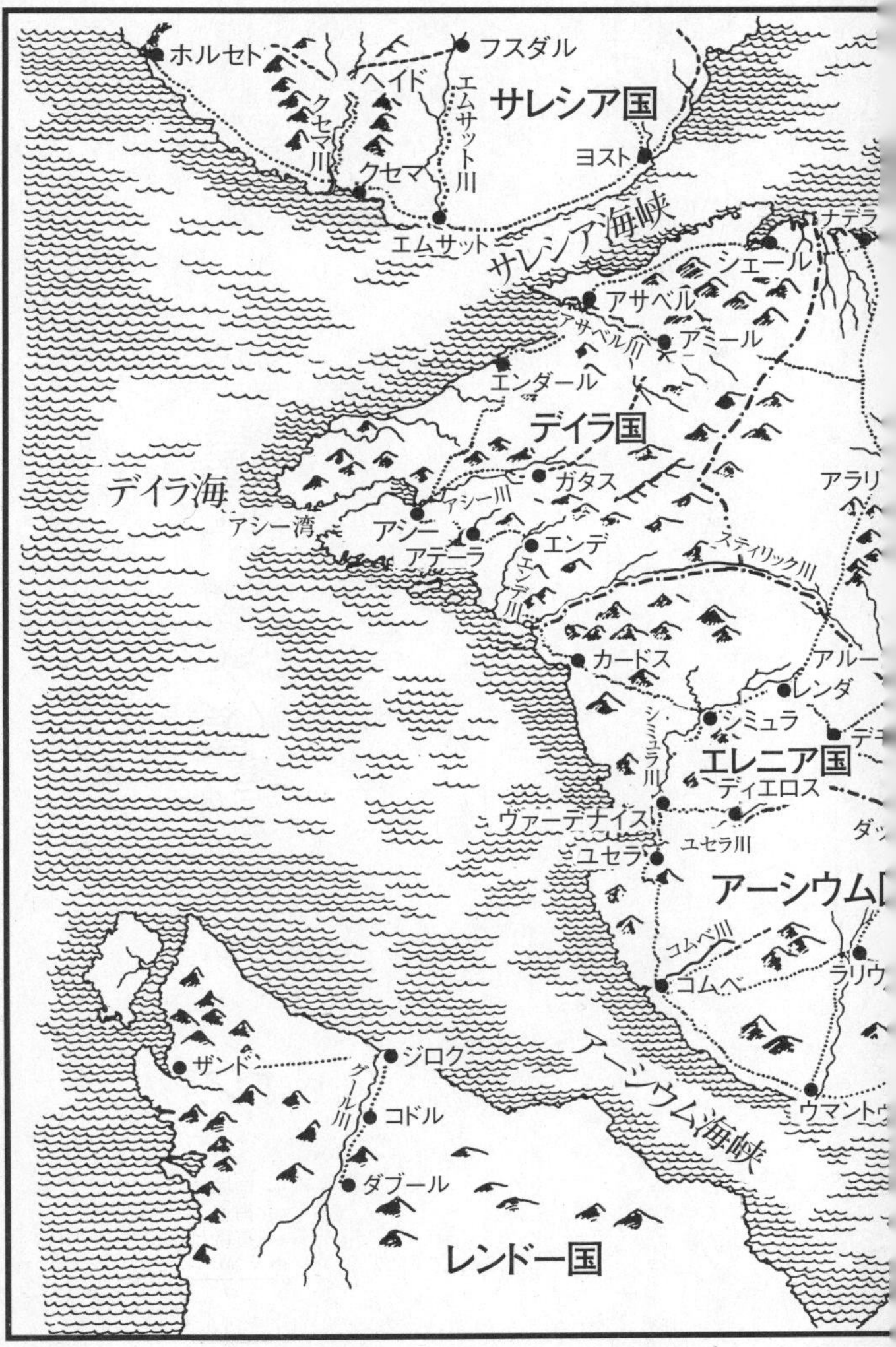
ホルセト
フスダル
ヘイド
クセマ川
エムサット川
サレシア国
ヨスト
クセマ
エムサット
サレシア海峡
シェール
アサベル
アサベル川
アミール
エンダール
デイラ国
ガタス
デイラ海
アシー川
アシー湾
アシー
アデーラ
エンデ
エンデ川
スティリック川
カードス
レンダ
シミュラ
シミュラ川
エレニア国
ディエロス
ヴァーデナイス
ユセラ川
ユセラ
コムベ川
コムベ
アーシウム海峡
ジロク
ザンド
グール川
コドル
ダブール
レンドー国

水晶の秘術

登場人物

スパーホーク…………エレニア国のパンディオン騎士。エラナ女王の擁護者
ヴァニオン……………パンディオン騎士団長
カルテン………………パンディオン騎士。スパーホークの幼馴染
ベリット………………パンディオン騎士見習い
エラナ…………………エレニア国の女王
アルドレアス…………今は亡き前国王。エラナの父
アリッサ………………アルドレアスの妹。エレニア国の王女
リチアス………………エレニア国の摂政の宮
アニアス………………シミュラの司教
セフレーニア…………パンディオン騎士の教母。スティリクム人
タレン…………………シミュラの盗賊の少年
フルート………………スティリクム人の謎の少女
クリク…………………スパーホークの従士
アブリエル……………アーシウム国のシリニック騎士団長
ドレゴス………………アーシウム国王
ダレロン………………デイラ国のアルシオン騎士団長
オブラー………………デイラ国王
コミエー………………サレシア国のジェニディアン騎士団長
ウォーガン……………サレシア国王
オサ……………………ゼモック国の皇帝
クラヴォナス…………総大司教
ドルマント……………大司教
マーテル………………元パンディオン騎士
クレイガー、アダス…………マーテルの部下

第二部　カレロス（承前）

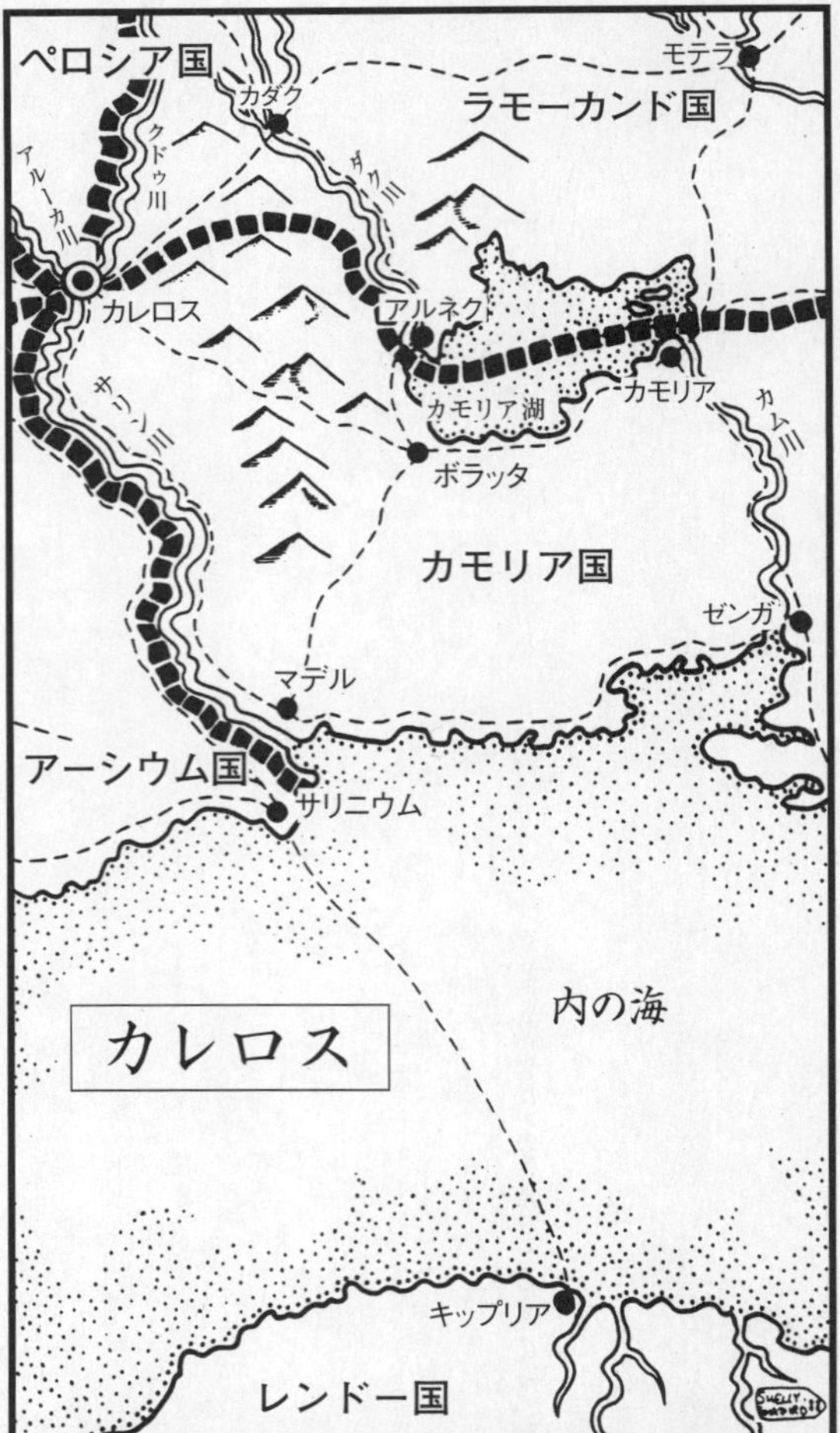
ペロシア国
カダク
ラモーカンド国
モテラ
クドゥ川
アルーカ川
ダグ川
カレロス
アルネクト
カモリア
カモリア湖
サリン川
カム川
ボラッタ
カモリア国
ゼンガ
マデル
アーシウム国
サリニウム
内の海
カレロス
キップリア
レンドー国

13

スパークホークが騎士館に帰ってきたのは昼近くだった。人通りの多い聖都の通りにゆっくりと駒《こま》を進めながら、周囲の群集にはほとんど注意を払っていない様子だ。クラヴォナス総大司教の老いた姿に、スパークホークは悲しみを禁じ得なかった。噂は聞いていたといっても、実際に老人の様子を目にしてみると、その衝撃は決して小さなものではなかった。

重厚な門の前で馬を止め、機械的に入館のための手順を踏む。中庭ではカルテンが待っていた。

「それで、どうだった」

スパークホークは疲れた様子で馬を下り、兜《かぶと》をはずした。

「果たして何人の心を変えさせることができたものか。アニアスを支持していた大司教は、今もやはりアニアスの味方だ。その男に敵対していた人たちは、引き続きこちらの味方だ。中立を保っていた人々は、やはりまだ態度を決めかねている」

「じゃあ時間の無駄だったのか」

「そうとまでは言えないだろう。これでアニアスが投票で勝つのは、多少なりとも難しくなったはずだ」

「白状しちまえよ、スパーホーク」カルテンは友人の顔を間近から覗《のぞ》きこんだ。「元気がないじゃないか。本当は何があった」

「クラヴォナスがいた」

「そりゃ驚きだな。どんな様子だった」

「ひどいものだ」

「八十五歳なんだぞ、スパーホーク。溌剌《はつらつ》としていないからって、がっかりすることはない。人間は老いぼれるものなんだ」

「心を失っていたんだよ、カルテン」スパーホークは悲しそうに言った。「まるで子供だった。ドルマントに言わせれば、もう長くはない」

「そんなに悪いのか」

スパーホークはうなずいた。

「だとすると、急いでボラッタへ行って帰ってくる必要があるな」

「大至急だ」

「先に出発して、ほかの騎士団の仲間にはあとから追いついてもらうってことはできないかな」

「そうできればいいんだが。玉座の間に独りで座っているエラナのことを思うとな。だがそうもいかんだろう。四騎士団が一体のところを見せるべきだというコミエーの指摘は当を得ているし、各騎士団のあいだの関係はいささか微妙だ。先に出発して、妙な敵意を掻《か》き立てたくない」

「アリッサのことは誰かに話したのか」

スパーホークはうなずいた。

「ヴァーデナイスの大司教がやってくれることになった」

「じゃあ、まったくの無駄ってわけじゃなかったんだな」

スパーホークはうめくような声を上げた。

「早くこいつを脱いで着替えたいもんだ」そう言って、籠手《こて》で甲冑《かっちゅう》の胸を叩く。

「ファランの鞍をはずしといてやろうか」

「いや、すぐにまた出かける。セフレーニアはどこだ」

「自分の部屋だと思うが」

「誰かに言って、セフレーニアの馬に鞍をつけさせてくれ」

「出かけるのか」

「たぶんな」スパーホークは階段を上って騎士館に入った。

セフレーニアの部屋のドアにノックがあったのは、それから十五分ほどしてからのことだった。スパーホークは重い甲冑を脱ぎ、鎖帷子《くさりかたびら》の上に特徴のない灰色のマントをまとっていた。地位や騎士団を示す紋章はどこにもついていない。

「わたしです、セフレーニア」スパーホークはドア越しに声をかけた。

「お入りなさい」

スパーホークはドアを開け、静かに中に入った。

セフレーニアは大きな椅子に腰をおろし、フルートを膝《ひざ》に抱いていた。少女は満足そうに小さな笑みを浮かべて眠っていた。

「大聖堂では、うまくいきましたか」

「何とも言えませんね。聖職者というのは感情を隠すのがうまくて。昨日カルテンと調べていた、カレロスに流れこんでいるスティリクム人のこと、何かわかりましたか」

セフレーニアはうなずいた。

「あの者たちは東門に近い地区に集中しています。あのあたりのどこかに家があって、そこがいわば根城になっているようです。はっきりと場所を突き止めるには至りませんでしたが」

「ちょっと出かけて、探してみませんか。何かやっていないとどうも不安で」

「不安？　石の男スパーホークがですか」

「苛立《いらだ》ちと言ってもいいかな。早くボラッタへ出発したいんです」

教母はうなずいた。軽々とフルートを抱えて立ち上がり、少女をベッドに寝かせると、そっと灰色の毛布をかけてやる。フルートは一瞬だけ目を開いたが、微笑むとまた眠りに戻った。セフレーニアは小さな顔にロづけし、スパーホークに向き直った。

「では、行きましょうか」

「ずいぶんとあの子が気に入っているようですね」中庭に通じる通路を歩きながら、スパーホークが言った。

「もう少し深い意味のあることです。いずれあなたにもわかるでしょう」

「そのスティリクム人の家ですが、どこにあるか見当はつきますか」

「東門の近くに店があって、そこの主人がスティリクム人にかなりの量の肉を売っています。それを運んだ店員に聞けば、場所がわかるでしょう」

「どうして昨日行ったとき尋ねなかったんです」

「その人は休んでいました」

「今日は出ているだろうと？」

「行ってみる価値はあります」

スパーホークは足を止め、まっすぐにセフレーニアを見つめた。

「あなたが隠している秘密に踏みこむつもりはありませんが、普通の田舎のスティリクム人とゼモック人の違いは、見てわかるものなのですか」

「わかります。向こうがわざと正体を隠そうとしていない限りは」

中庭に出ると、カルテンがファランとセフレーニアの白い乗用馬を連れて待っていた。金髪の騎士の顔には怒りの表情があった。

「おまえの馬に噛《か》まれた」責めるような口調だ。

「背中を見せちゃだめだってことくらい知ってるだろう。血が出たか」

「いいや」

「じゃあちょっと遊んだだけだ。気に入られてるんだよ」

「ありがたいね。おれも行こうか」

「いや、できれば目立ちたくない。おまえはそういう場合に問題がある」

「おまえの魅力には、ときどきわれを忘れそうになるぜ」

「真実を語ると誓った身だからな」スパーホークは手を貸してセフレーニアを馬に乗せ、自分もファランにまたがった。「暗くなる前に戻る」

「おれに気をつかって早く帰らなくてもいいからな」

スパーホークは小柄なスティリクム人の教母の先に立って門を抜け、その先の路地に出た。

「あの人は何でも冗談にしてしまうようですね」セフレーニアが言った。

「まあ、たいていの場合は。子供のころから世界を笑い飛ばしていました。そこが気に入っているんです。わたしのものの見方はちょっと殺伐としたところがあるので、ああいうのがいてくれると助かります」

二人は人であふれたカレロスの街路を馬で進んでいった。地元の人々は聖職者のような黒い衣に身を包み、一方で外来者の華やかな服装はこれと対照をなしている。中でもカモリアからやってきた人々は、ひときわ色鮮やかな衣装で異彩をはなっていた。カモリアの伝統的な絹の衣装は時が経っても色が褪《あ》せず、いつまでも鮮やかな赤や緑や青のままなのだ。

セフレーニアが赴いた市場は騎士館から少し離れていて、そこへ着くまでに四十五分ほどかかった。

「どうやってその店を見つけたんです」スパーホークが尋ねた。

「スティリクム人の食事にはある重要な材料が欠かせません。エレネ人はあまり食べないものですけれどね」

「店員は肉を運んだとおっしゃいませんでしたか」

「山羊ですよ。エレネ人はあまり好まないようですが」

スパーホークは身震いした。

「偏狭ですね、牛から取ったものしか口にしないというのは」セフレーニアはさらりと言ってのけた。

「あなただって牛のほうが慣れているでしょうに」

「店にはわたしが独りで行ったほうがいいでしょう。あなたは時として威圧的になりすぎますからね。店員から配達先を聞きたいのですが、あなたが脅してしまったら聞けなくなってしまいます。馬を見ていてくださいな」

セフレーニアは騎士に手綱を渡し、市場の中を横切っていった。スパーホークが見ていると、混み合った広場の向こうで血に汚れた帆布のスモックを着たむさくるしい男に話しかけている。やがて教母が戻ってくると、スパーホークは馬から下りて手を貸し、セフレーニアはふたたび馬上の人となった。

「場所はわかりましたか」

セフレーニアはうなずいた。

「そう遠くではありません。東門の近くです」

「見にいきましょう」

駒を進めはじめたスパーホークは、われにもあらず衝動的になって、急にセフレーニアの手を取った。

「愛していますよ、小さき母上」

「ええ、わかっています」セフレーニアは落ち着き払って答えた。「でもそう口にしてくれるのは嬉しいもの」そう言って浮かべた微笑みは、どこかフルートの茶目っ気のある笑みを思わせた。「一つ教えてあげましょう、スパーホーク。女を相手にしているとき、あまり何度も〝愛している〟と言ってはいけません」

「覚えておきます。エレネ人の女でも同じですか」

「女なら誰でも同じですよ。性というのは、人種よりもはるかに重要な特性です」

「肝に銘じておきます」

「また中世の詩を読みはじめたのですか」

「はい？」

二人は市場を横切り、東門に近い貧しげな一角に馬を進めた。シミュラの貧民窟《ひんみんくつ》というほどではないが、聖都もこのあたりでは、大聖堂の周辺に比べてかなりうらぶれた雰囲気がある。その理由の一つには、色彩の乏しさがあった。道を歩く人々の服装はどれもくすんだ色合いで、ごくわずかな商人たちも、色褪せ擦り切れた服に身を包んでいた。もっともそこは商人だけに、繁盛しているかいないかに関わりなく、本能的に自分を大物に見せようとしているようだ。と、通りのずっと先のほうに小柄な人影が見えた。ごわごわした無漂白の、手織りのスモックを身につけている。

「スティリクム人だ」

セフレーニアはうなずいて白いローブのフードを引き上げ、顔を隠した。スパーホークは背筋を伸ばし、重要人物の使用人がよく見せる、いかにも傲慢《ごうまん》そうな表情を装った。スティリクム人は脇に寄って道をあけたが、とくに二人に注目してはいなかった。この人種ではごく普通の、黒に近い濃い色の髪と白っぽい肌をしている。狭い通りを往き来するエレネ人に比べると背が低く、顔の骨格に特徴があった。どこかまだ未完成という印象があるのだ。

「ゼモック人ですか」じゅうぶんに離れてからスパーホークが尋ねた。

「どちらとも言えません」

「呪文で正体を隠しているのでしょうか」

セフレーニアはどうしようもないと言いたげに両手を広げた。

「それを知る手だてはないのですよ。次の食事をどうするかということしか頭にない、森から出てきたばかりのスティリクム人かもしれない。正体を見破られないように田舎者のふりをしている、きわめて巧妙な魔術師なのかもしれない」

スパーホークは小さく悪態をついた。

「思ったほど簡単ではないようですね。とにかく先へ進んで、何が出てくるか見てみましょう」

目指す家はどこにも通じていない短い路地のいちばん奥、つまり袋小路の行き止まりにあった。

「姿を見られずに見張るのは難しそうですね」路地の入口を通り過ぎてからスパーホークが言った。

「そうでもないでしょう」セフレーニアは乗用馬の手綱を引いた。「まずあの角の店の主人と話をする必要があります」

「何か買うんですか」

「そういうわけではありません。おいでなさい」セフレーニアは鞍から滑り下り、目指す店の外の杭《くい》に神経質な馬の手綱を結びつけた。すばやくあたりを見まわして、「大きな軍馬が隣にいれば、わたしのかわいいチエルを盗もうとする人も手を出しにくいものでしょうか」

「言い聞かせておきましょう」

「そうしてくれますか」

スパーホークは無骨な荒馬に声をかけた。

「ファラン、ここにいて、セフレーニアの馬を守ってやれ」

ファランは熱心に耳を前に向けると、一声いなないた。

「ばか。しっかり頼んだぞ」

ファランはスパーホークの耳のわずか手前で、噛みつこうとするかのように歯を鳴らした。

「いい子だ」スパーホークがつぶやく。

店の中には安っぽい家具がところ狭しと並べられていた。セフレーニアは奇妙なほどへりくだった態度で店主に話しかけた。声までが普段とは違っている。

「ご主人、わたしたちはペロシア国のさる貴族にお仕えする者です。主人は聖都カレロスに魂の慰めを求めてやってきたのですが」

「スティリクム人はお断わりだよ。それでなくてもこの街にゃ、おまえら薄汚ない異教徒があふれ返ってるんだ」店主は乱暴な口調で答え、セフレーニアを睨《にら》みつけた。心底から嫌悪の表情を浮かべ、魔法除けの仕草をくり返している。もっともその仕草にはまったく何の効力もないことをスパーホークは承知していた。

「やい、この小商人《こあきんど》が」大男の騎士はペロシアふうの発音で相手を怒鳴りつけた。「つけ上がるんじゃねえぞ。おめえが頑迷固陋《がんめいころう》なのは勝手だが、だからってご主人の奥様とおれを粗略に扱いやがると、ただじゃおかねえからな」

店主は震え上がった。「どうして――」

スパーホークは安物のテーブルの天板を拳《こぶし》の一撃で粉砕した。それから店主の襟首をつかむと、目と目が同じ高さになるまでその身体を引きずり上げた。

「おわかりいただけたよな」ささやくような、それでいてどすの利いた声だ。

「ご親切なご主人、わたしたちが欲しいのは、街路に面した眺めのいい部屋です。主人は人の流れの移ろうさまを見るのが好きなので」セフレーニアはなかば目を伏せた。

「この建物の上の階に、そんな部屋がございますでしょうか」

店主は心の葛藤《かっとう》をありありと表に出しながら、それでも二階に通じる階段に向かった。

上の部屋はどれもみすぼらしかった。鼠穴《ねずみあな》と言ってもいいくらいだ。壁は過去の一時期に塗装されていたこともあるようだが、今や黄緑色の塗料ははがれ、細長く垂れ下がっている。しかしスパーホークもセフレーニアも、塗装になど関心はなかった。二人の目はただ一ヵ所、主室の正面にある汚れた窓だけを見ていた。

「ほかにも部屋はあるんです、奥様」店主はだいぶへりくだった態度になっていた。

「あとは勝手に見せていただきます、ご親切なご主人」セフレーニアはわずかに首をかしげた。「あの足音、お客様ではないのかしら」

店主は瞬きすると、急いで階下へと降りていった。

「窓からあの家が見えますか」セフレーニアが尋ねる。

「ガラスが汚なくて」スパーホークは灰色のマントのすそで埃《ほこり》と汚れをぬぐおうとした。

「だめです」鋭い声がそれを制止した。「スティリクム人の目をあなどってはいけません」

「わかりました。このまま覗いてみます。エレネ人の目もあなどらないでもらいたいですね」騎士は教母に顔を向けた。「外出すると、いつもあんなことが？」

「ええ。普通のエレネ人は普通のスティリクム人ほど頭が切れません。いずれにしろ、どちらも願い下げですけれど。蟇蛙《ひきがえる》と話したほうがまだましです」

「蟇蛙と話ができるのですか」スパーホークはちょっと驚いて尋ねた。

「どこに耳を傾けるべきかを知っていればね。あまり面白い話は期待できませんけれど」

袋小路の奥の家にはこれといった特徴は見当たらなかった。下の階は野石を積み上げて適当にモルタルで固定し、二階はざっと表面を削って四角くした材木で造られている。しかしどことなく周囲の家々との調和が感じられなかった。何か一軒だけ孤立しているような印象がある。やがてこの種族ではごく普通に用いられている粗織りの毛のスモックを着たスティリクム人が一人、路地を歩いてその家に近づいてきた。男はこっそり周囲を見まわすと、家の中に入った。

「どうです」とスパーホーク。

「何とも言えませんね。街路で見かけた男と同じです。見かけどおりか、優れた術者か」

「しばらくかかりそうですね」

「わたしが考えているとおりなら、暗くなればわかります」セフレーニアは窓の前に椅子を引っ張ってきた。

それから数時間のあいだに、かなりの人数のスティリクム人がその家に入っていった。西の地平線にかかった黒っぽい厚い雲の陰に太陽が隠れると、やってくる人数はさらに多くなった。明るい黄色の絹のローブを着たカモリア人が一人、こっそりと袋小路に入って、すぐに家の中に姿を消した。磨き上げた鋼鉄の胸当てをつけてブーツをはいたラモーク人が一人、クロスボウで武装した二人の連れとともに威張りくさった態度でドアに近づき、やはりすばやく中に招じ入れられた。やがて冷たい冬の夕暮れがカレロスを包みはじめるころ、紫色のローブをまとった女性が、よくペロシア人の使う革鎧《かわよろい》に身を固めた男を従えてやってきた。女は短い袋小路を途中まで、ぎくしゃくした無関心そうな足取りで歩いていった。目は無表情で動きはぎこちないが、その顔にはとてつもない恍惚《こうこつ》の表情が浮かんでいた。

「スティリクム人の家にしては妙な客ですね」セフレーニアが言った。

スパーホークはうなずいて、暗くなってきた部屋の中を見まわした。

「明かりをつけましょうか」

「いえ、ここにいるのを見られないほうがいいでしょう。あの袋小路は建物の上の階から見張られているはずです」セフレーニアはスパーホークのほうに身を寄せた。髪から立ち昇る木の香りが騎士の鼻孔をくすぐる。「でも手を握っていてください。ある理由から、わたしは闇が恐いのです」

「いいですとも」スパーホークは教母の小さな手を自分の大きな手で包んだ。二人はそのままさらに十五分ほど、だんだんと暗くなる街路の監視を続けた。

と、セフレーニアが苦しそうに小さく声を上げた。

「どうしました」スパーホークが緊張して尋ねる。

セフレーニアはすぐには何も答えず、立ち上がると掌《てのひら》を上に向けて両手を頭上に差し上げた。

実体のないぼんやりした影のようなものが教母の前に現われた。大きく広げた籠手をつけた両手のあいだに、かすかな輝きが見える。影はゆっくりとその銀色の輝きを差し出した。輝きが一瞬明るさを増し、凝固して実体となる。それと同時に影は消え失せた。セフレーニアは不思議な悲しみを感じさせる細長いものを手にしたまま椅子に座りこんだ。

「どういうことなんです、セフレーニア」スパーホークが尋ねる。

「十二騎士がまた一人斃《たお》れました」うめくような声だ。「これはその人の剣、わたしの新たな重荷です」

「ヴァニオンですか」スパーホークは不安のあまり息の詰まりそうな声で尋ねた。

セフレーニアは指で剣の柄頭《つかがしら》をまさぐり、闇の中で紋章を確かめた。

「違います。ラークスです」

スパーホークは悲嘆に身をよじった。ラークスは年配のパンディオン騎士で、まっ白な髪といかつい容貌をし、スパーホークの年代の者たちからは師とも友とも慕われていた。

セフレーニアは甲冑に覆われたスパーホークの肩に顔を埋め、さめざめと涙を流した。

「わたしはあれがまだ子供だったころから、よく知っていました」

「とりあえず騎士館へ戻りましょう。見張りはまたの日にして」

スパーホークの提案にセフレーニアは顔を上げ、片手で目元をぬぐった。

「いいえ、だめです。今夜あそこで何かが起きようとしている。今日を逃せば、またしばらくは起きないようなことが」

それに答えようとしたとき、スパーホークは両耳のうしろに妙な圧迫感を感じた。まるで誰かが掌底《しょうてい》を後頭部に当てて、強く押しでもしたかのようだ。セフレーニアがさっと身を乗り出した。

「アザシュ！」

「何ですって」

「アザシュの精霊を召喚しています」その声にはすさまじい緊張が感じられた。

「じゃあ、これで決まりですね」スパーホークは立ち上がろうとした。

「座りなさい。まだ終わっていません」

「さほどの人数ではないでしょう」

「路地を突っ切って中に押し入り、その場にいる者たちを斬り刻んだとして、何がわかります。座りなさい。見守るのです」

「これはわたしの義務なんですよ、セフレーニア。誓いの言葉にあるんです。五百年前からの誓いですよ」

「誓いなどどうでもいい。もっと重要なことです」

厳しい声で言われてスパーホークは椅子に腰をおろした。戸惑いと不安が胸にわだかまっている。

「やつらは何をしてるんです」

「言ったでしょう。アザシュの精霊を召喚しています。ゼモック人であることは、これで確実です」

「エレネ人もいたでしょう。カモリア人に、ラモーク人に、ペロシア人の女性が。そいつらは何のために」

「指示を受けているのだと思います。ゼモック人は何かを探りにきたのではなく、伝えにきたのです。ことは重大ですよ、スパーホーク。あなたには想像もつかないくらい、決定的に重大です」

「どうすればいいんです」

「今のところは何もできません。ここに座って、見守るだけです」

スパーホークはまたしても頭蓋骨《ずがいこつ》の底部に圧迫感を感じた。と、小さな炎が身体じゅうの血管を駆けめぐるような感覚が襲ってきた。

「アザシュが召喚に応じました」セフレーニアが静かにつぶやく。「静かに座って、ともに心を中立に保つのです。アザシュは自分に向けられた敵意を察知します」

「どうしてエレネ人がアザシュを信仰するんでしょう」

「アザシュを信仰することで得られる見返りのためでしょう。古き神々は気前よく見返りをはずみますから――その気になったときには」

「魂を失っても引き合う見返りというのは、いったい何なんです」

セフレーニアは肩をすくめた。深まりゆく闇の中で、その仕草はかろうじて見分けられる程度だった。

「長寿でしょうね、たぶん。それに富、権力――女の場合なら、美貌。ほかのものということもあります。考えたくもないようなもの。アザシュは歪《ゆが》んだ心の持ち主で、それを信仰する者たちの心もたちまち歪められてしまいます」

下の通りの敷石にがたがたと音がして、松明《たいまつ》を手にした作業員が手押し車を押しながら現われた。作業員は手押し車から点火していない松明を取り、階下の店の外壁に取り付けられた鉄の輪にそれをはめこむと、自分の松明で火をつけ、がたがたと去っていった。

「よかった。これで出てくる者たちの姿を見ることができます」

「さっき見たてではないですか」

「前とは変わっていると思いますよ」

スティリクム人の家の戸が開き、絹のローブを着たカモリア人が現われた。松明の光の中を通るときに見えたその顔は青ざめ、大きく見開かれた目には恐怖の色があった。

「あの者はもう戻ってこないでしょう」セフレーニアが小声でささやいた。「たぶん残る一生を、あえて闇の中へ踏みこもうとしたのを悔やみながら過ごすことになります」

ややあって、ブーツをはいたラモーク人が通りに出てきた。目をぎらぎらさせて、顔は残虐な表情に歪んでいる。クロスボウを持った二人が無表情にあとに続いた。

「失われてしまった」セフレーニアはため息をついた。

「何です?」

「あのラモーク人は失われました。アザシュのものになってしまったのです」

続いてペロシア人の女性が家から出てきた。紫のローブはだらしなく前が開いており、その下は全裸だった。女が光の輪の中に入ると、その目がぎらぎらと輝き、裸体に血が飛び散っているのがわかった。大柄なお供の男は何とかローブの前を合わせようとしたが、女はその手を払いのけ、恥ずかしげもなく肌をさらして街路を歩いていった。

「あの者は失われただけではない。危険な存在です。アザシュから力を与えられている」セフレーニアは顔をしかめた。「追いかけていって、殺すしかありませんね」

「わたしに女性は殺せませんよ、セフレーニア」

「あれはもう女ですらありません。首を刎《は》ねるしかないでしょう。カレロスでは騒ぎになるでしょうね」

「何をするですって」

「首を刎ねるのです。確実に殺すにはそれしかありません。見るものはもうじゅうぶんに見ました。騎士館へ帰って、ナシャンと話し合いましょう。明日はこのことをドルマントに報告しようと思います。教会ならこの種のことに対応できるでしょうから」セフレーニアは立ち上がった。

「その剣はわたしが持ちましょう」

「いいえ、スパーホーク、これはわたしの負うべき荷です。わたしが持っていきます」

教母はラークスの剣をローブの下に隠すと、先に立ってドアに向かった。

階下に降りると帳場の陰から店主がもみ手をして近づいてきた。

「いかがです。部屋をお借りになりますか」

「まったく不適当です」セフレーニアは鼻を鳴らして見せた。「主人の犬をこのような場所には置けません」その顔は青ざめ、身体は目に見えるほど震えている。

「ですが――」

「いいからドアを開けなよ。おれたちは帰るんだから」

「じゃあ、どうしてこんなに時間がかかったんです」

スパーホークは冷たい目でじっと店主を見つめた。店主はごくりと生唾《なまつば》を飲み、短衣《チユニツク》の隠しを探って鍵を取り出しながらドアに向かった。

外に出ると、ファランがセフレーニアの乗用馬を守るように立ちはだかっていた。蹄《ひづめ》の下には荒っぽくむしり取られた衣服の切れ端が落ちていた。

「何かあったか」スパーホークが尋ねると、ファランは嘲笑するように鼻を鳴らした。

「わかった」

「どういうことですか」スパーホークの手を借りて鞍によじ登りながら、セフレーニアが注意深く尋ねた。

「誰かがあなたの馬を盗もうとしたので、ファランがやめさせたんですよ」

「本当に馬と話ができるのですか」

「考えていることは大体わかります。長いこといっしょにやってきましたから」スパーホークは鞍に飛び乗り、二人はパンディオン騎士館のほうへと馬を進めていった。

半マイルほど進んだとき、スパーホークは殺気を感じ、即座にファランの肩で白い乗用馬を押しやった。白い馬がよろめいたその刹那《せつな》、それまでセフレーニアの身体があった空間をクロスボウの矢がうなりを上げて疾《はし》り抜けた。

「逃げろ、セフレーニア！」スパーホークが叫ぶのと、矢が石造りの家の壁にぶつかって音を立てるのとが同時だった。剣を引き抜きざま振り返る。セフレーニアはもう馬の腹を踵《かかと》で蹴って、蹄の音を響かせながら疾駆《ギャロップ》で街路を駆けだしていた。スパーホークは自分の身体を盾にしてすぐあとに続いた。

いくつかの街路を駆け抜けて、ようやくセフレーニアが馬の速度を落とした。

「相手を見ましたか」教母はラークスの剣を抜いて片手に握っていた。

「見るまでもありません。クロスボウを使うのはラモーク人です。ほかの者は使いません」

「スティリクム人の家にいた、あの男でしょうか」

「たぶんそうでしょう。最近別のラモーク人の恨みを買った覚えがないのでしたら。アザシュかゼモック人があなたの存在を感じとっていたということは考えられますか」

「あり得ますね。古き神々の力がどこまで及ぶのか、はっきりしたことは誰にもわかりません。どうしてねらわれているとわかったのです」

「訓練の賜物でしょう。自分に武器を向けられると、何となくわかるんです」

「わたしをねらっていたようでしたが」

「同じことですよ、セフレーニア」

「とにかく、敵は失敗しました」

「今回はね。ナシャンに言って、あなた用の甲冑を用意させなくては」

「ばかを言わないで。あんな重いものを着たら立つこともできませんよ。それに、あのひどいにおい」

「背中に矢を突き立てられるよりはましでしょう」

「問題外です」

「いずれわかりますよ。剣を収めて、行きましょう。休息が必要です。誰かがまた矢を射かけてくる前に、安全な騎士館の中へお連れしたい」

14

翌日の昼前、サー・ベヴィエがカレロスのパンディオン騎士館の門前に到着した。サー・ベヴィエはアーシウムのシリニック騎士団から派遣された騎士だった。正装の甲冑《かっちゅう》は磨き上げられて銀色に輝き、外衣《サーコート》は白、兜《かぶと》には面頬《めんぼお》がなく、頑丈な頬当《ほおあ》てと鼻当てがついている。中庭で馬を下り、鞍に盾とロッホアーバー斧《おの》を引っかけて兜を脱いだベヴィエは、まだ若い痩身《そうしん》の騎士だった。肌はオリーブ色で、青みがかった黒い髪にはカールがかかっている。

やや儀式ばった格好で、スパーホークとカルテンを引き連れたナシャンが騎士館の階段を下り、ベヴィエに挨拶《あいさつ》した。

「おいでいただき光栄です、サー・ベヴィエ」

ベヴィエは几帳面《きちょうめん》に頭を下げた。

「わが騎士団長から、ご挨拶の言葉をお伝えしてくれとのことでした」

「ありがとう、サー・ベヴィエ」ナシャンは若い騎士の几帳面さにちょっと面食らっているようだった。

「サー・スパーホーク」ベヴィエはまたしても頭を下げた。

「前に会ったことがあったかな、ベヴィエ」

「騎士団長から詳しく聞いてきました。あなたのことも、サー・カルテン。ほかの方たちはまだですか」

スパーホークはうなずいた。「きみが一番乗りだ」

「中へどうぞ、サー・ベヴィエ」ナシャンが言った。「部屋を用意してあるから、甲冑を脱いでしまうといい。すぐに温かい食事を言いつけよう」

「もしよろしければ、まず聖堂に案内していただけませんか。ここ数日ずっと旅をしてきたので、神聖な場所での祈りが不足しているのです」

「もちろんだとも」とナシャン。

「馬の面倒は見ておこう」スパーホークが言った。

「ありがとうございます、サー・スパーホーク」ベヴィエはもう一度頭を下げてから、ナシャンのあとについて階段を上っていった。

「愉快な旅の仲間になりそうだなあ」カルテンが皮肉っぽく言う。

「慣れてくれれば柔らかくなるさ」

「そう願いたいね。シリニック騎士団は堅いのが多いとは聞いてたが、あいつは極端すぎる」カルテンは好奇心をあらわにして、ロッホアーバー斧を鞍からはずした。「こんなものを人間に向かって使えるもんかね」その武器は長い柄の先に二本脚の斧を付け、さらにその先に鷹《たか》の嘴《くちばし》のような鋭い鉤《かぎ》を取り付けたものだった。柄は頑丈で重く、四フィートほどの長さがある。「これなら牡蠣《かき》の殻を剝《む》くみたいに、人間を甲冑の中から叩き出せるぜ」

「そのための武器なんだろう。なかなか威圧的じゃないか。いいから放っておけよ、カルテン。他人のおもちゃに手を出すものじゃない」

サー・ベヴィエはお祈りを済ませて甲冑から平服に着替え、ナシャンの豪華な書斎で一同と合流した。

「使用人が何か食べるものはお出ししたかな」ナシャンが尋ねた。

「それには及びません。お許しいただけるなら、みなさんとごいっしょに食堂で昼食をいただきたいと思います」

「もちろん大歓迎だよ、ベヴィエ」

スパーホークはベヴィエにセフレーニアを紹介した。若い騎士は深々と頭を下げた。

「お名前はよく耳にしております。われわれにスティリクムの秘儀を教えてくれている教師たちが、とても高く評価しておりましたので」

「どうもありがとう、騎士殿。でもわたしの技量は年齢と訓練の賜物であって、特別な美徳のせいではないのですよ」

「年齢ですか。それはどんなものでしょう。あなたはわたしよりさほど年上には見えませんし、わたしはあと数カ月でやっと三十になるところです。あなたの頬にはまだまだ若々しさが感じられますし、瞳の輝きはわたしを圧倒しそうです」

セフレーニアは温かい笑みをベヴィエに向け、スパーホークとカルテンをじろりと睨《にら》んだ。

「あなたがた二人も見習ってはどうですか。多少のお世辞を言うくらい、苦にはならないでしょうに」

「社交辞令は苦手なんですよ、小さき母上」カルテンが告白する。

「だろうと思いました。フルート」セフレーニアはいささかうんざりした調子で少女に声をかけた。「本に触ってはいけないと、何度言ったらわかるのです」

数日たってサー・ティニアンとサー・アラスがいっしょにやってきた。ティニアンはエレニア国の北に位置するディラ国から来た、陽気なアルシオン騎士団員だった。幅広の丸顔は開けっぴろげで、人懐っこい。世界一重量のあるディラの甲冑を長年にわたって身につけているために、肩と胸の筋肉はすさまじく強靭《きょうじん》だった。巨大な甲冑の上には空色の外衣《サーコート》をまとっている。もう一人のアラスは巨漢のジェニディアン騎士で、スパーホークよりも頭一つ背が高かった。全身を覆う甲冑のかわりに簡便な鎖帷子《くさりかたびら》を着て、頭部だけを覆う三角兜をかぶっている。鎖帷子の上には緑の外衣《サーコート》をまとっていた。大型の丸盾を持ち、重い戦斧《バトルアックス》を手にしている。アラスは寡黙で控え目な男で、口を開くことはめったになかった。金髪を二本の束に編んで背中に垂らしていた。

「おはようございます、お二人さん」騎士館の中庭で馬を下りたティニアンがスパーホークとカルテンに挨拶した。「あなたがサー・スパーホークですね。鼻を折ったことがあるらしいとうちの騎士団長が言ってましたから」ティニアンは朗らかな笑みを浮かべた。「まあどうってことはないですよ。あなたみたいな顔は、それで今さら男前が落ちるってもんでもない」

「この男は好きになれそうだ」カルテンが言った。

「そっちはカルテンさんですね」ティニアンは片手を差し出した。カルテンはその手を握ってから、アルシオン騎士の手の中に鼠《ねずみ》の死体が握りこまれていることに気づいた。驚きと嫌悪の声とともに、カルテンは慌てて手を引っこめた。ティニアンは爆笑した。

「おれもこの男が好きになれそうだ」スパーホークがやり返した。

「ティニアンといいます」アルシオン騎士は自己紹介をした。「この口数の少ないのは、サレシア国のアラスです。数日前にわたしに追いついてきましたけど、いっしょにいる間にしゃべったのは十語そこそこですよ」

「おまえが二人分しゃべるからだ」鞍から降りながら、アラスが低い声で言った。

「それはそのとおりだな。わたしは自分の声に聞き惚《ほ》れてしまうほうで」

アラスが手を差し出した。「スパーホーク」

「鼠はいないだろうな」

かすかな笑みがアラスの顔に浮かび、二人は手を握りあった。カルテンとも握手をした後、四人は階段を上がって騎士館の中へ入った。

「ベヴィエはもう着いたのか」ティニアンがカルテンに尋ねた。

「何日か前に。会ったことがあるのか」

「一度ね。騎士団長と二人でラリウムを表敬訪問したとき、あそこの本館で紹介された。少々頭が固くて、形式ばったところがあるみたいだった」

「その点はあまり変わってないよ」

「だろうと思った。ところで、カモリア国へは何をしに行くんだ。うちの騎士団長は頑固なくらい口が固くなることがあってな」

「ベヴィエが来るまで待たないか」スパーホークが提案した。「少々神経質になってるところがあるようなんで、先に仕事の話を進めて気を悪くされても困る」

「いい考えだ。一体感を誇示するといっても、ベヴィエがすねたりしたらそれまでだからな。ただやつの名誉のために言っておくと、戦闘になったら頼りになる男だぜ。やっぱり例のロッホアーバー斧を持ってきてるのか」

「ああ、それそれ」とカルテン。

「すさまじい代物だと思わないか。ラリウムで訓練の様子を見せてもらったんだが、馬を疾駆《ギャロップ》で走らせながら、おれの脛《すね》くらいの太さの杭《くい》を一撃で斬り飛ばしてたよ。歩兵の軍団の中にでも駆けこんだら、斬られた首が十ヤード幅であとに残るんじゃないかって感じだね」

「そういう事態にならないことを祈ろう」とスパーホーク。

「そういう考えでいるんだとしたら、この任務の楽しみを放棄してるようなもんだ」

「本当にこいつが好きになってきたよ」カルテンが言った。

サー・ベヴィエがナシャンの書斎での会議に加わったのは、礼拝堂での昼の礼拝に出席したあとのことだった。スパーホークの知る限り、ベヴィエは到着以来一度として礼拝に欠席したことがなかった。

全員が集まったところで、スパーホークは立ち上がった。

「それでは、ざっと現状を説明しよう。シミュラの司教であるアニアスは、ここカレロスの総大司教の地位をねらっている。アニアスはエレニアの王国評議会を牛耳っており、王国の財産から自由に金を引き出せる立場だ。その金を使って聖議会の票を買い集め、クラヴォナス亡きあとの投票で指名を獲得しようとしているわけだ。四騎士団の団長はこの野望を阻みたいと考えている」

「まっとうな聖職者なら、買収などされるはずがない」ベヴィエが怒りに声を荒らげた。

「それはそのとおりだ」スパーホークは答えた。「しかし残念なことに、聖職者の多くはまっとうと言うにほど遠いのが現実だ。この点は直視しなくてはならない。エレネ教会には腐敗が蔓延《まんえん》しているのだ。認めたくないことではあるが、現実から目をそむけるわけにはいかない。票のほとんどが売り物になっている。そしてここが重要なところだが、現在エラナ女王は容態がすぐれない。女王がお元気ならば、アニアスが王国の財産に手をつけるなどお許しにならなかったろう。したがってアニアスの野望を阻止するには、どうにかしてエラナ女王の健康を回復させ、権力を取り戻させることだ。これが最良の策だという点で四騎士団長の意見は一致をみた。われわれがボラッタへ赴くのもこのためだ。ボラッタの大学の医師ならば、女王の病気の性質を見極めて治療法を見つけてくれるかもしれない」

「女王をいっしょに連れていくのか」ティニアンが尋ねた。

「いや、それは不可能だ」

「となると、医者も病気の診断に苦労することだろうな」

スパーホークはかぶりを振った。

「パンディオン騎士団の秘儀の教母であるセフレーニアが同行する。エラナ女王の症状を細かく説明できるし、医者がもっと詳しく診たいと言えば、女王の幻影を呼び出すこともできる」

「回り道のような気もするが、それをやらなくちゃならんというなら、やるまでのことだ」ティニアンが言った。

「現在カモリア国はひどい混乱状態にある」スパーホークは先を続けた。「中央諸王国にはどこもゼモック国の手先が入りこんで、せっせと騒乱を引き起こしている。それだけではない。いずれアニアスもこちらのもくろみに気づいて、妨害に出てくるだろう」

「ボラッタとシミュラはずいぶんと離れてる。アニアスの腕はそんなに長いのか」とティニアン。

「そのとおりだ。カモリア国には追放された元パンディオン騎士がいて、ときどきアニアスのために仕事をしている。名前はマーテルだ。その男が、たぶんわれわれを阻止しようとするだろう」

「一度だけだ」アラスが低くつぶやいた。

「われわれの目的は戦うことではない」スパーホークは慎重にたしなめた。「最優先の仕事はセフレーニアを無事にボラッタまで送って、また連れて帰ることだ。すでに一度、セフレーニアの命をねらった者がいる」

「そういう輩《やから》は意気をくじいてやらないとな」ティニアンが言った。「ほかには誰が同行するのかね」

「わたしの従士のクリクだ。それとたぶん、若い見習い騎士のベリットもだな。なかなか前途有望な若者だし、クリク一人では馬の世話がしきれないだろう」スパーホークはしばらく考えこんだ。

「それから少年が一人かな」

「タレンか」カルテンが驚きの声を上げた。「そいつはどんなもんかな、スパーホーク」

「カレロスはずいぶんと腐敗が進んでいる。あの子をまた街で自由にさせるのは考えものだ。それにあの盗賊の技能は使い道があるかもしれない。あと一人、フルートという少女が同行することになるだろう」

カルテンは呆然《ぼうぜん》とした顔でスパーホークを見つめた。

「セフレーニアが置いていこうとはしないさ。そもそも置いていくことが可能なのかどうかもよくわからない。アーシウムの尼僧院でのこと、覚えているだろう」

「それは確かにそうだな」カルテンはうなずいた。

「とてもよくわかりました、サー・スパーホーク。それで、いつ出発するのですか」ベヴィエが尋ねた。

「明日の朝一番に。ボラッタまでは長い道のりだし、総大司教の命は旦夕《たんせき》に迫っている。ドルマント大司教の話では、いつ亡くなってもおかしくはないそうだ。そうなればアニアスは行動を開始するだろう」

「では準備をしなくてはなりませんね」ベヴィエはそう言って立ち上がった。「みなさんもごいっしょに、礼拝堂で夕刻の礼拝に出席なさいませんか」

カルテンはため息をついた。

「そうすべきだろうな。何しろおれたちは教会騎士なんだから」

「少しばかり神のご加護があっても、悪いことはないだろうし」とティニアン。

ところがその日の午後遅くになって、教会兵の一団が騎士館の門の前にやってきた。

「サー・スパーホークとその同僚に、マコーヴァ大司教猊下《げいか》からお呼び出しである」スパーホークたちが中庭に姿を見せると、隊長がそう用件を述べた。「大聖堂へただちに参上するように」

「では馬を取ってきましょう」スパーホークは答え、仲間とともに厩《うまや》へ向かった。中に入ると、苛立《いらだ》たしげな悪態が口を衝《つ》いた。

「まずいのか」ティニアンが尋ねる。

「マコーヴァはアニアス司教の支持者だ」スパーホークはファランを馬房から連れ出しながら答えた。「われわれを足止めしようとしているに違いない」

「しかし召喚に応じないわけにはいきませんよ」ベヴィエが馬に鞍をつけながら言う。「教会騎士は聖議会議員の命令に従わなくてはなりません。相手がどういう派閥に属していようと」

「外には兵隊がいっぱいだしな」とカルテン。「マコーヴァは準備万端整えてかかってるらしい」

「わたしたちが召喚を拒否するなどと考えるでしょうか」

「まだスパーホークってやつがわかってないな。こいつはときどきひどい無茶をやるんだ」

「まあ、今度ばかりはほかにどうしようもなかろう」スパーホークが言った。「大聖堂へ行って、大司教の出方を見てみるとしよう」

一行は馬を中庭に連れ出して騎乗した。隊長の命令一下、教会兵がそのまわりを取り囲んだ。

奇妙に人影の少ない大聖堂前の広場で、スパーホークたちは馬を下りた。

「みんな揉《も》めごとを予感してるみたいだな」幅広い大理石の階段を上りながらカルテンが感想を述べた。

教会の広い聖堂に足を踏み入れると、ベヴィエはひざまずいて胸の前で両手を合わせた。

隊長と一隊の兵士があとから入ってくる。

「大司教猊下をお待たせするわけにはいかん」傲慢《ごうまん》さを感じさせる隊長の口調に、スパーホークはかちんと来るものを覚えた。しかしそんなことはおくびにも出さず、ベヴィエの横に同じように膝《ひざ》をつく。カルテンがにやっと笑って、その横に膝をついた。ティニアンはアラスをついて、二人そろってひざまずいた。

「わたしの言うことが――」

隊長のうわずった声を、スパーホークがさえぎった。

「わかっているとも、隣人《ネイバー》。すぐにいっしょに行く」

「しかしだな――」

「そこで待っていたまえ。長くはかからん」

隊長は踵《きびす》を返し、足音荒く聖堂を出ていった。

「すっとしたぜ」ティニアンがささやいた。

「何しろわれわれは教会騎士だからな」スパーホークが答える。「マコーヴァなら、少しくらい待たせても構いはしないさ。きっと期待に胸をふくらませていることだろう」

「まったくだ」

五人の騎士は十分ほどその場にひざまずき、そのあいだ隊長は苛々《いらいら》とあたりを歩きまわっていた。

「もういいのか、ベヴィエ」シリニック騎士が手をほどくと、スパーホークはそっと声をかけた。

「はい」ベヴィエの顔は信仰心に輝いていた。「心が洗われて、世界の平安を感じます」

「その気持ちを大切にすることだ。コムベの大司教は癪《しゃく》の種になるだろうからな」スパーホークは立ち上がった。「では行くとしよう」

「ふん、やっとか」一行がやってきたのを見て、隊長が苦々しげにつぶやいた。

ベヴィエが冷たい目つきで隊長を見つめ、尋ねた。

「あなたの地位はどのようなものです、隊長。つまり、軍隊での地位のほかには」

「わたしは侯爵だ、サー・ベヴィエ」

「それはよかった。われわれの信仰心がお気に召さないのなら、喜んで満足のいくようにして差し上げましょう。いつでも決闘の立会人を呼んでいただいて構わない。条件はすべてそちらの言うとおりにしましょう」

隊長はそれとわかるほど青ざめて後じさった。

「わたしは命令に従っているだけなんです、騎士殿。聖騎士に盾つこうなどとは、考えたこともありません」

「なるほど」ベヴィエは平然と答えた。「では行きましょうか。まさしくあなたがさっきおっしゃったとおり、大司教猊下をお待たせするわけにはいきません」

隊長は聖堂の外の通廊を先に立って進んでいった。

「お見事、ベヴィエ」ティニアンがささやくと、シリニック騎士は小さく微笑んだ。

「礼儀作法を思い出させようとするなら、鋼を腹に押し当ててやるのが一番さ」カルテンが付け加えた。

隊長が一行を先導した部屋は、臙脂色《えんじいろ》のカーペットとカーテン、壁は磨き上げた大理石という贅《ぜい》をつくした造りだった。細面のコムベの大司教が、長いテーブルの前に腰をおろして羊皮紙の書類を読んでいる。一行が中に入ると大司教は顔を上げたが、そこには怒りの表情があった。

「何をもたもたしていたのだ」と隊長を怒鳴りつける。

「聖騎士の方々には、主祭壇の前でしばし祈りを捧《ささ》げる必要をお感じになられましたので、猊下」

「うむ、まあもっともだな」

「退出してよろしゅうございますか、猊下」

「いや、そこにいろ。これから与える指示が確実に遂行されるようにな」

「お言葉のままに、猊下」

マコーヴァは厳しい視線を五人の騎士に向けた。

「諸君はカモリア国への旅を計画していると聞いたが」

「はい、とくに秘密にはしておりません、猊下」スパーホークが答えた。

「その旅を禁じる」

「理由をお伺いしてもよろしゅうございますか、猊下」ティニアンが穏やかに尋ねる。

「だめだ。教会騎士は聖議会の権威に服するものであるからして、説明の必要はない。全員パンディオン騎士館に戻って、次の指示を待て」マコーヴァは冷たい笑みを浮かべた。「諸君はすぐにそれぞれの国に帰ることになろう。以上だ。退出を許可する。隊長、おまえはこの騎士たちがパンディオン騎士館を離れないように監視しろ」

「かしこまりました、猊下」

一同はそろって頭を下げ、黙ってドアの外に出た。

「ずいぶん短かったたな」カルテンが言った。一行はさっき来たばかりの通廊を戻っていった。隊長は少し離れて先を歩いている。

「あれこれ理由をこじつけて目的をぼかす必要もないからな」とスパーホーク。

カルテンは親友のほうに顔を寄せた。「命令に従うのか」

「いいや」

ベヴィエが啞然《あぜん》とした顔で口をはさんだ。

「サー・スパーホーク、大司教の命令に逆らうわけにはいきませんよ」

「命令に逆らうつもりはない。別の命令があればいいわけだ」

「ドルマントか」とカルテン。

「まず思い浮かぶのはその名前だな」

しかし寄り道をする機会は訪れなかった。仕事熱心な隊長が、まっすぐ騎士館まで同行すると言って聞かなかったのだ。騎士館に通じる細道まで来ると、隊長は言った。

「サー・スパーホーク、ご面倒でもこの館の館長に、門を閉鎖するようお伝えください。誰であろうと出入りは許されません」

「伝えておこう」スパーホークはそう答え、ファランを駆って中庭に乗り入れた。

「まさか本気で門を封鎖するとはな」カルテンがつぶやいた。「どうやってドルマントに連絡を取ればいいんだ」

「何か手を考えるさ」スパーホークが答えた。

やがて聖都に夕暮れが忍び寄ってくるころ、スパーホークは騎士館の壁の上の胸墻《パラペット》からちらちらと街路に目をやっていた。

「スパーホーク、上にいるんですか」クリクのどら声が下から聞こえてきた。

「ああ、上がってきてくれ」

胸墻に通じる階段に足音が聞こえた。

「お呼びだそうですね」クリクが影になった階段からベリットとタレンを連れて現われた。

「うむ。外に教会兵の一団がいて、門を閉鎖している。ドルマントに届けたいメッセージがある。名案はあるか」

クリクは頭を掻《か》きながら考えこんだ。

「足の速い馬を貸してくれたら、中央突破してみせます」ベリットが申し出た。

「いい騎士になれそうだね。騎士ってのは攻撃精神が大事だって聞いてるから」タレンが口をはさんだ。

ベリットが鋭く少年を睨みつける。

「ぶたないでよ」タレンは後じさった。「もうぶたないって約束したじゃないか。おいらがちゃんと講義を聞けば、そっちもぶたないって」

「もっといい考えでもあるのか」ベリットがタレンに尋ねた。

「まあね」タレンは塀の向こうを見やった。「兵隊は塀の外を巡回してるんだろ」

「そうだ」とスパーホーク。

「まあさほどの問題じゃないけど、いないほうが楽なのは確かだな」タレンは唇に指を当てて考えた。「ベリット、弓はうまいほう?」

「訓練は受けてる」見習い騎士はやや硬い声で答えた。

「そんなこと聞いてるんじゃないよ。腕はいいの?」

「百歩《ベース》離れた的《まと》に当てられる」

タレンはスパーホークに目を移した。

「あんたたち、訓練のほかにすることはないの？」ベリットに目を戻して、「あっちに厩《うまや》が見えるだろ」と通りの向こうを指差す。「あの草葺《くさぶ》き屋根の小屋だよ」

「ああ」

「あの屋根に矢を当てられる？」

「簡単だ」

「訓練も役に立つことがあるんだね」

「おまえは巾着切《きんちやくき》りの訓練をしなかったとでも言うのか」クリクが横から指摘する。

「それは話が別だよ、父さん。だって稼ぎになるんだもの」

「父さん？」ベリットは驚いた声を出した。

「長い話なんだ」とクリク。

「鐘の音というのは、どんな理由で鳴っているにせよ、みんなが耳を傾けるものだ」タレンが学校の教師の口調を真似て言った。「そしてまた、火事を見過ごすことのできる人間はどこにもいない。スパーホーク、長いロープが手に入る？」

「どのくらいの長さだ」

「通りに届くくらい。こうするんだ。ベリットは矢に薪《まき》を巻きつけて、火をつけてから厩の屋根に射かける。兵隊はみんなそっちへ見物に行っちゃうだろうから、その隙《すき》においらはロープを使って、反対側の壁を伝い降りる。うまく誰にも見られなければ、一分もかからずに路上へ降りられるよ」

「よその厩に放火しろって言うのか」クリクが恐ろしそうな声で反対した。

「すぐに消し止められるよ」タレンは辛抱強く説得にかかった。「みんなで壁ぎわに立って、精いっぱいの大声で〝火事だ！〟って叫ぶんだから。おいらはロープをはずして、騒ぎが収まるころには五本も向こうの街路にいるってわけ。ドルマントの家は知ってるから、何だって伝えてきてやるよ」

「いいだろう」スパーホークはタレンの案に賛成した。

「スパーホーク！　本気でそんなことをさせるつもりですか」クリクが驚いて尋ねる。

「戦術としては悪くない。陽動作戦と隠密行動は、うまい作戦にはつきものだ」

「街のこのあたりにどれくらいの木造建築があるか、わかってるんですか」

「教会兵にも有意義な仕事ができるというものだ」騎士は肩をすくめた。

「まずいですよ」

「アニアスが総大司教の椅子に座るのに比べれば、どうということではないさ。明日は日が昇る前にカレロスを発《た》っていたいんだ。門の外にあんなに兵隊が野営しているのでは、そうもいかないからな」

　スパーホークたちは階段を下り、ロープと弓矢を取ってきた。

「何事です」中庭でティニアンが声をかけてきた。カルテンとベヴィエとアラスもいっしょにいる。

「ドルマントと連絡をとる」スパーホークが答えた。

ティニアンはベリットが持っている弓に目をやった。

「それを使って？　いちかばち《ロング・ショット》かだな」

「これだけを使うわけではないがね」スパーホークは手短に計画を説明した。それから全員で階段を上ると、タレンの肩に手を置いた。「必ずしも安全な計画ではないからな。外に出たら気をつけるんだぞ」

「心配のしすぎだって。このくらい、眠ってたってできるさ」

「ドルマントに渡す書類のようなものがいるな」

「本気で言ってんの？　おいらなら誰かに見咎《みとが》められたって舌先三寸で切り抜けられるけど、証拠の書類なんか持ってたらそうはいかないよ。ドルマントはおいらを知ってるし、あんたからの知らせだってことはわかってくれるはずさ。何もかもおいらに任しときな」

「途中で誰かの財布をねらったりするんじゃないぞ」

「当たり前だろ」タレンの返事は少々調子がよすぎる感じだった。

スパーホークはため息をつき、デモスの大司教に伝えるべきことを急いで少年に語って聞かせた。

計画はだいたいタレンの考えたとおりに進んだ。警備兵が狭い通りを通過すると、すぐにベリットの矢が流れ星のようにアーチを描き、厩の草葺き屋根に突き刺さった。しばらくぱちぱちと爆《は》ぜる音が聞こえていたが、すぐに青っぽい色の炎が梁《はり》を舐《な》めはじめ、それが煤《すす》けたオレンジ色から鮮やかな黄色になって燃え広がった。

「火事だ！」タレンが叫んだ。

「火事だ！」全員が合唱する。

下の通りでは、あわてて角を曲がって駆けつけてきた教会兵が厩の持ち主につかまっていた。憐れな男は半狂乱で両手を振りまわしている。

「お願いです！　小屋が！　馬が！　家が！　神さま！」

仕事熱心な隊長はためらって炎を見つめ、そびえ立つ騎士館の塀を見上げ、心を決めかねている様子だ。

「手を貸すぞ、隊長。門を開けろ」ティニアンが塀の上から叫んだ。

「だめだ。中にいろ」隊長が叫び返す。

「聖都の半分を灰にするつもりか、この石頭」カルテンが怒鳴った。「すぐに何とかしないと、どんどん燃え広がるぞ」

「おい、おまえ、バケツを持ってきて、いちばん近い井戸に案内しろ」隊長は厩の持ち主にそう命じてから、部下のほうを振り向いた。「列を作れ。パンディオン騎士館の正門前に行って、集められるだけ人を集めてこい」今や隊長は決断力にあふれていた。目を細めて胸墻の上を睨《にら》む。「一分隊だけは門の見張りに残しておけよ」

「まだ手伝えることはあるぞ、隊長」ティニアンがさらに呼びかける。「ここには深い井戸がある。中の者たちでバケツを運んで、そっちの兵隊に手渡せる。目下の重大事はカレロスを守ることだ。ほかのことは棚上げにすべきだ」

隊長はまたしてもためらった。

「頼む、隊長」ティニアンの声は真剣そのものだった。「お願いだから、手伝わせてくれ」

「いいだろう。門を開け。ただし誰も騎士館の敷地から外へは出ないように」

「いいとも」とティニアン。

「よくやった」アラスが低い声で言って、ティニアンの肩を拳《こぶし》で叩いた。ティニアンは仲間に笑顔を向けた。

「おしゃべりも時には役に立つだろうが、寡黙なる友よ。おまえもたまには試してみるといいぞ」

「斧《おの》のほうがいい」

「じゃあ、おいらはそろそろ行くよ」タレンが言った。「何か持ってきてほしいものはあるかい。どうせ外に出るついでだからね」

「目下の仕事に集中しろ。ドルマントに連絡をつけるんだ」スパーホークが答えた。

「気をつけるんだぞ」とクリク。「いささか失望させられることの多い息子だが、失いたくはないからな」

「情に流されてないかい、父さん」驚いた顔でタレンが尋ねる。

「そういうわけじゃない。おまえの母親に対する、一種の責任感だな」

「わたしもいっしょに行きます」ベリットが言った。

タレンは値踏みするような目で細身の見習い騎士を見つめた。

「だめだね。足手まといになるだけだ。ごめんよ、先生。でもすばやく動きまわるには、あんたの足は大きすぎるし、肘《ひじ》も出っ張りすぎてる。それに今はこっそり動きまわる方法を教えてる時間もないからね」それだけ言うと、少年は胸墻の影の中に姿を消した。

「あんな子をどこで見つけてきたんです」ベヴィエが尋ねた。

「聞いても信じられんよ」とカルテン。「絶対に信じられんと思うね」

「パンディオン騎士団のブラザーたちの世界は、どうやらおれたちの世界より少しばかり広いらしいぜ、ベヴィエ」ティニアンが気取った調子で言った。「天国ばかりを見つめてるおれたちには、このブラザーたちほど人生の暗黒面がよく見えないのさ」カルテンに崇敬の目を向けて、「それでもおれはついていく。神はきみたちの努力を喜ばれるはずだ。どれほど不信心で堕落していようともな」

「おれもだ」アラスが真剣そのものの顔で言った。

草葺き屋根の炎はなおも煙と蒸気を上げつづけ、教会兵たちはそれから十五分ほどのあいだ、次々とバケツで水をかけつづけた。やがてたっぷりと水をかけられた炎はようやくおさまりはじめ、銅葉をびしょ濡れにされた厩の持ち主だけは嘆き悲しんでいたものの、延焼は食い止めることができた。

「ブラヴォー、隊長、ブラヴォー！」塀の上からティニアンが声援を送った。

「やりすぎだ」アラスがティニアンをつつく。

「あいつらが他人の役に立つところを見るのは初めてなんだ。こういうことは奨励しないとな」

「もっと火をつけることもできるぞ。ずっと水をかけさせておいてやるか」巨漢のジェニディアン騎士が言う。ティニアンは片方の耳たぶを引っ張って、しばらく考えこんだ。

「だめだな。連中はすぐに飽きて、街を燃やしてしまおうとするさ」クリクに目を向け、「あの子は抜け出したか」

「鼠の穴にもぐり込む蛇みたいにすばやく」スパーホークの従士は、誇らしげな声にならないように気をつけて答えた。

「どうしてあの子がきみのことを父さんと呼ぶのか、いずれ聞かせてもらいたいものだな」

「いずれお話ししたいと思いますよ、騎士殿」クリクはつぶやいた。

夜明けの最初の曙光《しょこう》が東の空に兆すころ、騎士館の正門の外の狭い通りの彼方から、数百の調子をそろえた足音が響いてきた。やがて白い驢馬《ろば》に乗ったドルマント大司教の姿が見えてきた。一個大隊かそれ以上の、赤い制服を着た兵士たちの先頭に立っている。

「猊下」騎士館の門を固めていた部隊の煤に汚れた隊長が、あわてて進み出て敬礼した。

「ご苦労でした、隊長。もう部下を連れて兵舎に戻ってよろしい」ドルマントはやや不満そうに鼻をひくつかせた。「部下に身体を洗うように言っておきなさい。みんなまるで煙突掃除人のようです」

「猊下」隊長は口ごもった。「わたしはコムベの大司教から、この館を監視するよう命令を受けております。人をやって、猊下からの取消命令を確認させていただけますでしょうか」

ドルマントはしばらく考えこんだ。

「いや、それには及びません。すぐに引き取りなさい」

「ですが猊下」

ドルマントは鋭く手を打ち鳴らした。背後に控えていた兵士たちが槍《やり》を構えて前進する。ドルマントは穏やかな声で部隊の指揮官に呼びかけた。

「大隊長、隊長とその部下の諸君を兵舎までお送りしてもらえますか」

「ただちに、猊下」士官はぴしりと敬礼した。

「身体を洗って人前に出られるようになるまで、兵舎から出さないほうがいいでしょう」

「はい、猊下。わたしが自ら検査いたします」

「細かいところまでしっかりと検査してください。教会の名誉は、教会兵の身だしなみに反映されるものですからね」

「ご安心ください。徹底的に細かく検査いたします。われわれの仕事ぶりは、最下級兵士の身だしなみにこそ反映されるものですから」

「あなたの献身に主の恩寵《おんちょう》がありますように、大隊長」

「この命はすでに主に捧げております、猊下」大隊長は深々と頭を下げた。

どちらも笑み一つ見せず、目配せ一つしない。

「そうそう、大隊長、その前にあの汚ない物乞《ものご》いの少年を連れてきてくれませんか。あの子は騎士団のブラザーたちのところに預けることにしましょう。これもまた慈悲というものです」

「かしこまりました、猊下」大隊長が指を鳴らすと、襟首をつかまれたタレンがたくましい軍曹の手で大司教の前に引き出された。ドルマントの大隊が動きだし、槍を使って効率的に、門の前を固めていた部隊を騎士館の高い壁の前に追い詰める。コムベの大司教の煤けた兵隊たちはたちまち武装解除され、がっちりとまわりを囲まれたまま街路を遠ざかっていった。

ドルマントは白い驢馬の細い首を優しく叩き、鋭い目で胸墻を見上げた。

「まだ出発していないのか、スパーホーク」

「準備をしているところです、猊下」

「時が尽きかけているのだ。怠けていては主の仕事は成就しないぞ」

「肝に銘じておきますよ」と、スパーホークは目を細め、じっとタレンを見つめた。

「返すんだ」

「何をさ」タレンが困ったような声で答える。

「全部だ。最後の一つまで」

「でも、スパーホーク――」

「早くしろ」

少年はぶつぶつ言いながら、服の内側から小さくて価値のある品物を次々と取り出し、驚いているデモスの大司教の手の上に積み上げた。

「これで満足かい」すねた口調で、胸墻を見上げながら尋ねる。

「すっかり満足したわけじゃないが、とりあえずはな。門の中に入ってきたらこの手で身体検査をしてやる」

タレンはため息をつき、さらにいくつかの秘密の隠しから品物を取り出して、あふれそうになっているドルマントの手の上に載せた。

「この子はいっしょに連れていくのだろうね、スパーホーク」貴重な品々を法衣の中にしまいながらドルマントが尋ねた。

「そのつもりです、猊下」

「よかった。この子が街をうろついていないとわかっただけで、多少は枕《まくら》を高くして眠れるよ。では急いでくれ。成功を祈っているぞ」大司教はそう言うと驢馬の首をめぐらせ、街路を引き返していった。

15

「アニレットにいたときのことさ」サー・ティニアンはたっぷり脚色してあることが丸見えの、若かりしころの冒険譚《ぼうけんたん》を語りつづけていた。「跳梁跋扈《ちようりようばつこ》する山賊に手を焼いたラモーク人の男爵たちが騎士館にやってきて、山賊退治の手伝いをしてくれと言うんだ。みんなゼモック国境の警備にはうんざりしてたから、その仕事を引き受けることにした。正直なところを言えば、ちょっとしたお楽しみだと考えてた。何日か馬を飛ばして、最後には軽い戦闘が待ち受けてるわけだからな」

スパーホークの注意は話からそれていった。話しつづけていないと不安になるとでも言いたげに、カレロスを離れて南のカモリア国との国境を越えて以来、ティニアンの話はずっとこの調子で続いていた。初めのうちこそ面白かったのだが、そのうちに同じような話のくり返しだということがわかってきた。話を聞いているとティニアンは、イオシア大陸で過去十年にあった大会戦と小競り合いのすべてにおいて、輝かしい役割を果たしたことになっていた。どうやらこのアルシオン騎士は大いなる自慢屋であると同時にすばらしい語り部で、戦闘の中心に自分を置くことで話の臨場感を高めているようだった。それはそれでいい時間潰《つぶ》しになるし、カモリア国の街道をボラッタへ向かう時間も短く感じられようというものだった。

そのあたりはエレニア国よりも陽射《ひざ》しが強かった。まっ青な空に浮かんだちぎれ雲を吹き散らしている風には、もう春の香りが感じられる。あたりの野原も青々として、霜などは見当たらない。街道は白いリボンのようにまっすぐに延び、谷に向かうと下りになり、新緑の丘に向かうと上りになった。遠出にはもってこいの日和《ひより》で、ファランも楽しんでいるようだった。

スパーホークは早くも仲間の値踏みを始めていた。ティニアンはカルテンと同類の楽天家だ。とはいえ、その樽《たる》のような上体と武器を扱うときの慣れた手つきを見れば、戦闘においてはきわめて手ごわい男であることがわかる。ベヴィエは緊張しやすい性格だ。シリニック騎士は礼儀正しさと信仰心の篤《あつ》さで知られているが、それと同時に神経質でもある。注意して扱わなくてはならないだろう。一度カルテンと二人きりで話しておく必要がある。軽い冗談を大いに好むカルテンだが、ベヴィエの前ではやりすぎるなと釘《くぎ》を刺しておかなくてはならない。もっともベヴィエにしても、戦いになれば非常に役に立つだろうということはわかっていた。

アラスは謎《なぞ》だった。評判の高い男ではあるが、スパーホークは北の果てサレシア国のジェニディアン騎士団とはあまり交渉がなかった。ジェニディアン騎士は恐るべき戦士であると言われるが、鋼鉄製の甲冑《かっちゅう》ではなく鎖帷子を使うところがちょっと不安だった。スパーホークは巨漢のサレシア人の感触を確かめてみることにして、少しだけファランの手綱を引き、速度を落としてアラスが追いついてくるのを待った。

「いい朝だな」にこやかに声をかける。

アラスはうなり声で答えた。これは話をさせるのは骨かもしれないと思ったとき、驚いたことにアラスが自分から話しはじめた。

「サレシアではまだ二フィートも雪が積もっている」

「それは大変だな」

アラスは肩をすくめた。

「慣れている。狩りにもいい。猪、鹿、トロール」

「本当にトロールを狩るのか」

「ときどき。トロールは狂暴になることがある。エレネ人の村に降りてきて牛や人間を襲いだしたら、やっつけるしかない」

「ずいぶん大きいそうだな」

「ああ。ずいぶん」

「そんなやつ相手に鎖帷子だけで、危なくないのか」

「別に。敵は棍棒《こんぼう》しか使わない。たまに肋骨《ろっこつ》を折る者もいるが、その程度だ」

「甲冑のほうがいいんじゃないのか」

「川を渡るのに都合が悪い。サレシア国は川が多いから。鎖帷子なら、たとえ川に落ちてもすぐに脱ぐことができる。甲冑を着ていたら、息を止めていられる程度の時間で脱ぐのは難しい」

「筋は通ってるな」

「われわれもそう思っている。少し前の騎士団長で、ほかの騎士団と同じように甲冑を着用すべきだと考えたのがいた——見栄えがすると言って。われわれは鎖帷子を着たブラザーの一人をエムサットの港に投げこんだ。その男は鎖帷子を脱いで、一分ほどで浮かび上がってきた。次に甲冑を着けた騎士団長を海に投げこむと、こっちは浮かんでこなかった。きっと海の底で面白いものでも見つけたんだろう」

「きみたちは騎士団長を溺《おぼ》れさせたのか」スパーホークは驚《おど》いて尋ねた。

「違う。甲冑が溺れさせたのだ。こうしてコミエーが次の騎士団長に選ばれた。コミエーはばかな提案をするようなやつではなかったから」

「ジェニディアン騎士団は独特なところがあるな。選挙で騎士団長を選ぶのか」

「ほかは違うのか」

「ああ、違う。候補者の名前を聖議会に送って、選んでもらうんだ」

「われわれはその手続きを少し簡単にしてやっている。一人の名前しか送らない」

カルテンが普通駆足《キャンター》で戻ってきた。四分の一マイルほど先行して、斥候をしていたのだ。

「この先に異状があるぞ、スパーホーク」金髪の大男は緊張した声で報告した。

「どうしたんだ」

「次の丘の上に、パンディオン騎士が二人いる」カルテンは硬い声で答えた。はっきりわかるほどの汗をかいている。

「誰だ」

「聞けるほど近づかなかった」

スパーホークは鋭く親友を見つめた。「どうしたんだ」

「よくわからん。どういうわけか、近づいちゃいかんという気が強くした。おまえと話したがってるんだと思う。どうしてそう思うかなんて聞くなよ」

「わかった。行って話を聞いてこよう」スパーホークはファランに拍車をくれ、疾駆《ギャロップ》で長い丘の斜面を頂上に向かった。馬上の二人は黒いパンディオン騎士の甲冑に身を固めていたが、スパーホークが近づいても身内の挨拶《あいさつ》をせず、また面頬《めんぼお》を上げようともしなかった。馬は二頭ともひどくやせ衰え、ほとんど骨と皮だった。

「どうかしたのか、ブラザー」スパーホークは二人から数ヤード手前でファランの手綱を引き、声をかけた。一瞬いやなにおいが鼻を衝《つ》き、背筋を冷たいものが走った。

騎士の一人がわずかに向きを変え、籠手《こて》に包まれた手で次の谷の下のほうを指差した。言葉は何も発しないが、半マイルほど先の街道の片側に茂る冬枯れた楡《にれ》の木立を指しているらしい。

「わたしには何も――」そう言いかけたとき、蜘蛛《くも》の巣のように入り組んだ木立のあいだから、磨き上げた金属に反射する日の光がちらりと見えた。片手を目の上にかざしてよく見ると、木々のあいだに動きが感じられ、さらに反射する光が見えた。「なるほど。どうもありがとう、ブラザー。いっしょに待ち伏せを撃退しないか」

二人の騎士はかなりの間、どちらも何とも答えなかった。やがて一人がうなずいて同意を示した。二人はそれぞれ道の両側に分かれると、馬を停めて待機した。

二人の行動に首をひねりながら、スパーホークは街道を駆け戻り、仲間たちと合流した。

「行く手にちょっと問題がある。次の谷の木立の中に、武装した連中がいるようだ」

「待ち伏せか」とティニアン。

「身を隠すのは、害意のある証拠と見ていいだろうな」

「人数はわかりますか」ベヴィエがロッホアーバー斧を鞍からはずしながら尋ねた。

「はっきりしない」

「行けばわかる」アラスも斧に手を伸ばした。

「あの二人のパンディオン騎士は何者だ」カルテンはそのことが気になるようだった。

「名乗らなかった」

「やっぱりおれと同じような感じを受けたか」

「どういう感じだ」

「血が凍るような感じさ」

スパーホークはうなずいた。

「まあそんなところだ。クリク、おまえとベリットはセフレーニアとフルートとタレンを、どこか見えないところへ連れていってくれ」

従士は小さくうなずいた。

「よし、それでは諸君、ちょっと様子を見にいくか」スパーホークは騎士たちに声をかけた。

五頭の軍馬に乗った五人の武装した騎士は、見るも恐ろしい武器を振りかざして速足《トロット》で駆けだした。丘の頂上で黒い甲冑の無口な二人の騎士と合流するとき、スパーホークはまたしても血の冷たくなるような奇妙な感覚を味わった。

「誰か角笛を持ってないか」ティニアンが言った。「近づいてるってことを知らせてやらないとな」

アラスが鞍袋から、何かの動物のねじ曲がった角を取り出した。かなりの大きさで、端に真鍮《しんちゆう》の吹き口がつけられている。

「そりゃいったい何の角だ」カルテンが尋ねた。

「オーガーだ」アラスは答え、吹き口に唇を当てると大きく吹き鳴らした。

「神の栄光と教会の栄誉のために！」ベヴィエは叫びながら鐙《あぶみ》の上に立ち上がり、ロッホアーバー斧を振りまわした。

スパーホークは剣を抜き、ファランの脇腹に拍車を入れた。大きな軍馬は耳を倒し、歯をむき出して突進した。

楡の木立の中から悔しそうな叫びが上がる中、聖騎士は草を踏みしだき、疾駆《ギャロップ》で突撃した。と、十八人ばかりの武装した戦士が馬に乗って隠れ場所から現われ、聖騎士を迎え撃つべく突進してきた。

「戦いだ！」ティニアンが嬉しそうに叫ぶ。

「混戦になったら気をつけろ。まだ隠れてるのがいるかもしれんぞ」スパーホークが警告した。

アラスはずっと角笛を吹き鳴らしていたが、最後の瞬間にすばやくそれを鞍袋に放りこむと、大きな戦斧《バトルアックス》を頭の上で振りまわしはじめた。

敵のうち三騎は両軍が激突する前に戦闘に背を向け、恐慌に駆られて馬を叱咤《しった》しつつ、尻尾《しっぽ》を巻いて逃げ去った。

激突の瞬間に響きわたった音は、一マイル先からでも聞こえたろう。スパーホークとファランがわずかに先行し、残りは扇状に展開して、一種の楔形《くさび》隊形ができあがっていた。スパーホークは鐙の上に立ち上がり、大上段から右に左に剣を振るって敵の中に突っこんだ。敵の兜が割れて血と脳が飛び散り、その身体が鞍から投げ出される。次の一撃は別の敵の盾を斬り裂き、盾を支えていた腕を斬られて、敵は苦痛の声を上げた。背後から剣戟《けんげき》の音と絶叫が響き、仲間もまた乱戦のさなかにいることがわかった。

最初の中央突破で待ち伏せ部隊の十人が斬り倒され、死ぬか重傷を負うかしていた。だが再度の攻撃に備えて馬首をめぐらせたとき、さらに六人の敵が背後を衝こうと木立の中から飛び出してきた。

「行け！」すばやく向きを変えたベヴィエが叫んだ。「こっちは引き受けた。残った敵を頼む！」そう叫ぶや、ベヴィエはロッホアーバー斧を構えて突進した。

「ベヴィエを援護しろ、カルテン！」スパーホークはそう声をかけてから、ティニアンとアラスと二人の謎の騎士とともに、茫然《ぼうぜん》としている最初の攻撃の生き残りのほうに向かった。ティニアンの大剣《ブロードソード》はパンディオン騎士が使うものよりもずっと幅広で、それゆえにずっと重量があった。その重量のせいで武器の威力はすさまじく、ティニアンは肉や甲冑を楽々と斬り裂いていった。アラスの斧は技巧や繊細さといったものとは無縁の代物で、ジェニディアン騎士はまるで樵《きこり》が木を伐り倒すように敵を倒していった。

スパーホークは謎のパンディオン騎士のうちの一人が鐙の上に立って剣を振るうところを目にした。その騎士が籠手に包まれた手に握っているのは剣ではなく、カレロスのあばら屋の二階でセフレーニアがサー・ラークスの幽霊から受け取ったような、細長い輝く物体だった。その物体は騎士と相対した傭兵《ようへい》の胸を完全に貫いているように見えた。傭兵がまっ青な顔で、おののきながら自分の胸を見下ろす。しかし血は流れておらず、錆《さび》の浮いた甲冑もまったくの無傷だった。男は恐怖の悲鳴を上げ、手にした剣を放り出して逃げ去った。そこでスパーホークの注意は、襲ってきた次の敵のほうに向けられた。

最後の敵が倒れると、スパーホークはファランの馬首をめぐらせてベヴィエとカルテンの応援に向かった。しかしその必要はなかった。楡の木立の中から遅れて現われた敵のうち三人はすでに倒れ、さらに一人は鞍の上で腹を押さえてうずくまっていた。残る二人は、カルテンの剣とベヴィエのロッホアーバー斧の攻撃から懸命に逃げまわっている。カルテンはフェイントをかけ、敵の武器を叩き落とした。ベヴィエは何気ないようなバックハンドの一撃で敵の首を打ち落とした。

「殺すな」剣を振り上げたカルテンに向かって、スパーホークが声をかけた。

「でも――」

「訊《き》きたいことがある」

カルテンは失望して渋い顔になった。スパーホークは踏み荒らされた草の上をカルテンとベヴィエのほうに向かい、手綱を引いてファランを停止させた。

「馬を下りろ」消耗した様子の、怯《おび》えた捕虜に声をかける。

男は馬を下りた。倒れた仲間たちと同じように、その男の甲冑もちぐはぐな部品の寄せ集めだった。錆が浮いて、あちこちがへこんでいる。しかしカルテンが叩き落とした剣だけは鋭く砥《と》ぎ上げられていた。

「傭兵らしいな」とスパーホーク。

「そ、そうです」男は口ごもりながら、ペロシアふうの方言で答えた。

「はかばかしい成果とはいかなかったようだな」スパーホークはわざと親しげな口調で尋ねた。

男は不安そうな笑い声を上げ、あたりに散乱した死体を眺めわたした。

「まったくです。まさかこんなことになるとは」

「きみたちはよく戦った。さて、きみたちを雇った人物の名前を知りたいのだがね」

「名前は聞きませんでした」

「ではどんな様子の人物だったか説明してくれ」

「それは――できません」

「どうもあまり面白くない成り行きだな」カルテンが言った。

「火あぶりにしよう」アラスが提案する。

「煮立てた泥を甲冑の中に流しこむんだよ――ゆっくりとな」とティニアン。

「親指締め器だ」ベヴィエがむっつりとつぶやく。

「どういうことかわかったろう、きみ」顔色をなくした捕虜に向かってスパーホークが言った。「どうしてもしゃべってもらう。われわれはここにいるが、きみの雇い主はいないんだ。不愉快な目に遭わせると言って口止めされているんだろうが、われわれはその不愉快な目を、きみに実際に経験させることができるのだよ。どうせしゃべってしまうんだ、いらん苦しみを味わうことはないんじゃないかな」

「だめなんです」男は涙声になっていた。「しゃべれないんです――たとえ死ぬまで拷問されても」

アラスが馬を下り、すくみ上がっている捕虜に近づいた。

「そこまでだ」ジェニディアン騎士は掌《てのひら》を外に向けて片手を上げ、それを捕虜の頭に置くと、ざらざらした感じの言葉をつぶやいた。どこの言葉かスパーホークにはわからなかったが、人間の言語ではないという気がした。傭兵はたちまち虚《うつ》ろな目になって、地面に膝《ひざ》をついた。口ごもりながら、まったく何の感情もこもらない声で、アラスと同じ言葉を使って何か言いはじめる。

「呪文をかけられている」アラスが報告した。「何をしても話すことはできなかったろう」

傭兵はその不気味な言語で、さらに早口にしゃべりつづけた。

「雇い主は二人だ。フードをかぶったスティリクム人と、白い髪の男だ」

「マーテルか！」カルテンが声を上げた。

「ありそうなことだな」とスパーホーク。

傭兵がさらに何か言った。

「呪文をかけたのはスティリクム人のほうだ。おれの知らない呪文だ」

「たぶんわたしも知らないだろう。セフレーニアに聞けばわかるかもしれんな」

「ああ、それだ。この攻撃の標的だな」

「何だって」

「この男が受けた命令は、スティリクム人の女を殺せというものだ」

「カルテン！」スパーホークが吠《ほ》えた。そのときブロンドの騎士はもう馬に拍車をくれていた。

「こいつはどうする」ティニアンが捕虜を指差して尋ねた。

「放っておけ」スパーホークはカルテンを追って馬を駆りながら叫んだ。「行くぞ！」

丘の頂きを越えると、スパーホークはうしろを振り返った。謎の二人の騎士の姿はどこにもない。見るとその姿は前方にあった。一団の戦士が岩の小山を取り囲んでいる。

クリクがセフレーニアたちを隠した場所だ。黒い甲冑の二人の騎士は馬にまたがって、戦士と岩山のあいだに冷然と立っていた。戦おうとしているのではなく、ただじっと立っている。スパーホークが見ているうちに、戦士の一人が投げ槍《ジャベリン》を投げた。槍は何の抵抗もなく、黒い甲冑の騎士の身体を素通りしたように見えた。

「ファラン、走れ！」スパーホークは叫んだ。めったにしないことだが、訓練よりもファランの忠誠心に呼びかけたのだ。馬は巨体をわずかに震わせ、たちまちほかの馬を引き離して疾走した。

敵の数は十人ほどだった。行く手をさえぎる影のような二人のパンディオン騎士を前に、明らかに怯《ひる》んでいる様子だ。と、中の一人が振り返り、仲間を引き連れて丘を駆け下ってくるスパーホークの姿に目を止めて、警告の声を上げた。痺《しび》れたような沈黙のあと、むさくるしい襲撃者たちはやにわに駆けだした。草原を突っ切り、プロが見せることはめったにない、一種のパニックに駆られて逃走する。スパーホークは斜面を駆け上がり、ファランの蹄鉄《ていてつ》は岩に当たって火花を散らした。頂上のすぐ手前で手綱を引き、クリクに呼びかける。

「全員無事か」

「だいじょうぶです」ベリットと二人で急いで石を積み上げた胸壁の向こうから、クリクが答えた。「そこのお二人が駆けつけてくれなければ、危なかったですけど」クリクは興奮した目で、襲撃者を遠ざけていた二人を見つめた。セフレーニアが胸壁の陰に姿を現わした。その顔は死人のようにまっ青だ。

スパーホークは謎のパンディオン騎士に向き直った。

「そろそろ自己紹介をしてもいいころだろう、ブラザー。それに説明もだ」

二人は何も答えない。スパーホークはまじまじと二人の騎士を見つめた。騎乗している馬はいよいよもって骨と皮ばかりに見える。スパーホークは身震いした。しかも馬にも目がなく、ただ眼窩《がんか》に黒い穴があいているばかりだったのだ。どちらの馬にかぶせた布の裂け目からは骨が覗《のぞ》いていた。と、二人の騎士が兜を取った。その顔はどことなく霞《かす》んではっきりせず、向こうが透けて見えるような気がした。そしてやはり目がなかった。一人はとても歳若く、バターの色の髪をしている。もう一人は年老いて、髪は白かった。スパーホークはわずかに後じさった。二人を知っていたのだ。二人がすでに死んでいるということも。

「サー・スパーホーク」虚ろな、感情を欠いた声でパラシムの亡霊が言った。「探索に努められよ。時は限られている」

「なにゆえに死者の家から立ち戻ったのです」セフレーニアがひどく形式ばった口調で尋ねた。その声は震えていた。

「われらの誓いには、必要とあらばわれらを影の中より連れ出《いだ》す力があるのです」ラークスの影が答えた。その声もやはり虚ろで、感情を欠いていた。「さらにほかの者たちが斃《たお》れれば、われらの仲間は増えつづけましょう。女王が健康を取り戻すその日まで」目のない影はスパーホークのほうを向いた。「われらが愛する小さき母上を、しっかり守ってやってくれ、スパーホーク。大いなる危難を背負った人なのだ。もし小さき母上が斃れれば、われらの死は無駄となり、女王も死ぬだろう」

「わかりました、ラークス」

「もう一つ教えておくことがある。エラナの死で失われるのは独り女王だけではない。門前に闇《やみ》が漂う中、エラナは唯一の希望の光なのだ」そして二人の姿は揺らめき消えた。

四人の騎士が岩の斜面を駆け上がってきて手綱を引いた。カルテンは蒼白な顔をして、傍目《はため》にもわかるほど震えていた。

「何者だったんだ」

「パラシムとラークスだった」スパーホークは静かに答えた。

「パラシム？　あいつは死んだはずだ」

「ラークスもな」

「幽霊か」

「そうらしい」

ティニアンが馬を下りて大きな兜を取った。やはり青い顔をして、汗をかいている。

「ちょっと死霊魔術に手を出したこともあるんだが、ふつう霊魂というのは召喚しないと現われない。でも時として自分の意思で現われることがあるんだ。とくに何か重要なことを、未完のまま現世に残してるような場合に」

「これは重要なことだ」スパーホークがぼそりと答えた。

「まだ言うことがあるだろう。隠しごとはよくない」アラスが言った。

　スパーホークはセフレーニアを見やった。教母はまっ青な顔のまま、それでも背筋を伸ばしてうなずいた。

　スパーホークは大きく息を吸いこんだ。

「エラナはもう死んでいるはずのところを、呪文によってクリスタルの中で生きつづけている。その呪文はセフレーニアと十二人のパンディオン騎士が力を合わせて維持しているんだ」

「そんなことじゃないかと思ってたよ」とティニアン。

「これには一つ問題がある」スパーホークは先を続けた。「騎士たちが一人一人斃れていったあと、最後にセフレーニアだけが残るんだ」

「それから？」そう尋ねるベヴィエの声は震えていた。

「そうなれば、わたしも逝《ゆ》くことになるでしょう」セフレーニアがさらりと答えた。「わたしの息を詰まらせたようなすすり泣きが若いシリニック騎士の口から洩《も》れた。

目の黒いうちは、そんなこと――」ベヴィエは声を詰まらせた。

「ところが、どうも誰かがその日の到来を早めようとしているらしい」スパーホークが続けた。「セフレーニアが命をねらわれるのは、シミュラを出発して以来これで三度めだ」

「切り抜けてきましたけれどね」セフレーニアが他人事《ひとごと》のように言う。「背後で糸を引いている者はわかりましたか」

「マーテルとスティリクム人です」カルテンが答えた。「スティリクム人は傭兵に呪文をかけてしゃべれないようにしてたんですが、アラスがそれを破りました。おれにはわからない言葉を使ってね。捕虜も同じ言葉で答えてました」

セフレーニアは問うような視線をサレシア人の騎士に向けた。

「トロールの言葉だ」アラスは肩をすくめた。「人間の言語ではないので、呪文を回避できた」

セフレーニアは恐怖に目を見開いた。

「トロールの神々に呼びかけたのですか」あえぐように尋ねる。

「時には必要なことだ。注意してやれば、それほど危険じゃない」

ベヴィエの顔は涙に濡れていた。

「もしよかったら、わたしは個人的にレディ・セフレーニアの護衛を引き受けたい。いつもこの勇敢なレディのそばにいて、今後また襲撃があっても、命に替えてお守りしてみせる」

一瞬、慌てたような表情がセフレーニアの顔をよぎった。教母はじっとスパーホークを見つめた。

「悪くない考えだ」スパーホークは教母の無言の反対を無視してそう答えた。「よし、わかった。ベヴィエはセフレーニアの護衛に回ってくれ」

セフレーニアはスパーホークに顔をしかめて見せた。

「死体を埋めてやるのか」ティニアンが尋ねた。

スパーホークは首を横に振った。

「墓掘りをしている時間はない。ブラザーたちが次々と斃れているし、リストの最後はセフレーニアだ。農民を見かけたら死体の場所を教えて、たっぷり礼を渡すことにしよう。行くぞ」

大学都市ボラッタはイオシア最古の学問研究のメッカであり、荘厳な建物群を中心に発展した街だった。教会は過去に何度か施設をカレロスに移すよう強力に働きかけたことがあったが、大学はつねにそれを拒みとおして、教会の監督を受けない独立した機関という地位を維持していた。

　スパークホークたち一行は、午後遅くに到着して街の宿屋の一室に落ち着いた。そこはエレニアやカモリアの街道沿いの宿屋に比べてずっと居心地がよく、明らかにずっと清潔だった。

　その翌朝、スパークホークは鎖帷子と厚い毛の上着を身につけた。

「おれたちもいっしょに行こうか」宿屋の食堂で顔を合わせたカルテンが言った。

「いや、できるだけ目立ちたくない。大学まで大した距離ではないし、道中セフレーニアはわたしが警護する」

　サー・ベヴィエが何か言いたそうな顔になった。ベヴィエはみずから定めたセフレーニアの護衛という役割を非常に真剣に受け止めていて、ボラッタまでの旅のあいだ、セフレーニアから数歩以上離れることはめったになかった。スパークホークは若いシリニック騎士に顔を向けた。

「きみが毎晩セフレーニアの部屋のドアを見張っているのは知っている。少し眠ったらどうだ。居眠りして鞍から落ちでもしたら、セフレーニアにとっても、われわれ全員にとっても、あまりいいことにはならないからな」

　ベヴィエは表情を固くした。

「非難してるわけじゃないんだよ、ベヴィエ」カルテンがとりなした。「スパークホークはいまだに〝社交〟って言葉の意味がわかってないのさ。いずれは覚えてくれるんじゃないかと、みんな期待してるんだがね」

ベヴィエはかすかに笑みを浮かべ、たちまちそれが爆笑に変わった。

「あなたがたパンディオン騎士に慣れるには、しばらく時間がかかりそうです」

「教育の一環と考えてくれ」とカルテン。

「うまく治療法が見つかったとしたら、シミュラへの帰り道ではありとあらゆる妨害に出会うことになるわな」ティニアンがスパーホークに言った。「軍隊がおれたちを阻止しようとするかもしれない」

「マデルかサリニウムだ」アラスがぼそりと地名を口にした。

「どういうことだい」ティニアンが尋ねる。

「おまえの言う軍隊は、街道を封鎖しておれたちがカレロスに——その先のエレニア国に入れないようにするわけだろう。南に向かって、今言ったどちらかの港町に入れば、船を雇ってヴァーデナイス経由でエレニア国の西岸に着ける。海路のほうがどのみち早い」

「その件は治療法が見つかってから検討しよう」スパーホークが言った。

セフレーニアがフルートを連れて階段を下りてきた。「用意はできましたか」

スパーホークがうなずく。

セフレーニアは短くフルートに声をかけ、少女はうなずいて部屋を横切ると、座っているタレンのそばに行った。

「あなたが選ばれました、タレン。わたしがいないあいだ、その子の面倒を見てやってください」

「でも――」抗議しかけるタレンにクリクが釘を刺した。

「言われたとおりにするんだ」

「ちょっと外を見てこようと思ったのに」

「だめだ。おまえを外出させるわけにはいかん」

タレンは顔をしかめた。

「わかったよ」そう答えた少年の膝にフルートが這《は》い上がった。

大学の敷地はすぐそばだったので、スパーホークは馬を使わずに歩いていくことにした。ボラッタの狭い通りを歩きながら、セフレーニアはあたりを見まわした。

「ここに来るのはずいぶん久しぶりです」

スパーホークは微笑んだ。

「いったい大学の何に興味があったんですか。読書に否定的な意見をお持ちのあなたが」

「学んでいたのではありません。教えていたのですよ」

「これは気がついて然るべきでした。ベヴィエとはうまくいっていますか」

「もちろん。ただ何一つわたしにやらせてくれないのと、わたしをエレネ人の神に帰依《きえ》させようとするのが問題でしょうか」その口調にはやや辛辣《しんらつ》なものがあった。

「あなたを守ろうとしているだけですよ。肉体のみならず、魂もね」

「冗談のつもりですか」

スパーホークはあえて答えなかった。

ボラッタ大学の敷地は公園のようで、手入れの行き届いた芝生の上を、学生や研究者が黙想に耽《ふけ》りながらそぞろ歩いていた。

スパーホークは淡緑色の胴衣《ダブレット》を着た若い男に声をかけた。

「失礼だが、医学部へはどう行けばいいのかな、ネイバー」

「ご病気ですか」

「いや。ただわたしの友人がちょっと」

「なるほど。医師団はあそこの建物を占領してますよ」学生は灰色の石で造られた、地面にうずくまったような格好の建物を指差した。

「どうもありがとう、ネイバー」

「お友だちが早くよくなるといいですね」

「まったくだ」

建物に入った二人は、黒いローブを着た丸々と太った男に行き当たった。

「失礼ですが、お医者さまですか」今度はセフレーニアが声をかけた。

「そうです」

「よかった。少しお時間をいただけませんでしょうか」

太った男はまじまじとスパーホークを見つめ、そっけなく答えた。

「悪いが、忙しいので」

「ではご同僚をどなたか紹介していただけませんか」

「どのドアでも叩いてみるといい」男は片手を振ると、急いで二人のそばから離れていった。

「治療者にしてはおかしな態度だ」スパーホークがつぶやいた。

「どんな職業にも、ああした人物はつきものですよ」

二人はロビーを横切り、スパーホークが黒く塗られたドアをノックした。

「何ですか」用心深い声が聞こえた。

「お医者さまにお会いしたいのですが」

長い間があって、用心深い声が答えた。

「わかりました。中へどうぞ」

スパーホークはドアを開け、セフレーニアを中に通した。

小部屋の中の散らかったデスクの前に腰をおろした男は、両目の下に深い隈《くま》ができ、もう何週間も髭《ひげ》を剃《そ》っていないように見えた。

「どんな具合ですか」男は消耗しきった声でセフレーニアに尋ねた。

「病気なのはわたしではありません」

「ではそちらの方？」医者はスパーホークを指差した。「わたしには頑健そのものに見えますが」

「いえ、この人でもありません。友人の代理で来ているのです」

「往診はしないんですよ」

「往診をお願いしたいのではありません」とスパーホーク。

「友人は遠方に住んでおります。症状を詳しく説明すれば、病の原因を推測していただけるのではないかと思いまして」とセフレーニア。

「わたしは推測でものを言ったりしませんよ。どんな症状なんです」

「癲癇《てんかん》によく似ているのですが」

「ならばそれでしょう。もうご自分で診断なさっているじゃありませんか」

「ただ、多少違う点があるのです」

「わかりました。違いを説明してください」

「熱があります。かなりの高熱です。それに大量の発汗が」

「その二つは矛盾していますよ。熱があれば、肌は乾いているものです」

「ええ、知っています」

「医学の知識があるのですか」

「ある種の民間療法に通じているだけです」

医者は鼻を鳴らした。

「わたしの経験から言って、民間療法は患者を救うよりも殺すことのほうが多いようですがね。ほかに気がついた症状は」

セフレーニアはエラナを昏睡《こんすい》させている病気について、こと細かに描写した。ところが医者はほとんど上の空で、スパーホークの顔ばかり見つめていた。やがて驚いた顔になり、目を細めて陰険な表情を浮かべる。セフレーニアの説明が終わると、医者はこう言った。

「申し訳ないが、戻ってもう一度よくお友だちを観察してきてください。今おっしゃった症状は、知られているどんな病気にも当てはまりません」それはまったくの切り口上だった。

スパーホークは背筋を伸ばし、拳を握りしめた。セフレーニアが片手を騎士の腕に置く。

「お時間を割《さ》いていただき、ありがとうございました」教母は医者に礼を言い、スパーホークに向き直った。「行きましょう」

二人は部屋を出て廊下に戻った。

「続けて二人だ」スパーホークがつぶやく。

「何がです」

「礼儀知らずの人間ですよ」

「たぶん何か理由があるのでしょう」

「どういうことですか」

「ものを教える人間は、自然と態度が尊大になるものです」

「あなたはそうじゃなかった」

「気をつけていますからね。別のドアを試してみましょう」

それから二時間、二人は七人の医者と話をした。どの医者もまじまじとスパーホークの顔を見つめてから、何もわからないと返事をした。

「何となくわかってきましたよ」またしても体よく追い払われて廊下に戻ったとき、スパーホークが言った。「わたしを一目見ると、医者はみんな無能になってしまう。これはわたしの思い過ごしですかね」

「わたしも気がつきました」セフレーニアは考えこみながら答えた。

「誰もが胸をときめかせるような顔じゃないってことは承知してますけど、見ただけで何も考えられなくなるほどひどい顔ですかね」

「あなたの顔は最高にハンサムですよ、スパーホーク」

「頭部の前面に付いてるってこと以外に、顔に何か特別の意味があるんですか」

「ボラッタの医術は、噂されるほどのものではないようですね」

「時間を無駄にしたと？」

「まだ終わったわけではありません。希望を捨てないことです」

最後に二人はみすぼらしい壁の窪《くぼ》みの奥の、塗装もしていない小さなドアの前に立った。スパーホークがノックをすると、中から「うるさい」と返事があった。

「お力をお借りしたいのです、先生」セフレーニアが声をかける。

「誰か別のやつの邪魔をしにいけ。わしは酒を飲むので忙しいんだ」

「ふざけるな！」スパーホークは把手《とって》をつかんで押してみたが、ドアは中から鍵がかけられていた。苛立った騎士が一蹴りすると、木片が飛び散ってドアが開いた。

小部屋の中の男は目をしばたたいた。みすぼらしい小男で、背中は曲がり、しょぼしょぼした目をしている。

「大きな音でノックをするやつだな」男はげっぷをした。「まあ立ってないで、中へ入れ」頭が前後に揺れている。服はくしゃくしゃで、まばらな灰色の髪は四方八方に突き出していた。

「このあたりの水には、何か人間を卑しくするような成分でも入っているのか」スパーホークが辛辣なことを言う。

「知らんね。わしは水なんか飲んだことがない」男はそう答え、あちこちがへこんだジョッキから音を立てて中身をすすった。

「確かにそうらしいな」

「こうやって一日じゅう侮辱を投げつけあってもいいが、そっちの用件を話したらどうかね」医者はじっとスパーホークの顔に焦点を合わせた。「ははあ、きみがそうか」

「わたしが何です」

「わしらが話をしたがらん男だ」

「説明していただけますか」

「何日か前、男が一人やってきて、ここの医者の一人一人に金貨百枚を与えようと申し出た。きみを空手で帰らせることを条件にな」

「どんな男でした」

「軍服を着て、髪が白かった」

「マーテルだ」スパーホークはセフレーニアに言った。

「すぐに気づいてもいいことでしたね」

「だが安心したまえ。きみらはボラッタ最高の名医を前にしとるんだ」むさくるしい小男はそう言ってにっと笑った。「わが同僚たちは秋の訪れとともに、鴨といっしょになって〝ガア、ガア、ガア〟と鳴きながら南へ渡ってしまう。そんな連中にまともな医学的意見は期待できんよ。白い髪の男は、きみたちがある症状を説明するはずだと言っていた。わしの理解するところでは、どこかのレディがひどい病気で、そのマーテルとかいうきみらのお友だちは、その人の回復を望んでおらんというわけだろう。そんなやつは失望させてやろうじゃないか」医者はまたジョッキを大きくあおった。

「あなたは医者の鑑《かがみ》ですわ」セフレーニアが言った。

「違うね。わしはひねくれた年寄りの飲んだくれだ。どうしてきみらに手を貸す気になったか、知りたいかね。指のあいだから金がこぼれ落ちていくのを知った、同僚どもの悲鳴が聞きたいからさ」

「理由としてはなかなかいい」とスパーホーク。

「まったくだ」ほろ酔いの医者はスパーホークの鼻を見つめた。「どうして折れたときにすぐ治しておかなかった」

スパーホークは自分の鼻に手を触れた。「ほかのことで忙しくてね」

「よければ治してやるぞ。ハンマーでもう一度叩き折って、改めて形を整えればいいだけだ」

「ありがたいが、もう慣れているんでね」

「好きにするさ。じゃあ、その問題の症状というのを聞こうか」

セフレーニアは何度もしてきた話をここでもくり返した。

医者は耳を掻《か》きながら、真剣な顔で聞き入っていた。それからデスクにうずたかく積み上げた書類や本の中から、破れた革表紙のついた分厚い本を引っ張り出した。しばらくページを繰って、やがてばたんと本を閉じる。

「思ったとおりだ」勝ち誇った顔でそう言うと、医者はまたげっぷをした。

「それで」とスパーホーク。

「毒を盛られたんだな。まだ死んでいないのかね」

スパーホークは胃のあたりに冷たいものを感じた。「まだです」

「時間の問題だ」医者は肩をすくめた。「レンドー国の珍しい毒物でね。飲めばかならず死ぬ」

スパーホークは歯嚙《はが》みした。

「シミュラに戻ったらアニアスの内臓を掻き出してやる。なまくらなナイフでだ」

みすぼらしい医者は急に興味を示した。

「だったら、臍《へそ》の下のところを横に切開するといい。それからうしろに蹴とばすんだ。全部いっぺんに飛び出してくる」

「ありがとう」

「お代はいらんよ。何かをやるなら、正しいやり方をしないとな。そのアニアスというのが、毒を盛った犯人だと思っているんだな」

「間違いない」

「じゃあさっさとやっつけてしまえ。毒など使うやつは好きになれん」

「その毒に解毒剤はないのですか」セフレーニアが尋ねた。

「わしの知る限りでは、ない。キップリアにはこういったことに詳しい医者が何人かいるが、きみらが戻るころには、お友だちはもう亡くなっているだろう」

「いいえ。容態は固定してあります」セフレーニアが言った。

「どうやったのか聞かせてもらいたいね」

「この女性はスティリクム人なんだ」スパーホークが説明した。「ある種の力を使うことができる」

「魔法かね？　本当に働くのか」

「場合によっては」とセフレーニア。

「わかった。時間はあるものと考えよう」むさくるしい医者はデスクの上にあった紙を一枚破り取り、ほとんど乾きかけたインク壺に鵞《が》ペンをひたした。「上の二つはキップリアにいる腕のいい医者の名前だ。その下に書いたのは、毒薬の名前だ」医者はスパーホークに紙片を手渡した。「幸運を祈っとるぞ。さて、そろそろ出ていってもらおうか。あんたがドアを蹴破る前にやってたことの続きをやりたいんでな」

16

「みんなはレンドー人には見えない」スパーホークが言った。「あの国ではよそ者は大いに注目を集める。それもたいていは、あまり友好的でないやつをだ。わたしはキップリアの現地人で通るし、クリクもそうだ。レンドー国では女性はベールをかぶるので、セフレーニアも問題はない。ほかのみんなには残ってもらうしかない」

一行は大学近くの宿屋の二階にある大きな部屋に集まっていた。壁に沿って置かれた数脚の長椅子のほかには家具と呼べるものはなく、カーテンのかかっていない細長い窓があるだけの部屋だ。スパーホークはみすぼらしい医者の診断を報告し、今回はマーテルが直接行動ではなく間接的な妨害に出てきたことを伝え終わったところだった。

「髪の色は何か塗ってごまかせばいい。それで通用しないかな」カルテンが言った。

「問題は物腰なんだよ、カルテン。全身を緑色に染め上げることだってできるけど、それでもやはりエレニア人だと見破られてしまうだろう。きみたちは全員がいかにも騎士らしい物腰をしているんだ。それを消すには何年もかかる」

「ここに残れと言うのか」アラスが尋ねた。

「いや、マデルまではいっしょに行こう。キップリアで何か予期しないことが起きた場合、そのほうが早く連絡を取れる」

「一つ忘れてることがあるんじゃないか、スパーホーク」カルテンが言った。「マーテルがこのあたりをうろついてるってことは、そこらじゅうで目を光らせてるってことだ。完全武装でボラッタを出発したりしたら、半リーグも行かないうちに気づかれちまうよ」

「巡礼だ」アラスが短くぼそりと言った。

「どういう意味だ」カルテンが顔をしかめる。

「梱包《こんぽう》した甲冑《かっちゅう》を荷車に積んで、質素な服で巡礼の中に紛れこめば、誰も注意を払わない」アラスはベヴィエに目を向けた。「マデルには詳しいか」

「騎士館がありますから、何度か行ったことがあります」

「神殿か聖地のようなものはないか」

「いくつかありますが、冬に訪れる巡礼はまれですね」

「金を払えば行ってくれるだろう。何人か雇えばいい。それと道々聖歌を歌う司祭が要る」

「この案なら行けそうじゃないか」カルテンが言った。「マーテルはおれたちがこのあとどこに向かうか知らないわけだから、監視の網も薄く引き伸ばされてるはずだ」

「そのマーテルという男をどうやって見分けます。あなたがたがキップリアに行っているあいだに遭遇したとしての話ですが」とベヴィエ。

「カルテンが知っているし、タレンも一度見ているはずだ」そう答えてからスパーホークはふと思いついて、あやとりをしてフルートをあやしている少年に声をかけた。「タレン、おまえマーテルとクレイガーの似顔絵が描けないか」

「描けるよ」

「アダスの顔も呪文で呼び出せますね」セフレーニアが言う。

「アダスは簡単さ」とカルテン。「ゴリラに甲冑を着せれば、それで出来上がりだ」

「ではそういうことにしよう」スパーホークは方針を決定した。「ベリット」

「はい、スパーホーク」

「教会を探してきてくれ。できるだけ貧しい教会がいい。そこの牧師に話をして、マデルの寺院まで巡礼に行く資金を出すと言うんだ。教区の中から貧しい人たちを十二、三人集めて、明日の朝ここへ寄越すように伝えてくれ。牧師にもいっしょに来てもらいたい――われわれの魂の癒《いや》し手としてな。言うとおりにしてくれたら献金をはずむからと言うんだぞ」

「巡礼の理由を訊《き》かれたらどうします」

「おれたちは恐ろしい罪を犯して、その償いがしたいんだと言っておけ」カルテンは肩をすくめた。「ただ、どんな罪なのかあんまり詳しくは話すなよ」

「サー・カルテン！」ベヴィエは息を呑《の》んだ。「聖職者に嘘をつくおつもりですか」

「まったくの嘘じゃないさ。みんな罪人《つみびと》には違いないだろう。おれは今週だけで少なくとも六回は罪を犯してる。それに貧しい教会の牧師は、献金がかかってるときに詳しい事情を根掘り葉掘り尋ねようとはしないもんさ」

スパーホークは服の隠しから革袋を取り出した。何度か振ると、中から金貨の触れ合う音が聞こえた。

「よし、それでは諸君」言いながら袋の口を開く。「これから諸君の大好きな時間――献金の時間だ。神は気前よく献金する者をお喜びになるのだから、出し惜しみはいかんぞ。牧師は巡礼を雇うのに現金がいるはずだ」スパーホークは革袋を回した。

「神は約束手形を受け取ってくれるかな」カルテンが尋ねる。

「神はお受け取りになるだろうが、おれはだめだな。何がしか袋の中に入れるんだ、カルテン」

翌朝、宿屋の庭に集まった人々は、例外なくみすぼらしかった。つぎの当たった喪服姿の寡婦、職を失った職人、それに腹を減らした物乞《ものご》いなどだ。全員が眠たそうな目をした驢《ろ》馬《ば》に乗っている。スパーホークはそれを窓から眺めていた。

「宿の主人に言って、何か食べさせてやってくれ」

「あんなにいるんだぞ、スパーホーク」カルテンが抗議する。

「街から一マイルばかりで、空腹のあまり気を失ったりされたら困るからな。食事の世話のほうは頼んだぞ。おれは牧師と話をしてくる」

「仰せのとおりに」カルテンは肩をすくめた。「風呂にも入れたほうがいいか。かなり汚ないのもいるみたいだが」

「そこまでは必要ないだろう。馬と驢馬にも餌《えさ》を頼む」

「気前がよすぎやしないか」

「馬がへばったら、おまえが担いでいくんだぞ」

「今すぐ手配する」

この貧しい教会の牧師は、不安そうな顔をした六十代の痩《や》せた男だった。白くなった髪はくしゃくしゃで、やつれた顔には深い皺《しわ》が刻まれている。

「閣下」牧師はスパーホークに向かって深々と頭を下げた。

「ああ、どうかただの〝巡礼〟と呼んでください、牧師様。神にお仕えするという意味で、わたしたちはみな対等です。わたしの仲間たちは、みなさんのような善良で信心深い人たちといっしょにマデルまで行ってかの地の聖なる寺院に参拝し、魂の慰めと、限りない神の慈愛について感謝を捧げたいだけなのです」

「すばらしいことです――ええと――巡礼殿」

「朝食をごいっしょにいかがですか。今夜眠るまでには長い距離を行かねばなりませんから」

牧師の顔が急に明るくなった。「喜んで、閣下――いやつまり、巡礼殿」

カモリア人の巡礼と驢馬たちの食事にはなかなか時間がかかった。食堂でも厩でも、穀物を貯蔵してある容器の限界をいささか超えてしまっていたのだ。

「こんなに大食いな連中を見るのははじめてだよ」地味で目立たない服を着て、宿屋の外で馬にまたがったカルテンがつぶやいた。

「腹を減らしているんだ」とスパーホーク。「せめてボラッタへの帰途につくまでは、ちゃんとした食事ができるようにしてやろう」

「慈善ですか、サー・スパーホーク」ベヴィエが口をはさんだ。「それは少しばかり似合いませんね。こわもてで鳴るパンディオン騎士団は、慈悲や憐《あわ》れみといったものとは無縁のはずでしょう」

「よくご存じではないようね、サー・ベヴィエ」セフレーニアはつぶやき、自分の白い乗用馬に乗って、フルートに手を伸ばした。だがフルートはかぶりを振り、ファランに歩み寄ると小さな手を伸ばした。大きな軍馬は首を下げ、少女はビロードのような手触りの鼻面を撫《な》でた。スパーホークは馬の身体に奇妙な震えが走るのを感じた。さらにフルートは、大柄なパンディオン騎士に向かって両手を伸ばした。スパーホークは思い切って身を乗り出し、フルートの定位置ともいうべき鞍の前の部分にまたがらせると、マントで少女の身体をくるんだ。フルートは騎士に身体を預け、笛を取り出すと、初めて出会ったときに吹いたのと同じ短調の曲を吹きはじめた。

一行の先頭に立った牧師は短い祈りを捧げてエレネ人の神に旅の無事を願ったが、フルートの笛の音は疑念を感じさせるトリルでそれに応じた。

「慎みなさい」スパーホークは小声で少女をたしなめた。「あの人はいい人だ。よかれと思ってやっていることなんだ」

少女はいたずらっぽい目で騎士を見上げ、あくびをするとさらに寄りかかって、たちまち眠りこんでしまった。

ボラッタを出た一行は、よく晴れた空の下を南へ向かった。甲冑や装備一式を積みこんだ荷車とともに、クリクもうしろからついてきている。風が吹きすさび、牧師のあとについて黙々と驢馬を進める巡礼たちの服をはためかせた。西に見える低い山並みは、まだ頭に雪を戴いていた。その白い頂きに日光がきらめく。スパーホークには一行がひどくのんびりと、ぶらぶらと進んでいるように思えたが、巡礼を乗せたあわれな驢馬たちの激しい息遣いを聞けば、精いっぱい駆り立てられていることはよくわかった。

昼ごろになって、しんがりを務めていたカルテンが馬を進めてきた。

「うしろから何人か馬で近づいてきてる」そばにいる巡礼たちを刺激しないよう、カルテンは穏やかに声をかけた。「かなり急いでる様子だ」

「誰だか見当はつくか」とスパーホーク。

「赤い服を着てるよ」

「では教会兵だな」

「何とも回転が早いだろ」カルテンはほかの騎士たちに向かって言った。

「何人だ」ティニアンが尋ねた。

「増補一小隊といったところだな」

ベヴィエが袋に入れて吊《つ》っていたロッホアーバー斧をはずしかける。

「まだ隠しておけ。ほかの者も、まだ武器を出すんじゃないぞ」スパーホークは声を大きくして、先頭の牧師に話しかけた。「牧師様、聖歌をお願いできませんか。聖なる歌がともにあれば、道中もはかどると思うのですが」

牧師は咳払《せきばら》いをすると、音程のはずれたしわがれ声で歌いはじめた。巡礼たちがうんざりした調子で、それでも長年の習慣から声を合わせて歌いはじめる。

「歌うんだ」スパーホークは仲間に声をかけ、全員がよく知っている聖歌の合唱に加わった。聖歌が響きはじめると、フルートは笛を取り出してからかうような調子の対旋律を吹いた。

「やめなさい」スパークホークは少女にささやいた。「それから、もし面倒なことになったら、馬を下りて逃げなさい」

少女はスパークホークを見上げた。

「言われたとおりにするんだ、若きレディ。戦いになったとき、きみを巻きこみたくない」

しかし教会兵たちは、聖歌を歌っている巡礼の一行にはほとんど目もくれずにかたわらを駆け抜け、たちまち見えなくなってしまった。

「緊張したな」アラスが感想を述べた。

「まったくだ」とティニアン。「怯えた巡礼たちのまん中で戦うってのも面白そうだったんだが」

「わたしたちを探していたんでしょうか」ベリットが尋ねた。

「何とも言えないな」とスパークホーク。「もっとも、呼び止めて訊いてみる気はなかったがね」

一行は南のマデルを目指して、牧師の教区民たちが乗るかわいそうな驢馬たちをいたわるために、ゆっくりしたペースで進んでいった。目的の港町の郊外に着いたのは、ボラッタを出発してから四日めの昼近くだった。街が見えてくると、スパークホークは先頭の牧師のところまで馬を進め、金貨の詰まった革袋を手渡した。

「ここでお別れしましょう。ちょっとしなければならないことがありますので」

牧師は推し量るような目でスパーホークを見つめた。

「何もかも隠《かく》れ蓑《みの》だったのではありませんかな、閣下。わしは貧しい教会の貧乏司祭に過ぎんが、聖騎士の方は、物腰を見ればそれとわかるつもりです」

「お許しください、牧師様。どうかみなさんをマデルの聖地に案内し、祈りを捧げて、たっぷりと食事をさせてあげてください。そのあとはボラッタへ帰って、残ったお金はご自由にお使いください」

「うしろ暗いことではないのでしょうな」

「天地神明に誓って。わたしと友人たちは、きわめて急を要する件で教会に奉仕しています。ご助力にはカレロスの聖議会議員たちも感謝することでしょう――まあ、議員のほとんどは」スパーホークはファランの向きを変え、仲間のところへ戻った。「それじゃあベヴィエ、騎士館に案内してくれ」

「そのことを考えていたのです、サー・スパーホーク」ベヴィエが答えた。「ここの騎士館の動向には、当局をはじめさまざまな人々の目が光っています。いくら身をやつしても、かならず正体を暴かれてしまうでしょう」

スパーホークはうなずいた。

「ありそうなことだ。何か考えはあるのか」

「ないこともありません。たまたまわたしの親戚が——東アーシウムの侯爵なのですが——郊外に別荘を持っています。わたしたち一族は商人に身を落としたといってその人を遠ざけていますし、わたしももう何年も会っていませんが、たぶん覚えてくれているでしょう。気のいい人物ですし、きちんと挨拶《あいさつ》をすれば歓待してくれると思います」

「やってみる価値はあるな。わかった、案内してくれ」

一行はマデルの西側を迂回《うかい》して、地元産の砂岩で造った低い塀をめぐらせた裕福そうな屋敷に到着した。屋敷自体は道からかなり離れて建てられ、丈高い常緑樹と手入れの行き届いた芝生に囲まれていた。屋敷の前には玉石を敷き詰めた庭があり、一行はそこで馬を下りた。質素なお仕着せに身を包んだ召使が出てきて、何事かと言いたげに近づいてきた。

「親戚のサー・ベヴィエが友人を連れてご挨拶にうかがったと、侯爵にお伝え願えますでしょうか」シリニック騎士は丁重に頼んだ。

「ただいまお伝えしてまいります」召使はそう答えて、屋敷の中に姿を消した。

やがて中から現われたのは、肥満した赤ら顔の男だった。アーシウムふうの胴衣《ダブレット》とズボンではなく、南カモリアで人気のある色鮮やかな絹のローブを身につけている。その顔には大きな歓迎の笑みが浮かんでいた。

「ベヴィエ」男は遠い親戚の騎士を温かな握手で迎えた。「カモリア国に何の用だね」

「隠れ家を求めてきたのです、リュシエン」そう答えて、ベヴィエは表情を曇らせた。「一族の者たちはあなたに冷たい仕打ちをしてきました。追い返されても文句は言えませんが……」

「ばかを言うな、ベヴィエ。商売の道に入ると決めたのはこのわたしだ。一族の者たちがそれをどう思うかなんて、最初から承知の上さ。来てくれて嬉しいよ。隠れ家だって？」

ベヴィエはうなずいた。

「いささか微妙な教会の仕事で来ているので、街のシリニック騎士館では人目に立ちすぎるのです。あつかましいお願いだということは承知していますが、しばらくこちらに置いていただけないでしょうか」

「いいとも、いいとも」リュシエン侯爵は両手を打ち鳴らした。馬丁《ばてい》が数人、厩《うまや》から姿を現わす。「お客さまがたの馬と荷車の世話を頼む」そう言って片手をベヴィエの肩に回し、全員に向かって、「どうぞお入りになって、わが家と思ってくつろいでください」侯爵は先に立って低いアーチ型のドアをくぐり、屋敷の中に入った。一行が通されたのは、クッションを並べた長椅子と数本の薪《まき》がぱちぱちと爆《は》ぜている暖炉を備えた、気持ちのいい部屋だった。「どうぞみなさん、おかけください」侯爵はベヴィエを見て、推し量るような表情になった。「その教会の仕事というのは、よほど大切なことに違いあるまいな。みなさんの様子を拝見すると、どうやら四つの騎士団をそれぞれに代表していらっしゃるらしい」

「侯爵は慧眼《けいがん》でいらっしゃる」スパーホークが応じた。

「わたしも揉《も》めごとに巻きこまれることになるかな」リュシエンはにやっと笑った。

「それが困ると言っているのではないぞ。ただ、それなら準備をしておかんとな」

「そういうことにはならないでしょう」スパーホークが答えた。「とりわけ、事がうまく運んだ場合には。侯爵は港につてをお持ちではありませんか」

「いくらでもありますぞ、サー……？」

「スパーホークです」

「エレニア国の女王の擁護者かね」リュシエンは驚いたようだった。「レンドー国への追放から戻ったとは聞いていたが、ずいぶん遠くまで来たものですな。シミュラにあって、女王を排斥しようとするアニアス司教の陰謀を退けようとしているものとばかり思っていました」

「情報に通じていらっしゃいますな」とスパーホーク。

「商人とはそうしたものです」リュシエンは肩をすくめ、ベヴィエに目くばせしてみせた。「一族の者たちからすると、そういうところが胡乱《うろん》に見えるようですが。わたしの代理人や船主たちは、取引に際してさまざまな情報を集めてきますからね」

「お見受けしたところ、侯爵はシミュラの司教にあまり好意を感じていらっしゃらないようですが」

「あれは悪党です」

「まさに同感ですね」カルテンが答える。

「けっこう。実はわれわれがやっているのは、司教の権力の強化を抑えようとする試みなのです」スパーホークが言った。「成功すれば、司教の野望をくじくことができます。もっとお話ししてもいいのですが、あまり詳しいことを知ってしまうと、侯爵の身に危険が及ぶやもしれませんので」

「お心遣いを感謝しますよ、サー・スパーホーク。手伝えることがあれば、何なりと言ってください」

「われわれのうち三人はキップリアへ向かうことになっています。侯爵の身の安全のためにも、侯爵の持ち船は使わずに独立航海船を雇ったほうがいいでしょう。そういう船の船長をご紹介いただきたいのです。紹介状を書いていただければ、あとはこちらでやりますから」

と、クリクがいきなり部屋の中を見まわして尋ねた。

「スパーホーク、タレンはどうしました」

スパーホークは急いで振り返った。

「中に入ったときはいっしょにいたと思うが」

「わたしもです」

「ベリット、探してこい」スパーホークが言った。

「はい、すぐに」見習い騎士はそう答え、部屋を飛び出していった。

「どうかしましたかな」リュシエンが尋ねる。

「困った少年でしてね」ベヴィエが説明した。「どうやらいつも監視しておかなくてはならないらしい」

「ベリットが見つけてくるさ」カルテンが笑いながら言った。「あの若いのは実に大したもんだ。タレンは何発か叩かれてあざを作って帰ってくるだろうが、まああの子にはいい薬だ」

「だいじょうぶだということなら、食堂のほうに何か言いつけましょう。みなさん空腹なのではありませんか。よろしければワインも少しばかり」リュシエンは取ってつけたような信心深い表情を浮かべた。「聖騎士が飲酒を慎むということはよく知っていますが、少々のワインは消化を助けるものだとか聞いておりますので」

「うん、そう聞いてる」カルテンも同意した。

「わたしにはお茶を一杯いただけますでしょうか。それとこの女の子にはミルクを。ワインというわけにはいきませんでしょうから」セフレーニアが言った。

リュシエンは陽気に答えた。

「どうも気の利かないことで」

ベリットがタレンを引き連れて帰ってきたのは、午後もなかばになってからだった。

「港の近くにいました」ベリットは報告するあいだもタレンの襟首をしっかりとつかんだままだった。

「街じゅうを探しまわりました。何かを盗む時間はなかったはずです」

「海を見たかっただけだよ。見たことがなかったから」タレンが抗議する。

クリクはむっつりした顔で、幅広の革のベルトを手に取った。

「ち、ちょっと待ってよ、クリク」タレンはベリットの手から逃れようと懸命に身をよじった。「まさか本気じゃないでしょ」

「すぐにわかる」

「情報を仕入れてきたんだよ。叩いたりしたらしゃべらないからね」訴えるようにスパーホークを見て、「重大情報なんだ。ベルトを引っこめるように言ってよ。そうしたら話すから」

「いいだろう。クリク、大目に見てやれ――とりあえずな」スパーホークは厳しい顔を少年に向けた。「いいかげんなことを言うと後悔するぞ、タレン」

「すごい情報なんだよ。本当だってば」

「言ってみろ」

「ええと、街を歩いてたんだよ。さっきも言ったみたいに、港とか船とか、そういったもんが見たかったからさ。で、飲み屋の前を通りかかったとき、ちょうど男が中から出てきたんだ」

「こいつは驚いた。マデルには飲み屋なんかに通うようなやつがいるのか」カルテンが茶化す。

「あんたも知ってるやつだよ。クレイガーさ。シミュラでおいらに見張らせてただろ。あとを尾《つ》けたら、港の近くのみすぼらしい宿屋に入ってった。案内してやったっていいぜ」

「ベルトを戻せ、クリク」スパーホークが言った。

「時間があるかな」とカルテン。

「いや、ここは時間をかけよう。マーテルはもう何度か妨害を試みている。エラナに毒を盛ったのがアニアスだとすれば、われわれが解毒剤を手に入れるのは何としても邪魔したいはずだ。つまりマーテルは、われわれより先にキップリアに渡ろうとしているということだ。クレイガーを捕まえられれば情報を搾《しぼ》り取れるだろう」

「いっしょに行くぞ」ティニアンが意気込んで申し出た。「このマデルでアニアスの手先を片付けられれば、あとがだいぶ楽になる」

スパーホークはしばらく考えこんでから首を横に振った。

「いや、行かないほうがいい。マーテルとその手下はわたしとカルテンを知っているが、きみたちの顔は知らないはずだ。クレイガーが捕まらなかった場合、残るきみたちにはマデルじゅうでやつを探してもらわなくてはならない。その場合、向こうに顔を知られていないほうが有利だ」

「一理ある」アラスが同意した。

ティニアンはひどくがっかりした様子だった。

「ときどきあんたの読みは深すぎると思うことがあるよ」

「それがこいつの習性なのさ」とカルテン。

「わたしたちのこの服装、マデルの街では目立ちますでしょうか」スパーホークが尋ねると、リュシエンはかぶりを振った。

「港町ですからな。人々は世界じゅうから集まってくる。よそ者が二人増えたくらいでは、大して目立つことはありますまい」

「よかった」スパーホークはカルテンとタレンを引き連れてドアに向かった。「そう遅くはならないつもりです」

三人は馬を置いたまま、徒歩で街に出た。マデルは川の流れこむ入り江に面していて、強い海風に運ばれた潮のかおりが感じられた。街路は狭く、曲がりくねっていて、港に近づくにつれて荒廃の度合を増していた。

「その宿屋ってのは遠いのか」カルテンが尋ねた。

「もう、すぐそこだよ」とタレン。

そのときスパーホークが足を止めた。

「クレイガーが中に入ったあと、宿のまわりを調べてみたか」

「ううん。調べようと思ったら、ベリットに捕まっちゃったから」

「だったら今調べてきたほうがいいな。カルテンとわたしが正面から乗りこんでいくのをクレイガーがどこかで見ていたら、こっそり裏口から抜け出してしまうだろう。裏口がどこにあるか見てきてくれ」

「わかった」タレンは興奮に目を輝かせ、急いで街路を駆けていった。

「いい子だな。あれで手癖さえ悪くなけりゃなあ」カルテンは顔をしかめた。「どうして裏口があると思ったんだ」

「宿屋にはかならず裏口があるものだ。火事のときとか、いろいろと使い道があるんだ」

「おれじゃあ考えつかなかったな」

タレンは全力疾走で戻ってきた。十人ほどの男に追いかけられている。先頭に立って口汚なくわめいているのは、アダスだった。

「気をつけて！」そばを走り過ぎながらタレンが叫んだ。

スパーホークとカルテンは服の下に隠していた剣を抜き、少し離れて敵を迎え撃った。

アダスの率いる男たちはみすぼらしい服装で、手にした武器もまちまちだった。錆《さび》の浮いた剣、斧《おの》、棘《とげ》つきの棍棒《メイス》などだ。

「殺せ！」アダスがわめき、速度を落として手下を先に行かせた。

戦闘は短かった。狭い通りを突進してきた男たちは単なる港のごろつきで、訓練を積んだ騎士の敵ではなかったのだ。作戦を誤ったと気づいたときにはすでに四人が倒れ、さらに二人が血だらけの石畳の上に転がると、残った者たちは背中を向けて逃げ出した。

スパーホークは倒れた男の身体を飛び越えてアダスに迫った。アダスは騎士の最初の一撃をかわし、剣を両手で握ってスパーホークに打ちかかった。スパーホークは敵の攻撃を軽々と受け流し、逆にすばやく甲冑の脇腹と肩を痛撃して相手に手傷を負わせた。アダスは血まみれの手で脇腹を押さえて逃げ去った。

「追わないのか」カルテンが息をはずませ、血に濡れた剣を片手に持ったまま尋ねた。

「アダスはおれより足が速い」スパーホークは肩をすくめた。「何年も前からわかってることだ」

タレンが息を切らしながら駆け戻ってきた。血を流して敷石の上に倒れている男たちを見て、称讃《しょうさん》の声を上げる。

「お見事、お二人さん」

「何があったんだ」スパーホークが尋ねた。

タレンが肩をすくめる。

「宿の前を通り過ぎて、裏に回ってみたんだ。そうしたらさっき逃げてったでかいのが、手下と路地に隠れてたんだよ。おいらを捕まえようとしたけど、うまくすり抜けて、走って逃げてきたわけさ」

「そいつはいい考えだった」とカルテン。

スパーホークは剣を鞘《さや》におさめた。

「とにかくここを離れよう」

「アダスを追わないのか」

「罠《わな》にはまるだけだ。マーテルはクレイガーを餌に使って、おれたちをおびき出した。そうでなければあんなに簡単に見つからなかったはずだ」

「つまりおいらの顔も知られてるってこと?」タレンは衝撃を受けたようだった。

「たぶんな。シミュラでわたしの手伝いをしていたのがばれてしまったと言っていたろう。クレイガーはたぶんおまえの尾行に気づいて、アダスに人相を説明したんだと思う。アダスは頭こそ空っぽだが、目は鋭い」スパーホークは小さく悪態をついた。「マーテルは思っていた以上に頭が切れるな。すこしばかり目障りになってきた」

「それじゃあ、戻るか」カルテンがつぶやき、三人は曲がりくねった街路を引き返していった。

第三部　ダブール

ガタス
アシー川
アシー
アデーラ川
エンデ
アデーラ
エンデ川
スティリック川
エレニア国
カードス
レンダ
シミュラ
シミュラ川
ダブール
ヴァーデナイス
ディエロス
ユセラ川
ユセラ
アーシウム国
コムベ川
コムベ
アーシウム海峡
ジロク
グール川
コドル
ダブール
レンドー国
SHELLY SHAPIRO '88

17

紫の夕闇がマデルの狭い街路に迫り、星々が輝きはじめるころ、スパーホークとカルテンとタレンの三人は細く曲がりくねった街路を歩いていた。何度も角を曲がり、時にはまわれ右をして道を引き返し、絶対にあとを尾《つ》けられないように気を配っている。

「ちょっと気にしすぎじゃないか」半時間ほどしてカルテンが言った。

「マーテルには絶対に隙《すき》を見せたくない」スパーホークが答える。「おれたちを仕留めるためなら、多少の犠牲など意に介さないやつだ。夜中に目覚めたらリュシエンの屋敷が傭兵《ようへい》に囲まれてた、なんてのはごめんだからな」

「確かにそのとおりだ」

西門からマデルの街の外に出るころには、さらに闇が迫っていた。しばらく道を進んでから、スパーホークは茂みのそばで立ち止まった。

「ここに隠れて、あとを尾けてくるやつがいないかどうか確かめよう」

三人は風にそよぐ若葉の陰に身をひそめ、市街に通じる道に目を凝らした。茂みのどこかで眠っていた鳥が不平の声を上げ、牛に引かせた荷車が車輪をきしませながら通り過ぎて、がたがたとマデルの街に向かっていった。

「もうすぐ夜になるんだ、今ごろから街を離れようなんてやつはそうそういないだろう」カルテンがささやいた。

「そこが付け目さ」とスパーホーク。「これから外に出てくるやつは、大事な仕事を抱えているに違いないからな」

「その仕事ってのが、つまりおれたちか」

「その可能性は高い」

街のほうから木のきしむ音が聞こえ、低いどすんという響きがしたかと思うと、重い鎖の鳴る音が続いた。

「門が閉まったんだ」タレンがささやく。

「それを待っていたのさ」スパーホークは立ち上がった。「行こう」

三人は茂みを出て歩きはじめた。両側に木々のそびえ立つ道は、影のような茂みに縁取られて夜の闇の中へと続いている。タレンは不安そうに二人の騎士に寄り添い、目をあちこちにさまよわせていた。

「何をびくびくしてるんだ」カルテンが尋ねた。

「夜になってから街を離れるのって初めてなんだ。いつもこんなに暗いの?」

ブロンドの騎士は肩をすくめた。

「暗いから夜なんじゃないか」

「松明《たいまつ》くらい点《つ》けといてくれてもいいのに」タレンは不平がましくつぶやいた。

「何のために。兎《うさぎ》が道に迷わないようにか」

リュシエンの屋敷は常緑樹の深い影の中に沈んで、門に松明が一本灯《とも》っているだけだった。玄関前の玉石を敷いた前庭に入ると、タレンは目に見えて緊張を解いた。

「どうだった」玄関から出てきたティニアンが尋ねた。

「ちょっと面倒があった。中で話そう」スパーホークが答える。

「だから全員で行こうと言ったろう」頑丈な体躯《たいく》のアルシオン騎士は、いっしょに屋敷の中に入りながら責めるような口調で言った。

「それほどの面倒じゃないさ」カルテンがなだめに回った。

ほかの者たちは最初にリュシエンに案内された広い部屋で待っていた。二人のパンディオン騎士の服に飛び散った血を見て、セフレーニアが立ち上がった。

「怪我をしたのですか」その声には不安がにじんでいた。

「元気のいい連中とぶつかりましてね」カルテンが軽い調子で答える。「血はみんなそいつらのですよ」

「何があったのです」セフレーニアがスパーホークに尋ねた。

「アダスが宿で待ち伏せしていたんです。港のごろつきといっしょに」考えこむように言葉を切って、「どうもしょっちゅうクレイガーに出くわしているような気がしますね。一度か二度はまったくの偶然だったかもしれませんが、このところ出くわす回数が多すぎます。しかもあとを尾けると、かならず待ち伏せされているんです」

「わざとやってるって言うのか」ティニアンが尋ねる。

「どうもそんな気がしてきたところだ」

「そのマーテルという男には、それほどの危険を冒す友人がいるのですか」ベヴィエが驚いたように言った。

「マーテルには友人などいない」とスパーホーク。「アダスとクレイガーは雇われているだけだ。役に立つ手下ではあるが、それ以上の関係があるわけではない。クレイガーに何かあったとしても、マーテルが涙を流すとは思えんな」騎士は床を見つめて、部屋の中を行ったり来たりしはじめた。「こっちも同じ手を使えるかもしれない」カルテンを見て、「マデルの街の中を少し歩きまわってくれないか。やりすぎないようにして、街にいるってところを見せておくんだ」

「わかったよ」カルテンは肩をすくめた。ティニアンが笑みを見せる。

「マーテルと手下はおれたちの顔を知らないから、こっちはカルテンのあとをついていけばいいわけだ。そういうことだろう」

スパークホークはうなずいた。

「カルテンが独りだと思えば、敵も姿を現わすかもしれない。マーテルのお遊びに付き合うのはいささか飽きた。そろそろこっちのルールで遊ばせてもらおう」侯爵に顔を向けて、「街頭での喧嘩沙汰《けんかざた》に、当局は厳しく臨んでくるでしょうか」

リュシエンは笑い声を上げた。

「マデルは港町だと言ったでしょう、サー・スパークホーク。喧嘩は船乗りの第二の天性ですからな。当局は少々のことなど気にしません。死体を片付けるくらいのものです。公衆衛生の観点からね」

「それはいい」スパークホークは仲間たちを見まわした。「クレイガーかアダスをやっつけることができなくても、マーテルの注意をそらす役には立つだろう。その隙にクリクとセフレーニアとわたしは船に乗りこむ。キップリアに着いても肩越しにしょっちゅう振り返っていなくてはならないんじゃあ、たまらないからな」

「難しいのは、敵の目をかすめて港から船に乗りこむときだな」とカルテン。

「港へ行く必要はありますまいよ」リュシエンが言った。「ここから五マイルほどの川っぷちに、何軒か舟小屋を持っていましてな。かなりの数の独立航海船の船長が、直接そこに荷を届けてくれるんです。乗船の手筈《てはず》なら、街へ出るまでもなくその舟小屋で整えられましょう」

「ありがとうございます、侯爵。これで問題が片付きます」

「いつ出発するんだ」ティニアンが尋ねた。

「早ければ早いほどいい」とスパーホーク。

「では、明日か」

スパーホークはうなずいた。

「ちょっとお話があります、スパーホーク。部屋まで来てもらえませんか」セフレーニアが言った。

スパーホークは不思議に思いながらも、教母のあとからドアの外に出た。

「みんなの前では話せないことなんですか」

「わたしたちが口論するところは、聞かれないほうがいいでしょう」

「口論ですか」

「おそらくね」セフレーニアは自室のドアを開け、騎士を中に通した。フルートが足を組んでベッドに腰掛け、黒い眉を寄せて、毛糸を使って一心にあやとりに集中していた。タレンが教えてやったのに比べるとはるかに複雑なものになっている。フルートは顔を上げて微笑むと、小さな両手を広げて誇らしげに成果を披露した。

「この子もいっしょに行きます」セフレーニアが言った。

「そんな無茶な！　だめですよ」

「ほら、口論になると言ったでしょう」

「ばかなことを言い出さないでください」

「わたしたちはばかなことをたくさんしています」セフレーニアは穏やかに応じた。

「だめですよ。そんな理屈で言いくるめられたりはしません」

「ごちゃごちゃ言うのはおよしなさい。今までいっしょにいたのです、すると決めたことは必ずする子だとわかっているでしょう。この子はいっしょにレンドー国へ行くと決めたのです」

「わたしが行かせません」

「そこが問題なのですよ、スパーホーク。そうはいかないのです。あなたには理解できないことでしょうが、フルートは最後にはいっしょに行くことになります。ならばここは優雅に譲歩してしまってはどうですか」

「優雅さというのは、わたしの長所には入っていません」

「だろうと思いました」

「いいですか、セフレーニア、いったいあの子は何者なんです。あなたは一目見てわかったようでしたが」

「どうして当然なんですか。あの子はまだほんの六歳くらいでしょう。あなたはもう何世代もパンディオン騎士団といっしょにいる。どうして知っているはずがあるんです」

セフレーニアは嘆息した。

「エレネ人の論理は、いつも事実によって対象を曇らせてしまうのですね。あの子とわたしは、言葉の特殊な意味において肉親なのですよ。あなたには理解の端緒すらつかめない形で、わたしたちはお互いを知っていたのです」

「これはどうも」スパーホークはぶっきらぼうに答えた。

「あなたの知性をけなしているわけではありませんよ。スティリクム人の生き方の一部は、あなたにはまだ受け入れる準備ができていないものなのです——知的にも、哲学的にも」

スパーホークはわずかに顔をしかめて考えこんだ。

「いいでしょう、エレネ人の論理で、あなたがその子と別れがたく思っているのだということにしましょう。しかしフルートはまだ子供です。かろうじて赤ん坊ではないといった程度でしょう」

少女が騎士に向かって顔をしかめて見せる。スパーホークは気にせずに話しつづけた。

「その子はアーシウム国境に近い、どんな種類の人間の居住区からも遠く離れた無人地出しておられる人はいなかったのですね……。

帯にいきなり現われた。ダッラの南にある尼僧院に預けようとしたら、そこを抜け出したばかりか、先回りをしてまたしても姿を現わした。われわれは疾駆《ギャロップ》で進んでいたというのにです。しかもファランを手なずけて背中にまたがった。わたしが命じない限り、誰もそばに近づけようとしなかったファランの背中にですよ。この子を見たドルマントが何か尋常ならざるものを感じたのは、顔を見ていればすぐにわかりました。それだけじゃない。普段は一人前の騎士を鬼軍曹みたいに叱《しか》りとばすあなたが、フルートに限って、何かをしたがったりどこかへ行きたがったりすれば、唯々諾々《いいだくだく》と応じてしまう。どれを取ってもフルートがただの子供ではないことを示していると思うのですが、違いますか」

「論理の検証をしているのはあなたです。口をはさむつもりなどありませんよ」

「いいでしょう。では論理を追ってみます。わたしはかなりの数のスティリクム人を見てきています。あなたをはじめ数人の魔術師を除けば、いずれもいささか原始的で、あまり聡明《そうめい》とはいえない——悪意で言っているのではありませんよ」

「わかっています」教母は面白がるような笑みを浮かべた。

「フルートが普通の子供と違うことは、さっき話したとおりです。するとどういうことになるでしょうか」

「どう考えているのですか」

「普通でないならば、特別だということです。スティリクム人にあって、その意味するところは一つしかありません。フルートは魔術師です。他に説明のしようがありません」

セフレーニアは皮肉を込めて拍手した。

「お見事です、スパーホーク」

「でもそんなことはあり得ない。フルートはまだ子供です。秘儀を学ぶ時間があったとは思えない」

「知識を備えて生まれてくる者もいるのです。それにあの子は見かけより年上です」

「いくつなんですか」

「話すはずがないことは知っているでしょう。生まれた時間を敵に知られたら、強力な武器を与えることになってしまいます」

ふとスパーホークの胸に不安が兆した。

「死ぬための準備をしているのではないでしょうね、セフレーニア。今度の件は、失敗すれば十二人の騎士たちが次々と斃《たお》れ、最後にはあなたも死ぬことになる。それでフルートを後継者にしようとしているのですか」

セフレーニアは笑った。

「そう来ましたか、スパーホーク。それは面白い考えです。エレネ人であるあなたがそんなことを思いつくとは、ちょっと驚きましたよ」

「あなたのその癖、ひどく苛々《いらいら》させられるんですが、ご存じでしたか。わたしにまで神秘めかすのはやめてください。それとわたしがエレネ人だからという理由で、子供みたいに扱うのもやめていただきたいですね」

「覚えておきましょう。では、フルートを同行することには同意してもらえますね」

「選択の余地があるんですか」

「いいえ。実のところ、ありません」

　翌朝、一行は早起きして、リュシエン侯爵の屋敷の前の露に濡れた庭に集まった。昇ったばかりの陽は明るく輝き、それが木々のあいだから、早朝に特有の青みがかった光を投げかけている。

「ときどき報告を送るよ」あとに残る者たちに向かってスパーホークが言った。

「気をつけろよ」とカルテン。

「いつだって気をつけてるさ」スパーホークはファランの背に飛び乗った。

「神のご加護を、サー・スパーホーク」ベヴィエが言った。

「ありがとう、ベヴィエ」スパーホークは騎士たちの顔を見まわした。「そう深刻になるなよ、諸君。運がよければ長くはかからないんだ」ふたたびカルテンを見て、「マーテルに会うことがあったら、おれからの挨拶《あいさつ》も伝えといてくれ」

カルテンはうなずいた。「顔を斧《おの》で一撃しとくよ」

リュシエン侯爵は太った鹿毛《かげ》の馬にまたがり、屋敷の外の道に乗り出した。朝の冷気はさわやかで、寒いというほどではない。春遠からじだな、とスパーホークは思った。そもそもそと肩を動かす。リュシエンが貸してくれた胴衣《ダブレット》は、かならずしも大きさが合っていなかった。ところどころが窮屈だったり、逆にだぶだぶで不愉快だったりする。

「すぐそこで本道からそれます」リュシエンが言った。「森を抜ける間道があって、わが家の船着き場まで通じておりましてな。多少ですが人も住まわせております。船にお乗りになったら、馬は連れ帰っておきましょうか」

「いいえ、馬はいっしょに連れていくつもりです。レンドー国で何が起きるかわかりませんし、信用のおける乗馬を手元に置いておきたいのです。実はキップリアで馬として通用している代物を見たことがありましてね」

リュシエンが〝多少人を住まわせている〟と称する場所は、かなり大きな村といった風情だった。船着き場があり、数軒の家と宿屋と食堂がある。桟橋には六隻の船が係留され、作業員が群がっていた。

「これは大したものだ」川に通じる泥道を進みながら、スパーホークは賛嘆の声を上げた。

「誰でも一度くらいは、いい目を見ることもありますからな」リュシエンはそう謙遜《けんそん》して、笑みを浮かべた。「それに係留の手数料を払うより、ここを維持するほうが安上がりなのですよ」あたりを見まわし、「あそこの食堂に入りましょう、サー・スパーホーク。独立航海船の船長たちがご贔屓《ひいき》の店です」

「いいですね」

「あなたのことはマスター・クラフと紹介するつもりです」そう言いながらリュシエンは馬を下りた。「あまり名前らしく聞こえないかもしれませんが、却《かえ》って目立たないだろうと思いましてな。海の男には話し好きが多いのだが、わたしの経験から言うと、誰が話し相手かということはあまり気にしないようです。本当の目的のほうは、できるだけ秘密にしておいたほうがよさそうだと思いましたので」

「お心遣い、感謝します」スパーホークは答えながら馬を下り、クリクとセフレーニアに向かって、「すぐに戻る」

「この前レンドー国に向かったときも、確かそうおっしゃいましたよ」クリクが言った。

「今回は違うと思いたいな」

リュシエンは川縁の落ち着いた食堂にスパーホークを案内した。天井は低く、太くて黒い梁《はり》のそこここに船の形をしたランタンが下がっていた。入口近くに大きな窓があり、黄金色をした朝の陽光がそこから射しこんで、床に敷かれた新しい藁《わら》を輝かせていた。

実直そうな中年の男が数人、窓際のテーブルについてジョッキを片手に話をしている。侯爵がスパーホークをテーブルに案内すると、男たちは顔を上げた。

「これは旦那《だんな》」中の一人が敬意のこもった口調で挨拶した。

「みんな、こちらはマスター・クラフといって、わたしの知り合いだ。紹介してくれと頼まれてな」

全員がスパーホークに目を向けた。

「実はちょっとした問題を抱えていてね」とスパーホーク。「仲間に入れてもらっていいかな」

「掛けたまえ」白髪まじりの癖毛の、頑固そうな顔の船長が言った。

「じゃあ、あとはそっちで話してくれ。わたしはやることがあるので」リュシエンはそう言うと、小さく会釈をして食堂から出ていった。

「係留の手数料を上げるねたでもないかと見にいったんだろう」船長の一人が顔をしかめる。

「わたしの名はソーギだ」癖毛の船長が自己紹介した。「それで、どういう問題だね、マスター・クラフ」

スパーホークは小さく咳払《せきばら》いをして、戸惑ったような表情を作った。

「それが、何カ月か前のことなんだが、この近くに住んでいるある婦人のことを小耳にはさんでね」話しはじめるとすらすら言葉が出てきた。「その父親というのが年をとった金持ちで、つまりその婦人はかなりの財産を相続することになるわけなんだ。わたしの抱えている問題というのが、一つには金のかかる趣味でね。しかも財布の中身のほうがいつもこの趣味に追いつかないというわけなんだ。そこで思いついたのが、金持ちの妻を持てば問題が解決するんじゃないかということだった」

「それはそうだろうな」ソーギ船長が答えた。「そもそも結婚なんぞする理由としては、それくらいしか思いつかん」

「まったくそのとおりだよ」とスパーホーク。「とにかく、その婦人と共通の友だちがいるという話をでっち上げて、手紙を書いたんだ。すると驚いたことに、とても温かい返事が来てね。何度か文通をするうちにどんどん親密になって、とうとうその婦人の家に招かれることになった。わたしは仕立屋に借金までして、おろしたての服で意気揚々と、その婦人の父親の家に出発したわけさ」

「すべて思惑通りに進んでいるように聞こえるがね、マスター・クラフ」ソーギが言った。「どうしてそれが問題なんだ」

「問題はここからなんだよ、船長。その女性は中年で、とても金持ちだった。これで多少とも容姿がよければ、とっくの昔に誰かがひっさらっていたろう。だから器量についてはあまり期待してなかった。よくて十人並み、たぶん標準よりは落ちるだろうと踏んでたんだ。ところが実際のご面相ときたら――」スパーホークは身震いして言った。「とても口で言い表せるようなもんじゃない。いくら金持ちだといっても、毎朝あれの横で目を覚ますなんて絶対にごめんだ。ちょっとだけ話をして――たしか天気の話だったと思うが――わたしはすぐに失礼させてもらった。その婦人に兄弟はいないから、ぶしつけな態度を咎《とが》められる心配はなかった。ただ計算外だったのは従兄弟たちなんだ。一個小隊ほどの人数がいて、もう何週間もわたしを追いまわしている」

「あんたを殺そうってわけじゃないんだろう」とソーギ。

「違う」スパーホークは苦々しげな声で答えた。「わたしを引きずって帰って、その婦人と結婚させるつもりなんだ」

船長たちはテーブルを叩いて爆笑した。

「策士策におぼれるってやつだな、マスター・クラフ」中の一人が涙をぬぐいながら言う。スパーホークはむっつりとうなずいた。

「そういうことになるかな」

「最初に手紙を書く前に、一目でいいから顔を見ておけばよかったんだ」ソーギがにやにやしながら言った。

「今ならそう思うよ。とにかく、ここはしばらく国外に出て、向こうがあきらめるのを待つしかないと思うんだ。レンドー国のキップリアに甥《おい》がいて、このところ羽振りがいいって話だから、しばらくそこに厄介になるつもりだ。そこで相談なんだが、船長さんたちの中に、近々キップリアへ行くって人はいないかな。わたしと召使の船室を予約したいんだ。マデルの港にも行ってみたんだが、どうも従兄弟どもが見張ってるような気が強くしてね」

「どうだ、みんな」ソーギがのんびりと仲間を見まわした。「この人を苦境から救ってやる気はあるか」

「おれはすぐにレンドー国へ行くけど、ジロクに入港することになってるからな」一人がそう答えた。

ソーギは考えこんだ。

「おれもジロクへ行くことになってる。そこからキップリアへ回る予定だったんだが、多少なら変更はきくだろう」

「おれは力になれんな」どら声の船長がうなるように言った。「船底をこすっちまったから。でも忠告だけはしといてやろう。その従兄弟どもがマデルの港を見張ってるとしたら、ここも見張られてると思ったほうがいい。街じゃこのリュシエンの船着き場はよく知られてるからな」船長は片方の耳たぶを引っ張った。「実は何人か、こっそりいろんな場所へ運び出してやったことがある――値段さえ折り合えばな」そう言ってジロクへ向かうという船長を見つめ、「出航はいつになるんだ、マービン船長」

「正午だよ」

「あんたもか」と今度はソーギに尋ねる。

「そうだ」

「そいつはいい。もしその従兄弟どもがこの船着き場を見張ってたとしたら、たぶん船を雇ってこの人を追いかけようとするだろう。だからまずおおっぴらにマービンの船に乗せて、しばらく川を下って船着き場が見えなくなったら、そこでソーギの船に移せばいい。追いかけてきた連中はマービンの船についてジロクまで行っちまうから、マスター・クラフは無事にキップリアへたどり着けるというわけだ。おれはいつもそうやってる」

「ずいぶんと頭が回るな」ソーギが笑いながら言った。「前にこっそり運び出したのは、本当に人間だけか」

「税関を出し抜くくらいのことはみんなやってるんじゃないかい、ソーギ船長。おれたちは海の男だ。どうして陸の王国を支えてやるために税金を払わなくちゃならん。海の王様になら喜んで税金を払うが、まだ王宮が見つからなくてなあ」

「まったくだ、わが友」ソーギが喝采《かっさい》する。

「みなさん、どうもありがとう」スパーホークが言った。

「それほどのことではないがね」とソーギが答えて、「ただ財政的に困窮している客からは、前払いで運賃をもらうことになってる。少なくともおれの船ではな」

「前金半額、キップリアに着いてから後金半額というわけにはいかないか」

「だめだな、わが友。あんたのことは気に入ってるが、おれの立場もわかってくれるものと思う」

スパーホークはため息をついた。

「馬がいるんだ。それについては別料金てことになるんだろうな」

「もちろん」

「そうじゃないかと思った」

ファランと、セフレーニアの乗用馬とクリクの去勢馬は、ソーギの船の船員たちが点検するふりをして広げた帆の陰でこっそりと積みこまれた。正午少し前、スパーホークとクリクはジロクに向かう船に乗りこんだ。二人はおおっぴらに渡し板を渡り、そのあとにフルートを腕に抱いたセフレーニアが続いた。

マービン船長がにやにやと後甲板から声をかけてきた。

「おお、望まざる花婿のご到来か。みんなで出航まで甲板を歩きまわっちゃどうだい。従兄弟どもにちゃんと姿を見せといてやったほうがいいだろう」

「ちょっと考えたんだがね、マービン船長。従兄弟どもが別の船を雇って追いかけてきたとすると、追いつかれたところで乗っていないことがばれてしまうんじゃないか」

「おれの船に追いつける船なんていないよ、マスター・クラフ」船長は笑った。「何しろ内の海随一の船足を誇ってるんだ。それにあんた、海の掟《おきて》にゃあんまり詳しくないらしいな。海の上で他人の船に乗りこむなんて、戦うつもりでもない限りやることじゃない。そういう真似はしないことになってるんだよ」

「へえ、それは知らなかった。じゃあ少し甲板を歩きまわってこよう」

「花婿ですって？」船長のところから遠ざかると、セフレーニアがささやいた。

「長い話でしてね」とスパーホーク。

「そういった長い話が、このところ多いようですね。いずれゆっくりと聞かせてもらいたいものです」

「ええ、いずれね」

「フルート、降りてきなさい」セフレーニアが強い調子で言った。

スパーホークが顔を上げると、少女は手すりから桁端《ヤードアーム》に伸びる縄梯子《なわばしご》を登りかけていた。ちょっと口をとがらせて、それでも言われたとおりに降りてくる。

「あの子がどこにいるか、いつもわかってるみたいですね」

「いつもわかっています」

船の乗り換えは、リュシエンの波止場からしばらく下流に行った川のまん中で行なわれた。両方の船で船員たちが忙しく立ち働き、乗り換えを隠蔽《いんぺい》した。ソーギ船長は誰かに見られないうちにと急いで客を船室に隠し、それから二隻の船は教会帰りの老婦人のようにしずしずと、何事もなかったかのように進んでいった。「マデルの港を通るぞ」すぐに船長が船室のほうに向かって呼ばわった。「顔を出すなよ、マスター・クラフ。さもないと婚約者の従兄弟どもが押し寄せてくるからな」

「本当に興味津々ですよ、スパーホーク。少しだけでもヒントをくれませんか」セフレーニアに言われて、スパーホークは肩をすくめた。

「話をでっち上げたんですよ。船乗りの注目を集めるようなどぎついやつをね」

「話をでっち上げるのはスパーホークの十八番《おはこ》ですからね」クリクが言った。「見習い時代にも、作り話のおかげで厄介事に巻きこまれたり、逆にそれでうまく揉《も》め事を切り抜けたりってことがしょっちゅうでした」髪に白いものの混じる従士は、眠っているフルートを膝《ひざ》に乗せて腰をおろしていた。「娘は一人もできなかったんですが、男の子よりもいい匂《にお》いがするもんですな」

セフレーニアが噴き出した。

「アスレイドにそんなことを言ってはいけませんよ。これから女の子を作ろうとするかもしれませんから」

クリクはうろたえて、目を上向かせた。

「もう嫌ですよ。赤ん坊が家の中をちょろちょろするのはいいけど、つわりってやつはもう沢山です」

一時間ほどして、ソーギが昇降口の階段に姿を見せた。

「河口を通り抜けたぞ。追ってくる船影はない。逃げおおせたようじゃないか、マスター・クラフ」

「ありがたい」スパーホークは心からそう答えた。

「その女だけど、本当にそれほど醜かったのか」

「その目で見なくちゃ信じられないだろうよ」

「たぶんあんたは少々感じやすすぎるんだろうな、マスター・クラフ。海は寒いし、おれの船は老朽化してきてるし、冬の嵐《あらし》には骨が痛むんだ。あんたが言うほど財産を持ってる女なら、相当のご面相でも我慢できると思うぜ。紹介状を書いてくれたら船賃を多少払い戻してもいい。その女にだっていいところはあるんじゃないかな」

「話し合う余地はありそうだ」スパーホークが答えた。

「おれは甲板にいなくちゃならん。街からはもうじゅうぶん離れたから、あんたもお仲間ももう上に出てきてだいじょうぶだろう」そう言うと、ソーギは昇降口の階段を上がっていった。

「その長い話とやらを聞かせてもらう手間は省けたようですね」セフレーニアがスパーホークに言った。「まさかあの〝醜い女相続人〟などという古い話を利用していたとは」

スパークホークは肩をすくめた。「ヴァニオンも言うように、古い話がいちばんですからね」

「やれやれ、スパークホーク、あなたには失望しましたよ。あの哀れな船長さんに、いもしないレディの名前をどうやって教えるつもりです」

「何か手を考えます。陽が沈む前に甲板に出てみませんか」

クリクが小声でささやいた。「子供が眠っています。起こしたくありません。お二人だけでどうぞ」

スパークホークはうなずいて、セフレーニアとともに狭苦しい船室の外に出た。

「あの人の優しさを、いつもつい忘れてしまいます」

セフレーニアの言葉にスパークホークはうなずいた。

「あれほど親切な、いい男はいません。身分さえ合っていれば、たぶん完璧な騎士になっていたでしょう」

「身分がそれほど大事なのですか」

「わたしにとってはどうでもいいことですが、規則を作ったのはわたしではありませんからね」

二人は甲板の上の、午後も遅い傾きかけた陽射《ひざ》しの中へと足を踏み出した。沖合いの風は厳しく、波の先端を陽の光に映える白い泡に変えていた。ジロクに向かうマービン船長の船が大きく傾きながら、アーシウム海峡をほぼ真西に進む航路をたどっている。午後の陽射しに雪のように白く照り映える帆は風をいっぱいにはらんで、マービンの船は海鳥のように海面を疾走していた。

「キップリアまではどのくらいあるんだ」セフレーニアと二人で後甲板に上がってきたスパーホークがソーギ船長に尋ねた。

「百五十リーグ。風がこのままなら、三日で着くだろう」

「ずいぶんかかるんだな」

ソーギはうめくように答えた。「この古桶《ふるおけ》の水洩《みずも》れがこれほどひどくなけりゃ、もう少し早いんだがな」

「スパーホーク!」セフレーニアが息を呑《の》み、騎士の腕をつかんだ。

「どうしました」スパーホークは心配そうにセフレーニアを見やった。教母の顔は死人のように青ざめていた。

「あれを!」セフレーニアが指を差す。

マービン船長の優雅な船がアーシウム海峡を疾走するところからいささかの距離を置いて、一片の雲もなかった青空にまっ黒な雲が現われた。雲は風に逆らって動いているように見え、刻々と大きさを増し、黒さを増しているようだ。と、雲が渦を巻きはじめた。最初はゆっくりと、それから徐々に速度を上げてくる。渦の中心から黒く長い指が伸び出し、それが少しずつ下降して、まっ黒な先端がついに海峡の波立つ海面に触れた。何トンという海水が渦の中に吸い上げられ、細長い巨大な漏斗《じょうご》が不規則に動きはじめる。

「竜巻だ！」マストの上の見張りが声を張り上げた。船員たちが手すりに群がり、恐怖の面持ちで渦を見上げる。

巨大な竜巻はなす術《すべ》のないマービンの船に容赦なく襲いかかった。船は大渦に巻き上げられ、あっという間に小さくなってしまう。ばらばらになった木片が何百フィートもの上空から、痛々しいほどゆっくりと海面に落下してきた。破れた帆の一片が、矢を受けた白い鳥のように漂い落ちてきた。

やがて始まったときと同じ唐突さで、黒い雲と必殺の竜巻は消え去った。

マービンの船も消えていた。

海面には船の残骸が漂うばかりだ。どこからともなく白い鷗《かもめ》の大群が現われ、砕け散った船を弔うかのように輪を描いて飛びまわった。

18

ソーギ船長はマービンの船が消えた海面に漂う残骸のあいだを暗くなるまで捜索したが、生存者は見つからなかった。船長は悲しそうに、船をふたたび南東に、キップリアに向かう航路に戻した。

セフレーニアはため息をつき、踵《きびす》を返した。「下へ戻りましょう」

スパーホークはうなずき、教母のあとから昇降口の階段を下りた。

クリクが頭の上の梁《はり》から吊るしたオイル・ランプに火を入れていたので、狭く暗い船室には影が揺れていた。フルートはもう目を覚まし、部屋の中央にボルトで固定されたテーブルの前に座って、目の前に置かれた鉢に疑わしげな視線を向けていた。

「ただのシチューだよ、お嬢ちゃん。食いついたりしないさ」クリクが言った。

少女はおそるおそる指をどろりとしたスープにひたし、肉の塊をつまみ上げた。においを嗅《か》いでから、問いかけるように従士の顔を見る。

「塩漬けの豚肉だ」

フルートは身震いして肉をシチューの中に落とし、鉢を押しやった。

「スティリクム人は豚肉を食べないのですよ、クリク」セフレーニアが言った。

「船員はみんなこれを食べてるってコックが言ったんですよ」クリクは言い訳がましく答えて、スパーホークに目を向けた。「生存者は見つかったんでしょうか」

スパーホークはかぶりを振った。

「竜巻が何もかもばらばらにしてしまった。船員も同じ運命をたどったようだ」

「向こうの船に乗ってなくてよかった」

「まったくです」セフレーニアがうなずく。「竜巻は空が晴れ渡っているときに起きるものではありません。風に逆らって進むことも、あんなふうに方向を変えることもありません。あれは意図された動きでした」

「魔法ですか」クリクが尋ねる。「本当にできるんですか――つまり、あんな具合に天気を操るなんてことが」

「わたしにはできないでしょう」とセフレーニア。

「じゃあ、誰が」

「はっきりしたことはわかりません」そう答えるセフレーニアの目には、しかし明らかな疑念を感じさせる色があった。

「言ってしまったらどうです。目星はついているんじゃないですか」スパーホークが促す。

セフレーニアは何かを決意した表情になった。

「この数カ月、何度かスティリクムのローブを着た人影が現われています。その者はシミュラでも姿を見せていますし、ボラッタへ向かう街道上でわたしたちを待ち伏せさせたのもその者でした。スティリクム人はほとんど顔を隠すということをしません。気がついていましたか」

「ええ、でもそれとこれと、どういう関係があるんです」

「その者には顔を隠さねばならない理由があるということです。人間ではないのでしょう」

スパーホークはまじまじと教母の顔を見つめた。「本気ですか」

「顔を見るまで断言することはできませんが、集まった証拠から見れば、そう考えられます」

「いくらアニアスでも、そこまでやるでしょうか」

「アニアスではありません。初歩的な魔法なら多少は知っているかもしれませんが、あれほどのことは絶対にできません。できるとすれば、アザシュだけです。アザシュだけがあのような存在を召喚することができるのです。若き神々はそのようなことはしませんし、古き神々でさえ、アザシュ以外は手を出そうとはしないでしょう」

「どうしてアザシュが、マービン船長と船員たちを殺したりするんです」

「あの船にわたしたちが乗っていると思ったからですよ」

「考えすぎじゃないでしょうか」クリクが疑惑の面持ちで言った。「それほど力のある存在なら、どうして船を間違えたりするんです」

「地下世界の生き物はあまり知性的ではないのです。あの簡単なトリックに引っかかることは、じゅうぶん考えられます。力と知恵はかならずしも相伴うわけではないのですよ。大魔術師と言われるスティリクム人が知性の面で劣っているというのは、よくあることです」

「どうもよくわかりませんね」スパーホークは戸惑ったように顔をしかめた。「われわれのやっていることは、ゼモックとは何の関係もありません。どうしてアザシュがアニアスに手を貸したりするんです」

「まったく関係がないから、とも考えられます。アザシュはつねに自分だけの理由に基づいて行動します。アザシュのしたこととアニアスのあいだに、何もつながりがないということもあり得るでしょう」

「それはおかしい。おっしゃるとおりだとするなら、その者はマーテルのために働いているわけで、そのマーテルはアニアスのために働いているのですから、関係はあることになります」

「その者がマーテルのために働いていると言いきれますか。アザシュは未来の影を読むことができます。わたしたちの中の誰かが、将来アザシュの敵になるのかもしれない。マーテルとその者が手を結んでいるように見えるのは、便宜的なことでしかないのかもしれません」

スパーホークは不安そうに爪を噛んだ。

「ありがたい話ですね。心配事が増えるなんて」そのとき、ふとある考えが騎士の頭をよぎった。「ちょっと待ってください。ラークスの幽霊が言っていましたね――門前に闇が漂う中、エラナは唯一の希望の光なのだ、と。その闇というのはアザシュのことなんでしょうか」

セフレーニアはうなずいた。「あり得ることです」

「だとすれば、アザシュの標的はエラナだとは言えないでしょうか。今はクリスタルの中にあって安全でも、治療法が見つかる前にわれわれに何かあれば、結局は女王も生き長らえることはできません。だからこそアザシュは司教に力を貸しているのでは」

「お二人とも、少し考えすぎじゃないですか」クリクが言った。「たった一度事故を見て、推測に推測を重ねているようにしか思えませんよ」

「あらゆる事態に対応できるよう準備をしておくのは、悪いことじゃない」スパーホークが答えた。「不意打ちされるのは好きじゃないからな」

従士はうめいて、立ち上がった。

「お腹がすいたんじゃありませんか。調理場に行って、何か夕食を用意させてきます。食べながらもう少し話ができるでしょう」

「豚肉は抜きでね」セフレーニアが声をかける。

「じゃあパンとチーズならどうです。それに果物かな」

「それならいいですね。フルートにも持ってきてやってください。あのシチューは食べないでしょうから」

「わかりました。シチューはわたしが食べます。スティリクム人みたいな好き嫌いはありませんから」


三日ののち、一行は曇り空の下を港湾都市キップリアに入港した。曇り空といっても高曇りで、湿気はあまり感じられない。街の建物はどれも背が低く、白く塗られた厚い壁が南の強烈な陽光をさえぎるようになっていた。港に突き出している桟橋は石造りだ。レンドー国では、木材はほとんど産出しなかった。

スパーホークたちはフードのついた黒いローブをまとって甲板に上がった。船員たちがソーギ船長の船を桟橋の一つにもやっている。階段を三段上がった後甲板で、ソーギ船長がいっしょになった。

「舷側《げんそく》と桟橋のあいだに防舷材を入れろ」もやい綱を引っ張っている船員に向かって船長が怒鳴った。困ったもんだと言いたげにかぶりを振る。「入港するたびに教えてやらなくちゃならん。気持ちはもう酒場に飛んでるんだからな」船長はスパーホークに顔を向けた。「そろそろ気が変わったかね、マスター・クラフ」

「申し訳ない」スパーホークは予備の服を詰めた荷物を降ろしながら答えた。「そうして差し上げたいのは山々なんだが、例の女性はわたしに首ったけのようでね。あなたにとっては、むしろいいことだよ。もしわたしからの紹介状を持ってあの家に行ったら、従兄弟どもは拷問をしてでもわたしの居どころを白状させようとするに決まってる。そんな目には遭いたくないだろう。それより何より、わずかでも隙を見せたくないんだ」

ソーギは一声うめいて、一同を不思議そうに見わたした。

「レンドー人の服をどこで手に入れたんだ」

「昨日のうちに船員から買ったんだよ。レンドー国の港に入ったときは目立たない格好をしたいと思ってるのが何人かいるらしいな」

「なるほど。どうりで前にジロクに入港したとき、船のコックを三日も探しまわる破目になったわけだ」苦々しげにつぶやいた船長は、同じように黒いローブをまとって、さらに顔をベールで隠しているセフレーニアに目をやった。「よく大きさが合ったな。うちの船員にあんな小柄なのは一人もいないぞ」

「針仕事が得意なのさ」スパーホークとしては、教母がどうやって白いローブを黒に変えたか、説明するわけにはいかなかった。

ソーギは巻き毛の頭を掻《か》いた。

「いつも思うんだが、どうしてレンドー国の連中は黒いローブなんか着るのかね。まったく気が知れんよ。倍も暑いってことがわからんのかな」

「まだ気がついてないのかもしれないな。レンドー人はもともとあまり頭が切れるほうじゃないし、ここに住み着いてからほんの五千年にしかならないんだから」

ソーギは笑った。

「そいつはありそうなこった。キップリアでの幸運を祈るぜ、マスター・クラフ。従兄弟どもに行き合ったら、あんたのことなんか聞いたこともないと答えとくよ」

「ありがとう、船長」スパーホークはソーギの手を握った。「口では言えないくらい感謝してる」

一行は馬を引いて渡し板を渡り、桟橋に降り立った。クリクの提案で鞍に毛布をかけ、鞍がレンドー製ではないのを隠すことにした。その上で荷物を鞍にくりつけ、騎乗すると、できるだけ目立たないように港を抜け出す。街路はレンドー人でいっぱいだった。街の住人の中には黒以外の色のローブを着ている者もいたが、砂漠の民はすべてまっ黒なローブを着て、フードを引き下ろしている。女性の姿はほとんど見かけず、いてもかならず顔をすっぽりと覆うベールをかぶっていた。セフレーニアはスパーホークとクリクのあとから柔順な様子で馬を進め、フードを目深に下ろし、布でしっかり鼻と口を覆っていた。

「ここの習慣を知っているんですね」スパーホークが肩越しに声をかけた。

「ずっと前にいたことがあります」セフレーニアは自分のローブでフルートの膝を覆った。

「いつごろの話です?」

「当時のキップリアはまだ小さな漁村だったとでも言わせたいのですか。二十戸ばかりの泥造りの小屋が立ち並んでいただけだと」

スパーホークは鋭く教母を振り返った。

「千五百年も前に、キップリアはもう大きな港湾都市だったんですよ」

「おや、もうそんなになりますか。まるで昨日のことのようなのに。時はどこへ行ってしまったのでしょうね」

「そんなことはあり得ない!」

セフレーニアは楽しそうに笑った。

「ときどきころりと騙《だま》されてしまいますね、スパーホーク。わたしがそういった質問に答えないことは知っているでしょう。どうしてしょっちゅう尋ねるのですか」

スパークホークは急に柔順な気持ちになった。

「そんなことを尋ねましたっけ」

「そうですよ」

クリクはにやにや笑っている。

「言いたいことがあれば言ってみろ」スパークホークが不機嫌そうに声をかけた。

「何を言えとおっしゃるんです」クリクは無邪気そうに目を丸くした。

港から市街までの曲がりくねった狭い道は、ローブ姿のレンドー人であふれていた。太陽は薄い雲に隠れているものの、家々や店々の白い壁から熱気がじりじりと伝わってくる。スパークホークはよく知っているレンドー国のにおいを感じていた。重苦しく埃《ほこり》っぽい空気の中に、オリーブ油の中で煮える羊肉《マトン》と刺激的な香辛料の香りが漂っている。そしてうんざりするほど強烈な香水のにおい。そのすべてを覆いつくすように立ちこめているのは、家畜のにおいだった。

街のまん中あたりで、一行は細い路地の入口の前を通り過ぎた。スパークホークの背筋を冷たいものが走り、まるで実際に耳に聞こえているかのように、今また鐘の音が聞こえたような気がした。

「どうかしましたか」主人が身震いするのを見てクリクが尋ねた。

「前にマーテルを見かけたのは、あの路地だった」

クリクは路地を覗《のぞ》きこんだ。「ずいぶん狭いですね」

「まだ生きていられるのはそのおかげだ。敵が一度に襲いかかってこられなかった」

「どこへ行こうとしているのですか」セフレーニアがうしろから尋ねた。

「怪我をして匿《かくま》ってもらった僧院です。街中で顔を見られたくありませんから。僧院長も修道僧もアーシウム人で、どうすれば秘密が守れるかよくわかっています」

「わたしを受け入れてくれるでしょうか」セフレーニアは疑わしげに言った。「アーシウムの修道僧は保守的で、スティリクム人には偏見を持っていますからね」

「そこの僧院長はコスモポリタンなんです。それにあの僧院そのものが、少々怪しいところがありましてね」

「というと？」

「かならずしも見かけどおりのものじゃないみたいなんです。甲冑《かっちゅう》が隠してあっても驚きませんね。それに磨き上げた剣と、白い外衣《サーコート》と、各種の武器もいっしょに」

「シリニック騎士団？」セフレーニアは少し驚いたようだ。

「レンドー国を監視してるのはパンディオン騎士団だけじゃありませんよ」

「何のにおいでしょう」西の郊外に近づいたとき、クリクが尋ねた。

「家畜処理場だ。キップリアからは大量の牛肉が積み出されているんだ」

「街の門のようなものはあるんですか」

スパークはかぶりを振った。

「街の城壁はエシャンドの異端の攻撃で破壊された。再建するつもりはないらしい」

狭い通りが終わると、何エーカーにもわたって立ち並んだ牛舎の列が見えた。みすぼらしい牛たちの鳴き声が聞こえる。すでに午後も遅い時間で、雲は銀色の輝きを放ちはじめていた。

「僧院まであとどのくらいです」クリクが尋ねた。

「一マイルかそこらだ」

「あの路地からずいぶんな距離ですね」

「わたしも十年前にそう思ったよ」

「どうしてもっと近いところに逃げこまなかったんです」

「安全な場所がなかった。僧院の鐘の音が聞こえたので、その音を追っていったんだ。いろいろと考えさせられたよ」

「失血死していたかもしれない」

「わたしもあの晩、何度かそう思った」

「二人とも、先に進みませんか」セフレーニアが声をかけた。「ここレンドー国では夜の訪れが早いもの。陽が落ちると砂漠は冷えこみます」

僧院は牛舎の列が途切れた先の、高い岩山の上にあった。厚い城壁に囲まれ、門は閉ざされている。スパーホークは門の前で馬を下り、横に垂れている太い紐《ひも》を引いた。中で小さく鈴の音がした。ややあって、門の脇の石壁に穿《うが》たれた細い覗き窓の蓋《ふた》が開いた。褐色の髭面《ひげづら》をした修道僧が注意深く外を覗く。

「こんばんは、ブラザー」スパーホークが挨拶した。「僧院長殿とお話できるかな」

「あなたのお名前は」

「スパーホーク。たぶん覚えているだろう。何年か前、しばらくここに滞在させてもらったことがある」

「お待ちを」修道僧はぶっきらぼうにそう答え、覗き窓の蓋を閉めた。

「冷たい応対ですね」とクリク。

「レンドー国では、教会関係者はあまり歓迎されていないんだ。用心深くなって当然だろうな」

待つうちにあたりが暗くなった。

やがてふたたび覗き窓が開き、宗教施設よりも閲兵場にふさわしいような声がした。

「サー・スパーホーク!」

「僧院長殿」スパーホークが答える。

「ちょっと待ってくれ。門を開けるから」

鎖の鳴る音と、重い門《かんぬき》が鉄の輪にこすれる音がした。門がゆっくりと開き、僧院長が挨拶をすべく外に出てきた。飾り気のない優しそうな男で、赤ら顔に取ってつけたような黒髭を生やしている。上背があり、肩には筋肉が盛り上がっていた。

「また会えて嬉しいぞ、わが友」僧院長は万力のような手でスパーホークの手を握りしめた。「元気そうだな。前にここを出ていったときは、いささか顔色が悪くて消耗しているようだったが」

「十年前ですよ。回復するにしろ死ぬにしろ、それだけの年月があればじゅうぶんです」

「まったくだな、いや、まったくだ。まあ入りたまえ。連れの方たちも」

セフレーニアとクリクをすぐうしろに従え、スパーホークはファランの手綱を引いて門をくぐった。門をくぐると中庭があり、その周囲を囲う壁はいかにも僧院らしい質素なものだった。表面にはレンドー国の建物に特有の白いモルタルが塗られている。ただ、穿たれた窓は普通の僧院で見られるものの三分の一ほどの大きさしかなかった。スパーホークは心の中で、あれは弓兵が矢を射かけるのにちょうどいい造りだと思った。

「それで、どういう用件だね」僧院長が尋ねた。

「また匿《かくま》っていただきたいのです。いつもこればかりですが」

僧院長は笑みを見せた。

「今度は誰に追われているのかな」

「知らない相手です。そういうことにしておいたほうがいいだろうと思います。内密に話のできる部屋はありますか」

「もちろん」僧院長は最初に覗き窓で応対した褐色の髭の修道僧に向き直った。「馬の世話を頼む、ブラザー」それは依頼ではなく、軍隊調の命令だった。修道僧はさっと姿勢を正した。敬礼しなかったのが不思議なくらいだ。

「では、こちらへ」僧院長は肉付きのいい片手を大柄な騎士の肩に回した。

クリクは馬を下りて、セフレーニアに手を貸した。教母はフルートをクリクに手渡し、鞍から滑り降りた。

僧院長は先に立って正面のドアを抜け、アーチ天井の石の通廊を歩きだした。一定間隔で置かれた小さなオイル・ランプが薄暗い光を放っている。たぶん油のにおいなのだろうが、通廊にはどこか神聖な――そして安全な――ものを感じさせるにおいがあった。それはスパーホークに十年前をはっきりと思い起こさせた。

「あまり変わっていないようですね」あたりを見まわして尋ねる。

「教会には時がないのだよ、サー・スパーホーク」僧院長が金言でも口にするように言った。「だから教会の機関も、かくあろうとするわけだ」

通廊の突き当たりで、僧院長はひどく簡素なドアを開けた。中に入ると、そこは本の並んだ天井の高い部屋になっていた。部屋の隅に火の入っていない炭火皿がある。とても居心地のよさそうな部屋だ。北の地方の僧院にある僧院長の書斎など、比べものにもならない。窓は三角形の厚いガラスを組み合わせて鉛の帯で固定してあり、その上に水色のカーテンがかかっていた。床には白い羊の毛皮の敷物が敷かれ、部屋の奥にある乱れたままの寝台は、普通の僧院の寝台に比べてかなり大きかった。取り散らかった書棚が床から天井まで伸びている。

「どうぞ、腰をおろして」僧院長はうずたかく書類の積み上げられたテーブルの前の、数脚の椅子を手で示した。

「まだ追いつこうと頑張ってるんですか」スパーホークは笑みを浮かべて書類の山を指差し、椅子に腰をおろした。

僧院長は顔をしかめた。

「毎月追いつこうとするんだが、書類仕事にはどうしても向かない人間というのもいるのだな」テーブルの上の書類に渋い顔をして、「ときどき火がすべてを解決してくれるのではないかと考えることがある。カレロスの連中は、わたしの報告書などなくても一向に惜しいとは思わんだろうし」僧院長はもの問いたげな顔をスパーホークの連れに向けた。

「従士のクリクです」スパーホークが紹介する。

「クリク」僧院長はうなずいた。

「こちらのレディはセフレーニア、パンディオン騎士団の秘儀の教母です」

「あなたがセフレーニアですか！　ご高名はかねがね耳にしております」僧院長は目を丸くすると立ち上がって敬意を表し、歓迎の笑みを浮かべた。

　セフレーニアはベールを取り、笑みを返した。

「痛み入ります、閣下」腰をおろし、膝にフルートを座らせる。少女は腰を落ち着けると、大きな黒い目でじっと僧院長を見つめた。

「美しい娘さんですな、レディ・セフレーニア。もしかしてお嬢さんかな」

　セフレーニアは笑った。

「いえ、違います。この子はスティリクム人の捨て子です。フルートと呼んでいます」

「珍しい名前だ」僧院長はそうつぶやき、スパーホークに向き直った。「内密に話をしたいということだったが、どういう話だね」

「大陸で何が起きているか、お聞きおよびでしょうか」

「知らせは受けている」髭面の僧院長は慎重に答え、ふたたび腰をおろした。

「ではエレニア国の現状も？」

「女王の病気のことかね。それにアニアス司教の野望と」

「そうです。少し前にアニアスは手の込んだ陰謀を仕組んで、パンディオン騎士団の信望をおとしめようとしました。幸いその陰謀は退けることができましたが。その後王宮で内密の会合が開かれ、四騎士団の団長が一堂に会しました。アニアスは総大司教の座をねらっており、騎士団がその邪魔をすることを知っているのです」

僧院長は熱心にうなずいた。

「あの男なら、必要とあらば剣に訴えることも辞さんだろう。わたしがこの手で斬《き》り捨ててやりたいくらいだ」そこで言いすぎたことに気づいて、「もちろん修道会の一員でなければの話だがな」と慌てて付け加える。

「よくわかっていますとも。騎士団長が事態を話し合った結果、司教の権力と、それをカレロスにまで及ぼそうとする野望の元になっているのが、エレニア国での今の地位であるという点で意見の一致をみました。そしてその地位は、エラナ女王が排除されていることによってのみ保つことができるものなのです」スパーホークは顔をしかめた。

「ばかな言い方だとは思われませんか。女王は生死の瀬戸際にいるというのに、わたしは〝排除されている〟などという言葉を使っているんです」

「人は誰しもそうやって苦闘するものだ」僧院長はスパーホークを咎《とが》めようとはしなかった。「事情はかなり詳しく知っているつもりだ。先週ドルマント大司教から連絡があったのでな。ボラッタでは何かわかったのかね」

「医師と話をしたのですが、エラナ女王は毒を盛られたのだろうということでした」

僧院長は海賊のような悪罵《あくば》を口にして席を立った。

「きみは女王の擁護者だろう、スパーホーク！　どうしてシミュラに取って返して、アニアスを斬り捨てないのだ」

「そうしたいのは山々なのですが、今は解毒剤を見つけるほうが先決です。アニアスを懲《こ》らしめる時間はあとでたっぷりありますよ。そうなった暁には、じゅうぶんに時間をかけたいと思っていますがね。とにかくボラッタの医師の話では、その毒物はたぶんレンドー国の原産だということでした。それでキップリアにいる医師を紹介してくれたんです」

　僧院長は部屋の中を行ったり来たりしはじめた。顔はまだ怒りに黒ずんでいる。ふたたび口を開いたとき、見せかけの謙譲はどこかへ消し飛んでしまっていた。

「わたしの知っているアニアスなら、きみの行動をことごとく妨害しようとするだろう。そうではないかね」

「まあ、そういうことです」

「そしてキップリアの市街は決して安全な場所ではない。きみが十年前に思い知らされたとおりに。よし、それなら――こうしよう。アニアスはきみたちが医師の助言を求めていることを知っているんだな」

「知らないということはあり得ませんね」

「わかった。ではきみたちが医師に近づくというのは論外だ。そんなことをさせるわけにはいかん」

「させるわけにはいかん？」セフレーニアが穏やかにくり返した。

「失礼、いささか口が滑りましたな。わたしが言わんとするのは、もっとも強い表現で反対するということです。そのかわり修道僧を何人かやって、その医師をここに連れてこさせましょう。そうすればキップリアの市街に出ることなく医師と話ができる。そのあとで街からこっそり出られるように手筈《てはず》を整えよう」

「エレネ人の医者が、患者の家に往診するのを承諾するでしょうか」セフレーニアが疑念を口にした。

「わが身の健康に関わるとなれば、承諾するでしょう」僧院長は暗い口調で答えたが、すぐに弱気を見せて、「これはあまり修道僧らしい発言とは言えませんな」

「いやいや、どういたしまして」スパーホークは愛想よく答えた。「修道僧は修道僧ですよ」

「すぐにブラザーを何人か街にやって、連れてこさせよう。その医師の名前は何というのかね」

スパーホークはボラッタの酔っ払い医者がくれた羊皮紙の切れ端を隠しから取り出して僧院長に渡した。僧院長はちらりと紙片に目をやった。

「この最初の人物はきみも知っているはずだな。前にここへ逃げこんできたとき、きみの手当をした男だよ」

「そうだったんですか。名前を聞けずじまいだったので」

「無理もないな。ずっと意識を失っていたのだから」僧院長は紙片に向かって顔をしかめた。

「二人めの人物は一ヵ月ほど前に亡くなった。だがヴォルディ先生なら、たぶんどんな質問にも答えてくれるだろう。いささか癖のある人物だが、腕はキップリアで一番だ」

立ち上がってドアの前に行く。ドアを開けると、二人の若い修道僧がすぐ外に立っていた。スパーホークはそれを見て、シミュラの騎士館でヴァニオンの部屋の外に二人の若い騎士が護衛に立っているのとそっくりだと思った。僧院長は片方の若者に命令した。

「街へ行って、ヴォルディ先生をここへお連れしろ。かならずだ。いいな」

「ただちに、閣下」若い修道僧が答えた。スパーホークはその若者の足がぴくりと動いたのを見て面白く思った。まるで踵《かかと》を打ち合わせる騎士の挨拶をかろうじて思いとどまったかのようだ。

僧院長はドアを閉めて席に戻った。

「一時間ほどで戻るだろう」そこでスパーホークがにやにやしているのに気づき、「何がおかしいのかね」

「何でもありません。ただ、あの若い修道僧はずいぶんきびきびしていると思いまして」

「そんなに見え透いているかね」僧院長は困ったような顔になった。

「はい。見るべきところがわかっていればの話ですが」

僧院長は顔をしかめた。

「幸いなことに、地元の人間はこういうことに疎《うと》くてな。内密にしておいてもらえるだろうね、スパーホーク」

「もちろんです。十年前にお世話になったときから気がついていましたが、誰にも洩《も》らしたことはありませんよ」

「わかっていてもよさそうなものだったな。パンディオン騎士の目の鋭さは有名なのだから」僧院長は立ち上がった。「夕食を運ばせよう。このあたりでは大きな鶉《うずら》が獲れるのだよ。それにわたしはすばらしい鷹《たか》を持っていてね」笑い声を上げ、「カレロスに送る報告書を書く代わりに、そんなことをしているというわけだ。鳥のローストを少しいかがかね」

「お受けいたしましょう」スパーホークが答える。

「それから、きみとお友だちにワインなど？ アーシウム産の赤ではないが、悪くないぞ。ここで作っているのだよ。このあたりの土地は農業には不向きなんだが、葡萄《ぶどう》だけは例外でね」

「お心遣いには感謝します、僧院長殿」セフレーニアが答えた。「ですが、子供とわたしにはミルクをちょうだいできませんでしょうか」

「申し訳ないのだが、山羊の乳しかないのです」

セフレーニアの目が輝いた。

「山羊の乳ならば、なおさら結構です。牛の乳はまろやかすぎて。スティリクム人はもっときめの粗いミルクを好みますから」

スパーホークは身震いした。

僧院長はもう一人の若い修道僧を台所に行かせてミルクと夕食を持ってこさせ、スパーホークとクリクと自分のグラスに赤ワインを注いだ。それから椅子にふんぞり返って、グラスの脚をのんびりと揺すりながらスパーホークに尋ねた。

「互いに腹蔵なく話し合いたいのだが、構わんかな」

「もちろんです」スパーホークが答える。

「ジロクにいたとき、ここキップリアで起きた事件のことを耳にしたかね」

「あまり詳しくは。何しろ潜伏中の身でしたから」

「レンドー人が魔法の使用をどのように考えているかは知っているな」

スパーホークはうなずいた。「〝悪魔の所業〟と呼んでいたようですが」

「そうなのだ。レンドー国では、魔法は殺人よりも悪質な犯罪とみなされている。きみがここを立ち去った直後に、そうした風潮が一気に高まったのだ。わたしはその件の調査を任された。この地区を管轄する教会関係者ということでね」皮肉っぽい笑みを浮かべ、「たいていのレンドー人はわたしに行き合うと唾《つば》を吐くが、それでもどこかで〝悪魔の所業〟がなされたと聞くと、目を飛び出さんばかりに丸くして、まっ青な顔でわたしのところへ駆けつけてくるんだ。たいていの告発は根も葉もないものだがね。平均的なレンドー人は、たとえ命がかかっていたとしても、いちばん簡単なスティリクム語の呪文さえ覚えることができんからな。それでも告発はときどきある。たいていは悪意や妬《ねた》み、ちょっとした憎しみといったものが原因でね。ところがあの時はまったく事情が違っていた。キップリアの何者かが、かなり複雑な魔術を実際に使用した形跡が認められたのだ」スパーホークの顔を見つめ、「あの晩きみを襲った者たちの中に、秘儀に通じている者はいたかね」

「一人いました。ええ」

「それがたぶん謎の答になるだろう。魔術は何かの——あるいは誰かの——存在する場所を探して使われたようだった。おそらくきみを探していたのだろう」

「複雑な魔術とおっしゃいましたが、もう少し詳しく説明していただけますか」セフレーニアが緊張の面持ちで口を開いた。

「キップリアの街中を輝く影がうろついていたのです。何かの光に包まれているようでした」

セフレーニアははっと息を呑《の》んだ。「その影は何をしたのでしょう」

「通行人を訊問《じんもん》して歩いたんです。何を訊《き》かれたのか覚えている者はいませんでしたが、かなり厳しい訊問だったようです。この目で火傷《やけど》の痕《あと》をいくつも見ました」

「火傷？」

「影は訊問したいと思う者を片っ端からつかまえて歩いたようです。つかまれたところが火傷になるんです。ある女性など、かわいそうに、二の腕にぐるりと火傷をしていました。はっきりと手の形が残っているんですよ。もっとも、指の数は多すぎるようでしたが」

「指は何本ありました」

「十一本で、そのうち二本が親指でした」

教母はひゅうっと息を吸いこんだ。「ダモルクです」

「そういったものを召喚するマーテルの力は、若き神々が奪ったんじゃなかったんですか」スパーホークが言う。

「マーテルではありません。誰かがマーテルに手を貸すために送りこんだのです」

「結果的には同じことだ」

「そうではありません。ただ、マーテルはダモルクを部分的にしか使役できないはずです」

「もう十年も前の話でしょう」クリクが肩をすくめた。「今さら何だって言うんです」

「それは違いますよ、クリク。わたしたちはつい最近ダモルクが現われたものと思っていました。なのにここキップリアでは十年前に、今関わっている事件が起きてさえいなかった時期に、もうダモルクが現われていたのです」

「よくわかりませんが」

セフレーニアはスパーホークに目を向けた。「あなたですよ、スパーホーク」その声はぞっとするほど静かだった。「わたしでも、クリクでも、エラナでも、フルートでもない。ダモルクの攻撃は、すべてあなたに向けられていたのです。気をつけなさい。十二分に気をつけなさい。アザシュはあなたを殺そうとしています」

19

医師のヴォルディは気難しい六十代の小男だった。頭のてっぺんが薄くなりかけており、櫛《くし》を使って丁寧に髪を撫《な》でつけてその事実を隠そうとしている。増えてきた白髪を隠すために髪を染めているのも明らかだった。黒いコートを脱ぐと、その下には白いスモックを着ていた。薬品のにおいがして、いかにも自尊心が強そうだ。

この小柄な医師が僧院長の書斎に案内されてきたのは、かなり遅い時刻だった。そんな時刻に呼びつけられたことに苛立《いらだ》っているのを何とか隠そうとしているようだが、あまりうまくはいっていない。

「僧院長殿」医師は黒髭《くろひげ》の僧院長に軽く頭を下げ、硬い声で挨拶《あいさつ》した。

「ああ、ヴォルディ、よく来てくれました」

僧院長は椅子から立ち上がった。

「おたくの修道僧が急患だというものですから。患者に会わせていただきましょうか」

「それには長旅をしていただかなくてはなりませんね」セフレーニアがつぶやく。

ヴォルディは穴があくほどセフレーニアを見つめた。

「レンドー人ではないようですな。顔立ちから判断して、スティリクム人かな」

「お目が高くていらっしゃる」

「この男は覚えているんじゃないかね」僧院長はそう言ってスパーホークを指差した。

医師は興味のなさそうな目をパンディオン騎士に向けた。

「知らんな、こんな男――」言いかけて眉をひそめ、「いや、待てよ」と無意識に髪を撫でつけながら、「十年ほど前だったかな。ナイフで刺された、あの男だろう」

「大した記憶力です、先生」スパーホークが言った。「あまり遅くまでお引き止めしたくありません。本題に入りませんか。先生のことはボラッタのある医師から紹介されました。ある分野について、先生のご意見を非常に高く買っていましてね」スパーホークはすばやく相手を値踏みして、少しばかりおだてることにした。「もちろん、いずれにしても先生にご相談することになっていたでしょう。ご高名はレンドー国境のはるか向こうまで届いていますから」

「ふむ」ヴォルディはこそばゆそうな顔になり、すぐに何気ないふうを装った。「病の治療に対するわしの努力がいささかなりと他人の認めるところであることを知るのは、何にせよ嬉しいものだ」

「お力をお貸しいただきたいのは、友人のことなのです。実は毒を盛られまして」とセフレーニア。

「毒を？　確かなのかね」

「ボラッタのお医者様がそうおっしゃいました。友人の容態をこと細かにお話しして、診断を下していただいたのです。それによると、かなり珍しいレンドー国の毒物を――」

「待ってもらおう」医師は片手を上げてセフレーニアを制した。「診断はわしが自分で下す。容態の説明から始めてもらおうか」

「わかりました」セフレーニアはおとなしく、ボラッタの大学で医師にしたのと同じ話をもう一度くり返した。

小柄な医師は話を聞くあいだ、手をうしろに組み、目を床に落として行ったり来たりしていた。教母の話が終わると、医師は口を開いた。

「癲癇《てんかん》の可能性は最初から問題にならない。しかしそれ以外の病ならば、痙攣《けいれん》が起きるはずだ。鍵になるのは熱と発汗が同時に見られる点だな」医師は顔を上げた。「お友だちの病気は自然のものではない。ボラッタの同僚が見立てたとおりだと言えよう。毒を盛られたものと考えられる。推定される毒物は、ダレスティムだ。レンドー国で、砂漠の遊牧民が〝死の草〟と呼んでいるものだな。羊を殺すのに使うが、人間でも効果は同じだ。手に入れるのは非常に難しい。というのも、遊牧民はこの草を見つけると根こそぎにしてしまうからだ。わたしの診断はカモリアの同僚の診断と一致しているかね」

「ぴったりです、先生」セフレーニアが称讃《しょうさん》の声で言った。

「ではそういうことだ」医師はコートに手を伸ばした。「お役に立ててよかった」

「それで、どうすればいいんです」スパーホークが尋ねた。

「葬式の準備をするんだな」ヴォルディが肩をすくめる。

「解毒剤は？」

「知られていない。残念だが、お友だちの命運は尽きたのだよ」医師の口調には苛立たしい気取りが感じられた。「他の多くの毒物と違って、ダレスティムは血液ではなく、脳に作用する。身体に入ったら、ぼん！」と指を鳴らして、「ところでそのお友だちには、金持ちで力のある敵でもいるのかね。ダレスティムは恐ろしく高価なのだが」

「政治的な背景があるんです」スパーホークがそっけなく答えた。

「なるほど、政治か」ヴォルディは笑った。「そういう連中は金を持っているからな」と眉をひそめ、「そう言えば――」言いかけて髪を撫でつけ、「どこで聞いたんだったかな」頭を掻《か》いて、丁寧に撫でつけた髪を乱し、ふたたび指を鳴らす。「そうだ、思い出した。噂を聞いたことがある。ただの噂だぞ、いいかね――ダブールのある医者が、ザンドで王族数人の治療に成功したという話がある。普通ならこういう情報は同業者のあいだにぱっと広まるのだが、わしはその男にちょっと疑いを持っていてな。実は医者仲間のあいだで、何年か前からその男に関する悪い話が伝わっているのだよ。その男の奇跡のような治療法には、ある種の禁じられた技法が使われているとね」

「どのような技法でしょう」セフレーニアが緊張して尋ねる。

「魔法だよ。ほかに何がある。ダブールのわが友は、悪魔の所業に手を出しているなどと知れたら、即座に首を飛ばされることだろうな」

「なるほど。その治療法の噂ですが、お聞きになったのは一人からでしょうか」

「いやいや、数人から聞いたよ。国王の弟と甥《おい》が何人か病に倒れてな。そのダブールの医者が――タンジンという名前だが――王宮に召された。全員ダレスティムの毒を盛られたと診断して、それを治してしまったのだそうだ。喜んだ国王は詳しい治療法の内容を秘密にして、さらにタンジンには全面的な免責特権を与えた」ヴォルディは作り笑いを浮かべた。「もっとも、免責特権といってもあまり効力は期待できんがね。ザンドの街では、国王の力は王宮の城壁の外にはほとんど及ばないのだ。ともあれ、わずかでも医学の知識を有する者にとっては、何が行なわれたのかは明らかだ」厳しい表情を作って、「わしはそんなものに手を染める気はない。だがタンジン先生は強欲だという話だからな。きっと国王はたっぷり報酬を支払ったのだろう」

「お力添えをありがとうございました、先生」スパーホークが言った。

「お友だちのことは気の毒だった。ダブールまで行って帰ってくるのでは、残念だが間に合わないだろう。ダレスティムは即効性こそないものの、致死力は絶対だ」

「腹に剣を突き立てても同じですよ」スパーホークはむっつりと答えた。「最低の場合でも、友人の仇《あだ》を討つことはできます」

「恐ろしいことを言う」ヴォルディは身震いした。「剣による傷には馴染《なじ》みがあるのかね」

「大の馴染みです」とスパーホーク。

「ああ、それはそうだな。確かにそのとおりだろう。古傷がどうなったか、見せてもらえんかね」

「おかげさまで、すっかり治ってしまいました」

「すばらしい。われながらほれぼれするよ。わしほどの腕がなければ、とても命は助からなかったろう。さて、もう帰らんと。明日も忙しいのでな」医師はコートを着こんだ。

「ありがとう、ヴォルディ先生」僧院長が言った。「ドアのところにいるブラザーがお宅までお送りする」

「ご親切にどうも、僧院長殿。なかなか刺激的な話だったよ」ヴォルディは一礼して出ていった。

「鼻持ちならない野郎だ」クリクがつぶやいた。

「そのとおり。だが腕はいいのだよ」と僧院長。

「望みは薄いですね」セフレーニアが嘆息した。「とても、とても薄い。手掛かりは噂だけですし、あてもなく探しまわる時間はありません」

「選択の余地はないと思いますよ。ダブールへ行くしかありません。わずかな手掛かりですが、無視することはできないでしょう」

「それほど望み薄というわけでもありますまい、レディ・セフレーニア」僧院長が言った。「ヴォルディという男のことはよく知っています。あれは自分の目で見たもの以外は信じない男だ。だが噂ならわたしも耳にしている。レンドー国の王家の者が何人か病に倒れ、回復したという話です」

「とにかく手掛かりはそれしかない。追いかけてみるべきです」とスパーホーク。

「ダブールまでいちばん早いのは、海岸沿いに進んでグール川を遡《さかのぼ》る航路だな」僧院長が提案した。

「いけません」セフレーニアが断固とした声で言った。「スパーホークを殺そうとした存在は、もう失敗したことに気づいているでしょう。背後に竜巻が見えないかとびくびくしつづけるのは願い下げです」

「いずれにしてもジロクまでは海路を行かないと」と僧院長。「陸路は無理だ。この季節でさえ、ここからダブールまで砂漠を横断しようなどという者はおらん。まったくもって不可能だ」

「海路を行くしかないなら、海路を行くまでです」スパーホークが言った。

「外に出たらじゅうぶんに気をつけるのだぞ」僧院長は真剣な顔になった。「レンドー国は、今ちょっとした騒乱状態にある」

「いつだってそうじゃないですか」

「今度ばかりは少し様子が違うのだ。アラシャムが聖戦を呼びかけている」

「それなら二十年以上も前からずっとやっていることでしょう。冬になると砂漠の民を焚《た》きつけて、夏になると、民はそれぞれ自分の部族のところへ帰っていく」

「ところが今度は少しばかり違っているのだよ。遊牧民に注目する者など誰もいなかったのが、どういうわけかあの狂人、今回は街の民にも食いこみはじめているんだ。おかげで事態はいささか緊迫したものになっている。もちろんアラシャムは大いに気勢を上げて、砂漠の遊牧民をダブールに集めているよ。ちょっとした軍隊になっているんだ」

「いくらレンドー人でも、そこまで愚かだとは思えませんね。何が原因なんです」

「聞くところでは、噂を流している者たちがいるらしい。街の住人のあいだに、北部の諸王国ではエシャンド派の巻き返しが始まっているという話が広まっている」

「ばかげてる」スパーホークは鼻を鳴らした。

「もちろんだ。しかしアラシャムはそれに乗じて、教会に対する叛乱《はんらん》がここ数世紀でははじめて成功するかもしれないという考えを、かなりの数のキップリアの住人に浸透させせたようだ。それだけではない。どうも大量の武器がこの国に送りこまれているようなんだ」

スパーホークの胸に疑念が兆した。

「その噂を流しているのが誰だか、見当はつきませんか」

僧院長は肩をすくめた。

「北から来た商人や旅人だよ。みんなよそ者だ。たいていはエレニア領事館のそばに滞在しているようだな」

「妙な話ですね。十年前に襲撃されたとき、わたしは呼び出されてエレニア領事館へ行くところだったんです。領事は今もエリウスですか」

「それはまあそのとおりだが、何を考えているのかね」

「もう一つだけ。白髪の男がエレニア領事館に出入りしているのを見かけたことはありませんか」

「はっきりしたことは言えんな。部下にそういう男の出入りを見張れとも命じていないし。誰か見当をつけている人物がいるのかね」

「ええ、そのとおりです」スパーホークは立ち上がり、うろうろと歩きまわりはじめた。

「もう一度エレネ人の論理を試してみたいんですがね、セフレーニア」そう言って論点を数え上げる。「一つ、アニアス司教は総大司教の座をねらっている。二つ、四騎士団はこぞってアニアスに反対しており、これによりアニアスの野望は阻まれる可能性がある。三つ、総大司教の座を射止めるために、アニアスは聖騎士団の信用を失墜させるか、これを解散させる必要がある。四つ、ここキップリアのエレニア領事はアニアスの従兄弟である。五つ、領事とマーテルはかつて付き合いがあった。これについては個人的に証拠を握っています。十年前のことですがね」

「エリウスと司教が親戚《しんせき》だとは知らなかった」僧院長は驚いているようだった。

「あまり表に出したがりませんからね。さて、アニアスは新しい総大司教を選ぶ時期に、聖騎士をカレロスから追い払っておきたい。レンドー国で武装蜂起《ほうき》があったなら、聖騎士団はどうするでしょうか」

「完全武装でただちに駆けつけるとも」僧院長は僧院の性格に関するスパーホークの疑惑を完全に裏付けるような発言をした。

「ということは、カレロスでの選挙に関する議論から騎士団を締め出すことができるわけです」

セフレーニアは推し量るようにスパーホークを見つめた。

「そのエリウスというのは、どういう人物なのですか」

「貧困な知性と、もっと貧困な想像力しかない、けちな事大主義者ですよ」

「切れ者とは言えないということでしょうか」

「そういうことです」

「では誰かの指示を受けているということになりますね」

「まさしく」スパーホークは僧院長に向き直った。「ラリウムの騎士本館においでの、アブリエル騎士団長と連絡を取る手段はありませんか。確実に手元に届くような手段が」

僧院長は氷のような目つきでスパーホークを見つめた。

「互いに腹蔵なくいこうというお話でしたからね。困らせるつもりはありませんが、これはとんでもない緊急事態なんです」

「いいだろう、スパーホーク」僧院長はいささか硬い声で答えた。「いかにも、アブリエル卿《きょう》と連絡を取る手段はある」

「けっこう。セフレーニアが詳しいことをすべて知っていますから、聞いておいてください。わたしはクリクと一仕事してきます」

「いったい何を企《たくら》んでいるのだね」僧院長が尋ねる。

「エリウスを訪問するつもりです。あの男は何がどうなっているのか知っているはずですから、説得して情報を提供してもらおうと思います。ラリウムに連絡する前に、情報はすべて確認しなくてはならないでしょうが」

「危険すぎる」

「アニアスを総大司教にさせるのはもっと危険ですよ」スパーホークはちょっと考えこんだ。「どこかに独房のようなものはありませんか」

「地下のワイン貯蔵庫に改悛《かいしゅん》の部屋がある。あそこのドアは鍵がかかったはずだ」

「それはいい。エリウスを連れてきて、訊問《じんもん》することになるでしょう。わたしがここにいると知られたら帰すわけにはいきませんが、セフレーニアは人殺しを認めてくれないのですよ。ただ単に姿を消したのであれば、どうなったのか隠しておけるでしょう」

「捕まえるときにわめいたりしないかね」

「その心配はないでしょう」クリクが重い短剣を引き抜いて答えた。柄をばしっと掌《てのひら》に打ちつける。「たぶんぐっすり眠っているだろうと思いますので」

街路は静まり返っていた。午後にかかっていた雲はすっかり晴れて、星が明るく輝いている。

「月がないのは助かります」クリクが小さくつぶやいた。スパーホークと二人、人気《ひとけ》のない街路を忍び歩いているところだ。

「この三日ばかり、深夜になって昇っていたぞ」とスパーホーク。

「どのくらいの深夜です」

「あとまだ二時間はある」

「それまでに僧院にもどれますかね」

「やるしかない」スパーホークは十字路のすぐ手前で足を止め、角の家の陰からあたりを見まわした。短いケープをまとい、槍《やり》と小さなランタンを持った男が、眠そうな顔で街路を歩いていた。

「見回りだ」スパーホークがささやき、二人は通りから引っこんだ影の奥に身をひそめた。

見回りの男はぶらぶらと通り過ぎていった。手から下げたランタンの明かりで、建物の壁に男の大きな影が映った。

「もっとあたりに気を配らなくちゃだめだ」クリクが腹立たしげにつぶやいた。

「今の状況で、その意見はいささか場違いに思えるがね」とスパーホーク。

「正論は正論です」クリクは頑固に言い張った。

見回りの男の姿が見えなくなると、二人はふたたび街路を進みつづけた。

「領事館の前まで歩いていくんですか」

「いや、ある程度まで近づいたら、屋根伝いに行く」

「猫じゃないんですよ。屋根から屋根へ飛び移るのが楽しいと思うような生活はしてきてないんですがね」

「あのあたりの建物は、みんな軒を接して建てられてる。屋根伝いといっても街道を行くみたいなものさ」

「なるほど、それなら話は違います」

エレニア王国領事館は、白いモルタル塗りの高い外壁に囲まれた、かなり大きな建物だった。四隅には長い竿《さお》の先につけた松明が燃え、外壁に沿って細い道がめぐらされていた。

「あの道は周囲をぐるっと一周してるんですか」

「前にここに来たときはそうだったな」

「だとすると、この計画には大きな穴がありますよ。こっちの屋根の上からあの外壁の上に飛び移るなんて、わたしには無理です」

「わたしにも無理だ」スパーホークは顔をしかめた。「反対側に回ってみよう」

二人は領事館の外壁沿いに並ぶ家々の裏の細い路地をこっそりと抜けていった。犬が吠《ほ》えかかってきたが、クリクが石を投げると一声悲鳴を上げて、三本足で逃げていった。

「泥棒の気持ちがよくわかりますよ」

「あそこだ」とスパーホーク。

「どこです」

「すぐそこだ。親切にも屋根の修理をしてくれてる人がいる。材木が壁に立てかけてあるだろう。どのくらいの長さがあるか、見てみよう」

二人は路地を横切って、建築資材の置いてあるところへ近づいた。クリクが歩幅で材木の長さを測った。

「ぎりぎりですね」

「渡してみないと、届くかどうかわからんな」

「いいでしょう。どうやって屋根に上げます」

「壁に立てかけるんだ。まっすぐに立てかけておいて、急いで屋根に登って、引っ張り上げよう」

「攻城兵器を作る必要がないだけましですかね」クリクは渋い顔で言った。「わかりました、やってみましょう」

二人は数本の材木を壁に立てかけ、クリクは息を切らし汗を垂らして、材木伝いに屋根に登った。

「いいですよ」屋根の上から小声でささやく。「上がってきてください」

スパーホークも材木伝いに屋根に上がったが、途中で手に大きな棘《とげ》を刺してしまった。

二人は苦労して材木を屋根の上に引き上げ、それを一本ずつ、領事館の外壁に面した側に移動させた。外壁の上では松明の炎が揺れ、弱々しい光が屋根の上まで届いている。

最後の一本を運び終えたとき、クリクが急に動きを止めた。

「スパーホーク」

「どうした」

「二つ向こうの屋根です。女が寝そべってます」

「どうして女だとわかるんだ」

「何も着てないからですよ」

「ははあ、なるほど。レンドー国の習慣で、その女は月の出を待ってるんだ。月の最初の光を腹に浴びると子供が授かるという迷信がある」

「こっちが見えないんですかね」

「何も見えてやしないさ。月の出を待つことだけで頭がいっぱいなんだ。仕事を続けよう。いつまでも見とれてるんじゃない」

二人は材木を細い道の上に押し出しにかかった。押し出せば押し出すほど押さえるのに必要な力は増してくるので、簡単な仕事ではなかった。それでもようやく材木の先端が領事館の外壁にかかった。その材木の上に別の材木を滑らせて横におろし、細い橋の幅を広げる。最後の一本を渡し終えたとき、クリクが小さく悪態をついた。

「今度はどうした」とスパーホーク。

「どうやってこの屋根の上に登ったんでしたっけ」

「立てかけた材木をよじ登ったんだ」

「目的地はどこです」

「あの領事館の外壁の上だ」

「じゃあ、なんで橋なんか架けてるんです」

「それは――」スパーホークは急に自分がひどく間抜けなことをしていたのに気づいた。

「材木を領事館の外壁に立てかけてよじ登ればよかったんだ」

「ご名答。おめでとうございます」クリクが皮肉っぽく言った。

「橋を架けるのが最善の解決法だと思ったんだ」

「でもまったく必要なかった」

「この解決法が無効になったわけではない」

「そりゃそうですがね」

「じゃあ、先へ進もうじゃないか」

「先に行っててください。わたしはあの女性と少し話をしてきます」

「やめとけ、クリク。あの人は別の問題に悩んでいるんだ」

「子供が欲しいって悩みなら、わたしが解決してあげられると思いますがね」

「さあ、行くぞ、クリク」

二人は間に合わせの橋を渡って領事館の外壁の上に立ち、その上を歩いていった。少し行くと、大きく育った無花果《いちじく》の木が下の影の中から枝を広げていた。それを伝って外壁の中に降り立ち、しばらく木のそばに立って現在の位置を見定める。

「領事の寝室がどこかなんて、ご存じないでしょうな」クリクがささやく。

「ああ、でも見当はつく。ここはエレニア国の領事館だ。エレニア国の公的な建築物は、どれもだいたい同じような造りになっている。私的な区画は二階の裏手だろう」

「なるほど、それでかなり絞りこめますね。探す場所が四分の一になったわけだ」

二人は暗い庭を忍び足で通り抜け、鍵のかかっていない裏口から建物の中に入った。明かりのない台所を抜けると、薄明るい廊下があった。と、クリクが急いでスパーホークを台所に引き戻した。

「何を――」スパーホークがささやこうとする。

「しっ」

廊下にゆらゆらと揺れる蠟燭《ろうそく》の明かりが現われた。家政婦か料理人なのだろう、落ち着いた感じの女性が台所のドアのほうへ歩いてくる。スパーホークは小さく縮こまった。女はドアの前に立ち、ノブを握ってしっかりと扉を閉めた。

「どうしてわかったんだ」スパーホークは小声で尋ねた。

「自分でもわかりません。ただわかったんです」クリクはドアに耳を寄せた。「行ったようです」

「こんな夜中に、何をしていたのかな」

「知るもんですか。戸締まりを確認していただけかも。アスレイドは毎晩やりますよ」

もう一度耳を澄まし、「ああ、別のドアを閉めました。もう足音も聞こえません。ベッドに戻ったんでしょう」

「階段は正面玄関の向こう側になるはずだ。また誰か来る前に二階へ上がろう」

二人は急ぎ足で廊下を突っ切り、幅の広い階段を上った。

「飾りたてたドアを探せ。領事はこの屋敷の主人だから、いちばん贅沢《ぜいたく》な部屋を使っているはずだ。わたしはこっちを探す。そっちのほうを頼む」

スパーホークとクリクは左右に分かれ、忍び足で探索に向かった。廊下の突き当たりで、スパーホークは浮き彫りを施して金箔《きんぱく》を押したドアを見つけた。そっと扉を押し開け、中を覗《のぞ》く。一つだけ灯《とも》した薄暗いオイル・ランプの光の中に、大柄で赤ら顔の、五十代くらいの男性がベッドに仰向けに寝ているのが見えた。大きな鼾《いびき》をかいている。顔を確認したスパーホークは、そっとドアを閉めてクリクを探しに戻った。従士は階段を上がったところで待っていた。

「領事というのはいくつくらいなんです」

「五十歳くらいだ」

「じゃあ、わたしが見たのは別人ですね。突き当たりに浮き彫りのあるドアがあって、二十《はたち》くらいの男が年上の女とベッドにいました」

「顔を見られたか」

「いいえ。お取りこみ中でしたから」

「そうか。領事は独りで寝ていたよ。こっち側の廊下の突き当たりだ」

「あの女、領事の奥方でしょうか」

「われわれには関係ない」

二人はいっしょに金箔押しのドアの前まで取って返した。静かにドアを開け、中に滑りこんでベッドに近づく。スパーホークは手を伸ばし、領事の肩をつかんだ。

「閣下」小さく声をかけ、肩を揺さぶる。

領事はぱっと目を開いたが、クリクが耳のうしろに短剣の柄を叩きこむと、すぐにぐったりとなった。二人は意識を失った領事の身体を黒い毛布に包み、クリクが乱暴に肩に担ぎ上げた。

「ほかに用事はありませんか」

「とくにない。行こう」

二人はこっそりと階段を下り、台所に戻った。スパーホークは屋敷の本体に通じるドアを注意深く閉めた。

「ここで待て。庭を見てくる。誰もいなかったら口笛を吹くからな」そう言い置いて暗い庭に出ると、木々の影から影へと慎重に移動して様子を探る。ふいに自分が大いに楽しんでいることが意識された。少年時代、カルテンと二人で真夜中に、父親の家を抜け出しては遊びまわっていたころ以来の感覚だった。

おそろしく下手くそな小夜鳴鳥《ナイチンゲール》の鳴き声を口笛で真似る。

ややあって、クリクのかすれた口笛が台所のドアのところから聞こえた。

「あなたですか」

一瞬、スパーホークは「違うぜ」とささやき返したい強烈な誘惑に駆られたが、すぐに自分を取り戻した。

ぐったりした領事の身体を無花果の木の上に押し上げるのはいささか骨が折れたものの、どうにかやり遂げることができた。ふたたび間に合わせの橋を渡り、材木を屋根の上に引き戻す。

「まだいますよ」クリクがささやいた。

「誰が」

「あの裸の女ですよ」

「自分の家の屋根なんだ、勝手だろう」

二人は材木を屋根の反対側に運び、下に降ろした。スパーホークが先に地面に降りて、クリクから領事を受け取る。すぐにクリクも降りてきて、いっしょに材木を元の場所に戻した。

クリクはふたたび領事を肩に担ぎ上げた。

「奥方が騒ぎ立てませんかね」

「それほどでもないような気がするな。もしあの反対側の寝室にいたのが奥方だったとしたら。僧院へ戻ろう」

二人は領事の身体を担いで、途中何度か見回りをやり過ごしながら、半時間ほどのうちに街の郊外までたどり着いた。スパーホークの肩の上にいるとき、領事がうめいて弱弱しく身じろぎした。

クリクがもう一度その頭を一撃した。

僧院長の書斎にたどり着くと、クリクは意識のない男の身体をどさりと床に投げ出した。二人はしばらく顔を見合わせていたが、やがて弾《はじ》けるように笑いだした。

「何がおかしいのかね」僧院長が尋ねた。

「いっしょにおいでになればよかったんですよ」クリクが笑いながら答えた。「こんなに面白いこと、何年ぶりかな。あの橋が最高でしたね」

「いやあ、あの裸の女だろう」スパーホークも息を切らしている。

「酒でも入っているんじゃなかろうな」僧院長は疑わしげな声を上げた。

「とんでもない、一滴も」とスパーホーク。「でも、それもいい考えだ。どこかに酒はありませんか。セフレーニアはどうしました」

「教母殿と子供は少し眠っておくべきだと進言した。裸の女がどうしたって」僧院長は好奇心に目を輝かせた。

「子供が授かるおまじないで、屋根に登ってる女がいたんです」スパーホークの笑いはまだおさまらなかった。「それにクリクが少々気を惹かれましてね」

「いい女だったのかね」僧院長が訳知り顔の笑みをクリクに向ける。

「よくわからないんですよ。顔なんか見てませんでしたから」

「ところで僧院長殿」スパーホークはやや真顔になって、それでもまだ小さく笑いながら言った。「エリウスが目を覚ましたら、すぐに訊《き》問をしたいのです。あの男に何を訊いても、驚かないでいただけますか」

「よくわかっているとも、スパーホーク」

「けっこう。じゃあクリク、領事閣下をお起こしして、どう答えるか見てみようか」

クリクは領事のぐったりした身体から毛布をはぎ取り、意識のない男の耳や鼻をつねりはじめた。しばらくすると目蓋《まぶた》がぴくぴくと動き、領事はうめき声を上げて目を開いた。一瞬ぼんやりした顔で三人を見ていたが、領事はすぐに上体を起こした。

「何者だ。これはどういうことだ」

クリクが男の後頭部を平手で叩いた。

「どういうことかわかったかね、エリウス」スパーホークが穏やかに話しかけた。「エリウスと呼ばせてもらって構わないだろうね。わたしのことを覚えているかな。名前はスパーホークだ」

「死んだと思っていた」

「スパーホーク？」領事は息を呑《の》んだ。「死んだと思っていた」

「その噂はひどく誇張されているよ、エリウス。事実はこうだ――おまえは拉致《らち》された。訊きたいことが山ほどあってね。素直に答えてくれれば、おまえにとってもずっと楽だと思う。答えてくれない場合は、とても辛い夜を過ごすことになる」

「できるものか！」

クリクがまたしても領事の頭を叩く。エリウスは両手で頭を守ろうとした。

「わしはエレニア王国領事だぞ。シミュラの司教の従兄弟でもある。このような真似は許されん」

スパーホークはため息をついた。

「指を何本か折ってやれ、クリク。どのような真似をするつもりでいるのか、わかっていただくためにな」

クリクは領事の胸に片足をかけて床に押しつけ、弱々しくもがいている男の右の手首を握った。

「やめろ！」エリウスは悲鳴を上げた。「やめてくれ！　何でも話すから！」

「状況の深刻ささえご理解いただければ、きっと協力してくださると言ったでしょう」

スパーホークは気軽な調子で僧院長に話しかけ、レンドー国のローブを脱ぐと、鎖帷子《くさりかたびら》と剣帯をあらわにした。

「きみのやり方は直截《ちょくせつ》的だな」と僧院長。

「単純な男ですからね」スパーホークは鎖帷子に覆われた脇の下を掻いた。「微妙な駆け引きといったものは不得手なんですよ」片足で捕虜をつついて、「よし、じゃあエリウス、話を簡単にしてやろう。とりあえず、おまえはこれから述べることを事実と確認するだけでいい」騎士は椅子を引き寄せ、腰をおろして足を組んだ。「第一に、おまえの従兄弟であるシミュラの司教は、総大司教の地位をねらっている。そうだな」

「証拠はどこにもない」

「親指を折れ、クリク」

まだ領事の手首を握っていたクリクは、握りしめた拳を力ずくで開かせ、親指をつかんだ。「何カ所で折りましょう？」

「できるだけたくさんがいいな。考え直していただけるまで」

「よせ！　やめろ！　そのとおりだ！」エリウスは恐怖に目を瞠《みは》って、あえぎながら答えた。

「だいぶ話がわかるようになってきたな」スパーホークは悠然たる笑みを浮かべた。

「では、おまえは過去にマーテルという名前の髪の白い男と交渉を持ったことがある。ときどきおまえの従兄弟のために働いている男だ。そうだな」

「そ——そうだ」

「どうだね、素直に答えれば楽だろう。十年ばかり前、マーテルとごろつきどもにわたしを襲わせたのはおまえだな」

「あいつが言い出したことなんだ」エリウスは慌ててそう答えた。「司教から、あの男に協力しろと命じられていた。あの晩、おまえを召し出せと言ったのもあの男だ。あいつがおまえを殺すつもりだったなんて知らなかった」

「それはまたずいぶんと世間知らずなことだな。最近になって、北の諸王国から来たというかなりの数の旅人が、北ではレンドー国の目指すものに対する共感が広がっているという噂をキップリアにばらまいている。この噂を広めるのに、マーテルは関わっているのか」

エリウスははっとして、恐怖に唇を嚙《か》んだ。

クリクがゆっくりと親指を折りにかかる。

「そうだ！　そうだ！」エリウスは苦痛に背を反《そ》らせて叫んだ。

「また素直じゃなくなってきたな、エリウス。わたしなら気をつけるぞ。マーテルがそんな噂を流しているのは、レンドー国の街の住人を焚きつけて、砂漠の遊牧民とともに教会に対するエシャンド派の叛乱に立ち上がらせるためだ。そうだな」

「マーテルはそこまで話さなかったが、最終目標はそういうことだと思う」

「しかもマーテルは武器も供給している。そうだな」

「そう聞いている」

「次の質問は難しいぞ、エリウス。よく聞くんだ。この計画の本当の目的は、叛乱を鎮圧するために聖騎士団をレンドー国に送りこませることにある。間違いないか」

エリウスはむっつりとうなずいた。「マーテルは何も言わなかったが、従兄弟から最後に来た手紙にそう書いてあった」

「そして蜂起の時期は、たまたまカレロスの大聖堂で新しい総大司教を選挙する時期と一致することになっているわけだな」

「そこまでは知らないのだよ、サー・スパーホーク。信じてくれ。そうなのかもしれんが、わしにも確信はないんだ」

「ではこの質問は保留にしておこう。ここでぜひとも知りたいことがある。今マーテルはどこにいるんだ」

「アラシャムと会うためにダブールへ行っている。あの爺《じい》さんは追従者を狂乱状態に駆り立てて、教会を焼き打ちさせたり、教会の土地を占拠させたりしようとしているんだ。マーテルはそれを聞いて、大慌てでダブールへ向かったよ。少し連中に頭を冷やさせようとな」

「まだ時期が早いというわけか」

「わしの見るところ、まあそうだ」

「とりあえずこれで終わりだ、エリウス」スパーホークの声は飽くまでも優しかった。

「ご協力に心から感謝するよ」

「放免してくれるのか」領事が疑わしそうに尋ねる。

「いや、そうはいかないな。マーテルとは昔馴染でね。いきなりダブールに姿を見せて、驚かしてやりたいんだ。先回りして報告されてしまう危険は冒せない。地下のワイン貯蔵庫に改悛の部屋があるから、そこで自分の罪をじっくりと悔いるがいい。きっと今、おまえは罪の意識に苛《さいな》まれていることだろうからな。とても居心地のいい部屋だと聞いているよ。扉と四面の壁のほかに、天井と床までついているんだ」スパーホークは僧院長に顔を向けた。「床はありますよね？」

「ああ、だいじょうぶだ」僧院長が答えた。「すばらしく冷たい石の床がある」

「そんなところに閉じこめる気か！」エリウスが金切り声で抗議する。

クリクもエリウスの肩を持った。

「スパーホーク、本人の意思に反して改悛の部屋に閉じこめるなんてことはできませんよ。教会法に違反してます」

「そうか」スパーホークは残念そうに言った。「だがおまえの言うとおりだ。ごたごたは避けたいからな。じゃあ別の手だてを取ってくれ」

「わかりました」クリクはうやうやしく答えて、短剣を引き抜いた。「僧院長様、この僧院に墓地はございますか」

「ああ、なかなかいい墓地だよ」

「よかった。荒野に放り出してジャッカルの餌《えさ》にするというのは、どうも気が咎《とが》めて」

言いながらクリクは領事の髪をつかみ、顔を上向かせた。短剣の刃を喉元に押しつける。

「すぐに終わりますから、領事閣下」

「僧院長殿！」エリウスが悲鳴を上げる。

「申し訳ないがどうにもできんのですよ、領事閣下」僧院長は敬虔《けいけん》さを装って答えた。

「聖騎士には独自の掟《おきて》がありましてな。それを侵害するわけにはいかんのです」

「お願いです、僧院長殿、改悛の部屋に監禁してください！」

「罪を悔いて改悛したいのですか」

「はい！　はい！　心から悔いています！」

「申し訳ないな、サー・スパーホーク。わたしはこの改悛者を主にとりなさねばならん。この者が主と平安のうちに折り合うまで、殺すことを認めるわけにはいかんのだ」

「それは最終決定でしょうか、僧院長殿」スパーホークが尋ねる。

「そういうことになるな、サー・スパーホーク」

「では仕方ありませんね。改悛を終えたらすぐに知らせてください。殺すのはそれまで待ちますから」

「もちろんだとも、サー・スパーホーク」

がたがた震えているエリウスがたくましい修道僧の手で連れ去られると、三人は声を合わせて爆笑した。

「すばらしい演技力ではないですか」スパーホークが僧院長を称する。「まさに絶妙の台詞回しでしたよ」

「この方面ではまったくの初心者というわけでもないからな」僧院長はそう答えて、大柄な騎士に鋭い目を向けた。「きみたちパンディオン騎士は情け容赦がないと評判だが――とくに捕虜を訊問する際には」

「ええ、わたしもそんな噂を耳にしたことがあります」

「だが実際には、相手を傷つけることはほとんどないのではないかね」

「たいていはそうですね。情け容赦がないという評判があるから、みんな協力的になってくれるのですよ。本当の拷問というのがどれほど困難な汚れ仕事か、おわかりになりますか。パンディオン騎士団に関する噂は、実はわれわれが流しているんです。楽に済ませられる仕事を、わざわざ難しくする必要はありませんからね」

「まったく同感だよ、スパーホーク。さて」と急に熱心な声音になって、「それでは裸の女と橋の話、それに今夜あった出来事を聞かせてもらおうかな。細大漏らさずだぞ。この哀れな修道僧には、人生の楽しみというものが実に少ないのだからな」

20

スパーホークは顔をしかめ、鋭く息を吸いこんだ。

「セフレーニア、どうしてもまっすぐ突っこまなくちゃだめなんですか」

「子供みたいなことを言わないで」教母はそう答え、手に刺さった棘《とげ》を針でつっきつづけた。「すっかり取っておかないと膿《う》みますよ」

騎士はため息をつき、歯を食いしばった。フルートが笑いを抑えるように両手を口に当てている。

「おかしいかい」スパーホークはむっつりと尋ねた。

フルートは笛を取り上げ、嘲《あざけ》るような短いトリルを吹いた。

「考えていたのだがね、スパーホーク」僧院長が声をかけた。「アニアスがキップリアと同じようにジロクにも人を送っているとしたら、ジロクを迂回《うかい》したほうが見つかる危険が小さくなるのではないかね」

「やってみるしかないんです。川を遡《さかのぼ》る前に、ジロクにいる友人にどうしても会っておかなくてはなりませんので」と黒いローブを見下ろし、「これを着ていれば人目は惹《ひ》かないでしょう」

「危険だぞ、スパーホーク」

「慎重にやればだいじょうぶだと思いたいですね」

クリクが部屋に入ってきた。馬に鞍を置き、僧院長が貸してくれた驢馬《ろば》に荷物を積んでいたのだ。クリクは細長い木の箱を持っていた。

「本当にこれを持っていくんですか」従士はセフレーニアに尋ねた。

「ええ、持っていきます」教母が悲しそうに答える。

「何なんです」

「二振りの剣――わたしの担う重荷の一部です」

「二本分にしては、ずいぶん大きな箱ですね」

「まだ増えることになりそうなので」セフレーニアは嘆息し、スパーホークの手に包帯を巻きはじめた。

「包帯なんていりませんよ。ただのかすり傷です」

セフレーニアがじっと騎士の顔を見つめる。

スパーホークは降参した。「はいはい、思うようにやってください」

「ありがとう」教母は包帯の端を結んだ。

「ラリウムには手紙を送っていただけましたか」スパーホークは僧院長に尋ねた。

「次に港を出る船に託してある」

スパーホークはわずかに考えこんだ。

「マデルに戻っている時間はありませんね。マーキス・リュシエンの屋敷に仲間が残っているのですが」

僧院長はうなずいた。「あの男なら知っている」

「仲間にも手紙を送っていただけますか。ダブールで何もかもうまく運べば、まっすぐシミュラに帰ることにすると。先にシミュラに向かっておいてもらったほうが都合がいいでしょう」

「やっておこう」

スパーホークは考えながら包帯の結び目を引っ張った。

「あまり触らないように」とセフレーニア。

騎士は手を放し、ふたたび僧院長に話しかけた。

「その手紙にこういうことも書いておいていただけませんか。教会騎士団の分遣隊が、数人でいいからレンドー国の街路を歩いていれば、噂にあまり注意を払うとどんな面白くないことが起きるか、街の人たちに思い出させる役に立つのではないか、と」

「そうすれば、あとで軍団を丸ごと送りこむ必要もなくなる。報告にははっきりとその点を指摘しておこう」

スパーホークは立ち上がった。

「またしてもすっかりお世話になってしまいました。面倒なことばかりお願いして、申し訳ありません」

「同じ主人に仕える身ではないか、スパーホーク」そう言ってから、僧院長はにやっと笑った。「それにわたしはきみが気に入っているんだよ。きみたちパンディオン騎士は、かならずしもわれわれと同じやり方で事に臨むわけではないが、ちゃんと結果を出すからな。大事なのはそこだ。そうだろう」

「望むらくは」

「砂漠では気をつけたまえ、友よ。幸運を」

「ありがとうございます」

僧院の中庭に降りてきたとき、鐘が朝の祈りを呼びかけはじめた。クリクがセフレーニアの剣の箱を驢馬の背に縛りつけ、全員が馬にまたがった。門を出ていく一行の背後から、鐘の音が空に向かって響きわたった。

スパーホークは憂いに沈んだまま、埃《ほこり》っぽい街道を海岸沿いに西に折れてジロクへ向かった。

「どうかしましたか、スパーホーク」セフレーニアが尋ねた。

「あの鐘は十年前からわたしを呼びつづけていたんです」騎士は答えた。「なぜかいつの日か、あの僧院に戻ることになるとわかっていたような気がします」背筋を伸ばして、「いいところですよ。出ていくのが辛《つら》いくらいです。しかし……」言いかけて肩をすくめ、スパークホークは進みつづけた。

朝日がまぶしいくらいに、街道の左側の岩と砂と小石の荒れ地に照り映えている。右手は切り立った崖になっていて、その下には白い砂浜があり、さらに先には内の海の濃紺の水面が広がっていた。一時間もしないうちに気温が上がりはじめ、さらに半時間ほど経つと暑くなってきた。

「ここには冬はないんですか」クリクが流れる汗をぬぐいながら尋ねた。

「今が冬なんだよ」スパークホークが答える。

「じゃあ夏はどんな具合なんです」

「灼熱地獄さ。旅は夜しかできない」

「ジロクまではどのくらいですか」

「五百リーグほどだな」

「三週間はかかりますね」

「だろうな」

「船で行ったほうがよかったんじゃ――竜巻があろうと何だろうと」

「いいえ、クリク」とセフレーニア。「全員が海底に沈んでいては、エラナを助けることはできませんよ」

「追ってきてる存在というのは、魔法でこっちの居場所を突き止めたりはしないんですかね」

「そういう力はないようですね。十年前にスパーホークを探したときも、人々を訊問しています。嗅《か》ぎだすことはできないのでしょう」

「そうか。忘れてました」

一行は毎朝まだ星が瞬《また》いているうちに起きだし、日中の叩きつけるような暑熱を避けるため、馬を駆り立てて早朝のうちに距離を稼いだ。暑い盛りには僧院長が貸してくれた天幕のわずかな影の下で休息し、そのあいだ馬たちは、照りつける太陽の下でものうげに飼葉《は》を食んでいた。日が西に傾くと一行はふたたび馬に乗り、あたりがすっかり暗くなるまで進みつづけた。ときおり砂漠の中の湧き水に出会うこともあった。草木と日陰に恵まれたそんな場所では、ときに一日かけて馬を休ませ、容赦ない太陽に立ち向かう体力を取り戻すべく休息することもあった。

そんな湧き水の一つ、輝く水が岩棚を流れ下って椰子《やし》の木に囲まれた真っ青な池に集まっている場所で、一行は黒い甲冑《かっちゅう》をつけたパンディオン騎士の訪問を受けた。スパーホークは下帯一本で、しずくを滴らせて水から上がったところだった。そのとき西から馬に乗った騎士が近づいてきたのだ。背後から日の光を受けているにもかかわらず騎士は地面に影を落としておらず、騎士と馬の姿の向こうには太陽に照らされた丘の斜面が透けて見えていた。またしてもあの納骨堂にいるような臭気が漂ってきた。影が近づいてくるにつれ、馬が目のない骸骨《がいこつ》のようなものだということがわかった。スパーホークは武器に手を伸ばそうともせず、竈《かまど》の中のような暑熱にもかかわらず身震いしながら、騎馬の亡霊が近づいてくるのを見守った。近くまで来ると影は手綱を引いて骸骨の馬を止め、死のようにゆっくりした動きで剣を抜いた。

「小さき母上」虚《うつ》ろな声がセフレーニアに呼びかける。「できるだけのことはいたしました」剣の柄を顔の前に上げて敬礼し、刃を返して実体のない腕で柄を差し出す。

　青くなってよろめきながら、セフレーニアは熱くなった石を踏んで亡霊に近づき、両手で柄を握った。

「汝《なんじ》の犠牲は記憶されるであろう、騎士殿」震える声でそう答える。

「死者の家にあって、記憶が何ほどのものでしょう。この身は義務を果たせしのみ。それこそが、永遠《とわ》の静寂の中にあってわが慰めとなるのです」亡霊はそう言うと、面頬を下ろした兜に隠された顔をスパーホークに向け、やはり虚ろな声で語りかけた。「挨拶を、ブラザー。道は正しいと知りたまえ。ダブールにてはわれらの探し求める答が得られよう。汝の探求が成功の暁には、われら死者の家より虚ろなる歓声を送ろう」

「挨拶を、ブラザー」スパーホークは声を詰まらせながら応じた。「さらばだ」

そして亡霊は消え失せた。

長く尾を引く震えるうめきとともに、セフレーニアが地面にくずおれた。いきなり実体化した剣の重みに引き倒されたかのようだった。

クリクが飛び出して教母のか細い身体を抱き上げ、池のそばの木陰に連れ戻した。

スパーホークはゆっくりした足取りで、教母が倒れた場所に向かった。裸足《はだし》の足の裏を焼く熱い石も気にせず、ブラザーの遺《のこ》した剣を拾い上げる。

背後からフルートの笛の音が聞こえた。聞いたことのないメロディーだった。問いかけるような、深い悲しみと痛いほどの切望にあふれた曲だ。スパーホークは剣を手にしたまま振り返った。セフレーニアは椰子の木陰に敷いた毛布の上に横たえられている。その顔はやつれて、さっきまではなかった黒い隈《くま》が、今は閉じられている目のまわりに現われていた。クリクがそのそばに心配そうに膝をつき、フルートもさほど離れていない場所に足を組んで腰をおろし、笛を口につけて、奇妙な、ハミングするような音色を響かせていた。

スパーホークは石ころだらけの地面を横切り、影の中で足を止めた。クリクが立ち上がって近づき、小声でささやいた。

「今日はもう進むのは無理でしょう。もしかすると明日も」

スパーホークはうなずいた。

「ひどく消耗しています」クリクはさらに話しつづけた。「十二騎士のお一人が斃《たお》れるたびに、ますます衰弱がひどくなっていくんです。ジロクに着いたらシミュラにお帰ししたほうがいいんじゃないでしょうか」

「たぶんな。だが帰ろうとはしないだろう」

「でしょうね」クリクはむっつりと同意した。「教母様と女の子がいなければ、もっと速く進めることはわかっているんでしょう」

「わかっているが、目的地に着いたときセフレーニアがいなくて、何をするつもりだ」

「まったくです。あの亡霊が誰だかわかりましたか」

スパーホークはうなずき、短く答えた。

「サー・ケリスだ」

「わたしはよく存じ上げませんでした。あまり打ち解けない方でしたから」

「だがいい男だった」

「何を話していたんです。遠くて聞こえませんでしたが」

「道は間違っていない、ダブールでは探していた答が得られるだろう、ということだった」

「それはまあ、助かりますね。ありもしないものの影を追ってるんじゃないかって気になりかけてましたから」

「わたしもだ」

フルートが笛を脇に置き、セフレーニアの横に座った。手を伸ばし、打ちひしがれている教母の手を取る。小さな顔には心配そうな表情があるものの、ほかの感情は表に出していない。

ふと思いついて、スパーホークはセフレーニアが横になっているほうへと足を向け、静かに少女に声をかけた。

「フルート」

少女が顔を上げる。

「セフレーニアを助けるために何かできないか」

フルートは悲しそうにかぶりを振った。

「禁じられているのです」セフレーニアの声はささやくように弱々しく、目は閉じたままだった。「重荷を背負えるのはあの場にいた者だけです」大きく息を吸いこんで、「何か着てきなさい、スパーホーク。そんな格好で子供のまわりをうろうろしてはいけません」

その日と明くる日は池のまわりの木陰で休息し、三日めの朝、セフレーニアは立ち上がって、決然と身仕度をはじめた。

「時は迫っています。しかも道のりはまだ長い」

スパーホークはまじまじと教母を観察した。顔はげっそりとやつれ、目のまわりの隈も薄くなってはいない。ベールを拾おうと屈みこんだとき、輝くばかりに黒い髪に、いく筋か白いものの混じっているのが見えた。

「もう一日休んでいったほうがいいのではありませんか」

「そうもいかないでしょう、スパーホーク」セフレーニアは弱々しい声で答えた。「これは休んだからといって回復するものではありません。先を急ぎましょう。ジロクまではまだだいぶあります」

一行は楽なペースで進んでいったが、何マイルか行ったところでセフレーニアが叱《しか》りつけるように言った。

「こんなにのろのろ進んでいたのでは、冬じゅうかかってしまいますよ」

「わかりました、セフレーニア。おっしゃるとおりに」

ジロクに着いたのは、それからおよそ十日後のことだった。キップリアと同様、レンドー国西部のこの港町も背の低い建物の集まった街で、家々は白いモルタルを塗った厚い壁をめぐらし、平らな屋根を戴いていた。スパーホークは曲がりくねった路地を何本も通って、川にほど近い一角に一同を案内した。そのあたりなら外国人でも、快適とは言わないまでも、何とか耐えることができる。街路を往き来しているのは大半がレンドー人だったが、色鮮やかなローブに身を包んだカモリア人や数人のラモーク人のほか、わずかながらエレニア人の姿さえあった。スパーホークたちはフードで顔を隠し、人々の注意を引かないようにゆっくりと進んでいった。

街路から少し引っこんで建てられた目立たない家に着くころには、正午近くになっていた。その家はパンディオン騎士であるサー・ヴォレンの持ち物だったが、その事実を知っている者はジロクにはほとんどいなかった。地元では、ヴォレンはそこそこ成功しているエレニア人商人ということになっているのだ。ヴォレンは実際に商売に携わっていて、ここ数年は利益さえ上げていた。とはいえ、サー・ヴォレンがジロクにいる本当の目的は商売ではない。レンドー国にはかなりの数のパンディオン騎士が身分を偽って潜入しており、ヴォレンはそうした者たちとデモスの騎士本館をつなぐ唯一の連絡員だった。レンドー国からの連絡や情報はすべてヴォレンの手を通り、商品の箱や包みに隠されて船積みされているのだ。

口を半開きにした、どんよりした目つきの召使がスパーホークたちを迎え入れ、壁に囲まれた中庭に案内した。無花果《いちじく》の木が影を落とし、中央にある大理石の泉水が音楽的な音をさせて水を滴らせている。壁ぎわにはよく手入れの行き届いた花壇があり、頭を垂れた花々が競うように咲き乱れていた。ヴォレンは泉水のそばのベンチに腰をおろしていた。長身で痩《や》せぎすの男で、皮肉なユーモアのセンスを備えている。この南方の王国で長い年月を過ごしたため、肌は古い鞍のような褐色になっていた。中年もなかばを過ぎた年頃だが、髪には一筋の白髪もない。ただ、日に焼けた顔には何本もの皺《しわ》が刻まれていた。胴衣《ダブレット》は着ておらず、首のところが開いたリネンのシャツを身につけている。

ヴォレンは立ち上がって一行を迎えた。

「やあ、マークラ」召使を横目で見ながらスパーホークに挨拶する。「また会えるとは嬉しいぞ」

「ヴォレン」スパーホークはレンドー式に頭を下げた。片膝を軽く曲げる、独特の動きだ。

ヴォレンは召使に声をかけた。

「ジンタル、ご苦労だが、これをうちのドックにいる仲買人に届けてきておくれ」そう言って羊皮紙を半分に折り、浅黒い顔のレンドー人に手渡す。

「承知しました、ご主人様」召使はそう答え、頭を下げた。

正面の扉の閉まる音がして召使が出かけてしまうまで、口を開く者はいなかった。

「いいやつだよ」ヴォレンが言った。「もちろん頭のほうは鈍いがね。召使を雇うときには気をつけて、有能なのは避けるようにしているんだ。有能な召使は、まず間諜《スパイ》だと思って間違いない」すっと目を細めて、「ちょっとここで待っていてくれ。ちゃんと出かけたかどうか見てくる」ヴォレンは中庭を横切り、建物の中に姿を消した。

「あんなに神経質な人でしたっけ」クリクが言った。

「ああいう世界にいると、神経質にならざるを得ないのさ」とスパーホーク。

ややあってヴォレンが戻ってきた。

「小さき母上」セフレーニアに温かく挨拶して掌《てのひら》に口づけし、「祝福を与えていただけませんか」

セフレーニアは微笑み、男の額に手を触れてスティリクム語をつぶやいた。

「祝福を受けるのも久しぶりです。それに値するだけのことを最近やっているかと問われれば、いささか疑問ですがね」そこでまじまじと教母を見つめ、「お加減が悪いのですか。ひどくおやつれになったようだが」

「暑さのせいでしょう」セフレーニアはそう答え、片手でゆっくりと目元をぬぐった。

「こちらへお掛けください」ヴォレンは大理石のベンチを手で示した。「ジロクじゅうでいちばん涼しい場所です」皮肉っぽい笑みを浮かべ、「そうは言っても、大して代わりばえがするわけではありませんがね」

セフレーニアがベンチに座ると、その横にフルートも這《は》い上がった。

「さてさて、スパーホーク」ヴォレンは旧友の手を握りしめた。「どうしてこんなに早くジロクへ戻ってきたんだ。何か忘れ物でもしたのか」

「それなしには生きていけないようなものは、何も」

スパークホークのそっけない答に、ヴォレンは笑い声を上げた。

「友情の証《あかし》として、今の言葉、リリアスには内緒にしておいてやろう。久しぶりだな、クリク。アスレイドはどうしてる」

「元気です、ヴォレン閣下」

「息子たちもか。たしか三人いたんだったな」

「四人です。末の子は閣下がデモスをお発《た》ちになったあとで生まれました」

「それはおめでとう。いささか遅きに失してはいるが、とにかくおめでとう」

「ありがとうございます」

「少し話があるんだ」上機嫌のヴォレンの言葉をさえぎるように、スパークホークが声をかけた。「それにあまり時間がない」

「親善訪問だと思っていたのにな」

ヴォレンの嘆息を無視して、スパークホークは先を続けた。

「ヴァニオンから、シミュラの現状について話は聞いているか」

皮肉めいた笑みを消して、ヴォレンは真剣にうなずいた。

「お前が訪ねてきたのに驚いたのは、それも理由の一つだ。ボラッタに向かったと聞いていたからな。何か進展はあったのか」

「進展といえるかどうかわからんが、少し真相が判明した」歯を食いしばり、暗い声で

「エラナは毒を盛られたんだ」

ヴォレンはしばらく目を丸くしていたが、やがて小さく悪態をついた。「少しばかりアニアスを変形させてやりたい」

「シミュラまでどのくらいの時間がかかるものかな」氷のような声で言う。「少しばかりアニアスを変形させてやりたい。あいつは首がないほうがすっきりすると思わんか」

「列の最後に並ばなくちゃだめですよ、ヴォレン閣下」クリクが口をはさんだ。「ほかにも一ダースばかり、同じことを考えてるのがいますからね」

「とにかくレンドーの毒薬だということはわかった」スパーホークが続ける。「ダブールに解毒剤のことを知っているかもしれない医者がいることもだ。われわれはこれからダブールに向かう」

「カルテンたちはどうした」とヴォレン。「ヴァニオンからの手紙だと、ほかの騎士団も人を出しているそうじゃないか」

「マデルに置いてきた。レンドー人に化けるのは無理そうだったんでな。ダブールのタンジンという医者を知っているか」

「王の弟が不思議な病気にかかったのを治療したって評判の、あの医者か。もちろん知っている。だがその話はあまりしたがらんだろうな。その治療法について、いろいろと悪い噂があるんだ。レンドー人が魔法をどう思っているかは、ご承知のとおりだからな」

「何としても教えてもらう」とスパーホーク。

「カルテンたちを置いてこなければよかったと思うかもしれんぞ。ダブールは今とても危険な街になっているんだ」

「独力で何とかするしかない。戻って帰りを待てという手紙を、キップリアから出してしまった」

「キップリアに手紙を託せるほど信頼できる人間がいるのか」

「街の西のはずれの、アーシウムの僧院長に頼んだ。昔からの知り合いなんだ」

ヴォレンは声を上げて笑った。

「あの男、今もまだシリニック騎士団とは関係ないってふりを続けてるのか」

「何でも知っているんだな」

「だからここに駐在してるのさ。だがまあ、あれはいい男だ。やり口は月並みだが、結果は出している」

「ダブールでは何が起きているんだ。目隠ししたまま飛びこんでいくようなことはしたくない」

ヴォレンはセフレーニアの足元の草の上に大の字に寝転がり、両手を片膝にかけて上体を起こした。

「ダブールは伝統的に変わった街なんだ。エシャンドの故郷で、砂漠の遊牧民は聖なる街だと考えている。いつでも十を超える宗派が争い合って、聖地を支配下に置こうとしてる」苦笑を浮かべて、「エシャンドが眠っていると言われる墓が二十三もあるなんて、信じられるか。少なくともそのうちのいくつかは偽造じゃないかと思ってるがね。聖者の遺体をばらばらに切り刻んで、別々に埋葬したのでもない限り」

スパーホークも友人に倣《なら》って草の上に腰をおろした。

「これはただの思いつきだが、ほかの宗派の一つを内密に応援して、アラシャムの地盤を掘り崩すことはできないかな」

「いい考えだ。ただ、今は〝ほかの宗派〟ってものがないんだよ。アラシャムは神の啓示を受けて以来、四十年かけてライバルになりそうな連中を潰《つぶ》してきたんだ。レンドーの砂漠のまん中には巨大な血の池がいくつもあって、そのまわりには頭蓋骨《ずがいこつ》で造ったピラミッドが点在してたもんだ。最終的にやつはダブールの支配権を手に入れ、今じゃゼモックのオサのほうがましってくらいの強権体制を敷いてる。何千という狂信的な信徒が、アラシャムの狂気じみた気まぐれに、熱に浮かされたように従ってるんだ。脳まで太陽にこんがり焼かれたような連中がわめきながら街路を駆けまわり、戒律に違反する宗派はないかと目を光らせてる。もはや人間とも言えないくらいの、風呂にも入らない虱《しらみ》たかりの集団が、隣人を串刺しにして火焙《ひあぶ》りにする隙をうかがってるのさ」

「言い方に気をつけろ」スパーホークはちらりとセフレーニアに目をやった。フルートが泉の水に手巾《しゆきん》をひたし、そっと顔を拭《ふ》いてやっている。セフレーニアは少女の膝に頭を置いて横たわり、まるで教母のほうが子供のようだった。「じゃあ、アラシャムは軍団を組織しているんだな」

ヴォレンは鼻を鳴らした。

「あれを軍団なんて呼ぶやつは、頭がどうかしてる。半時間ごとにお祈りをしなくちゃならんから行進もできないし、アラシャムの言葉には、言い間違えたことが明々白々であっても、何も考えずに従うんだ」かすれた笑い声を上げ、「アラシャムはときどき言い間違いをするんだ。半分がた猿みたいなやつのことだから、驚くには当たらんがね。そのせいで、奥地を行軍中にこんなことがあった。『敵に襲いかかれ《フォール・ダウン・ザ・フォーズ》』と言うつもりで、『剣に身を投げろ《フォール・ダウン・ザ・ソーズ》』と命令してしまって、三個連隊分の兵士が自分たちの剣の上に身を投げたのさ。アラシャムは一人で帰ってきて、何がいけなかったのかと首をひねってたそうだ」

「ここに長くいすぎだな、ヴォレン」スパーホークは笑いながら言った。「レンドー国に毒されてきてるぞ」

「愚かさと汚なさには毒されていないぞ。アラシャムの信徒どもは無知と汚れを神聖なものと思ってるんだ」

「レトリックの使い方は少し上達したかな」

「悪口はいいスパイスになるからな。レンドー国にいると、思ってることをそのまま口に出せないんだ。だから独りで表現に磨きをかける時間がたっぷり取れるのさ」ヴォレンはまじめな顔になった。「ダブールに行くなら、とにかく気をつけろ。アラシャムには二十人を超える弟子がいる。何人かはアラシャムが顔を覚えていられるくらい親密だ。街を切りまわしてるのはそういう弟子どもで、師匠と同じくらいの狂人揃《ぞろ》いだ」

「そんなにひどいのか」

「ひどいなんてもんじゃない」

「おまえはいつも明るいな、ヴォレン」

「そこがおれの欠点だ。いつも物事の明るい面を見ようとするのが。キップリアでは、おれが知っておいたほうがいいようなことは起きてるか」

「これは聞いておきたいだろう」スパーホークは草を指先でつつきながら答えた。「外国人が噂をばらまいている。北の諸王国では、エシャンド派を支持する人々が教会に対して大規模な叛乱を起こそうとしているとな」

「その噂なら耳にしたことがある。ジロクではまだあまり広まってはいないが」

「広まるのは時間の問題だと思う。組織的にばらまいているからな」

「背後で糸を引いてるやつの見当は」

「マーテルだ。そのマーテルの雇い主が誰かというのは周知の事実だな。目的は街の住人を巻きこんで、アラシャムにレンドー国で叛乱を起こさせることにある。新しい総大司教を選出するために、カレロスで聖議会が召集される時期に合わせてな。聖騎士団は叛乱を鎮圧するためにレンドー国へ派遣され、アニアスとその支持者は選挙を自由にできるというわけだ。騎士団には報告してあるから、何か手を打ってくれるだろう」スパーホークは草の上に立ち上がった。「召使に言いつけた用事はどのくらいかかるのかな。戻ってくる前に、われわれは出発したほうがいいだろう。目端の利かない男だとは言っても、レンドー人は噂話が好きだからな」

「まだ多少の時間はあるさ。ジンタルが目いっぱい急いでも、ぶらぶらと散歩をする程度にしかならないから。何か腹に入れていけ。新鮮な食糧も持っていくといい」

「ダブールで安全に身を隠す場所はありますか」セフレーニアが皮肉っぽい男に尋ねた。

「ダブールには安全な場所なんてありませんよ」ヴォレンはそう答え、スパーホークに顔を向けた。「ペレンを覚えているか」

「あの痩せた、無口な男か」

「そいつだ。牛の仲買人に化けてダブールに潜入してる。ミレレクって名前で、家畜処理場の近くに居を構えてるんだ。砂漠の民が牛を全部自分たちで食っちまおうと思わない限り、仲買人は必要な人間だ。だから多少は自由に街の中を動きまわれる。やつのところへ行け。揉《も》めごとが起きたときも力になってくれるだろう」ヴォレンは薄笑いを浮かべた。「揉めごとといえば、おまえが戻ってきてるってリリアスに知られる前に出発するよう、強く忠告しておくぜ」

「まだくよくよしてるのか。今ごろは慰めてくれる男を見つけてるものとばかり思ってた」

「それなら見つけたと思うがね。それも数人。でもリリアスはああいう女だ。おまえ、恨まれてるぜ」

「店の権利は全部あれに譲っていったんだ。ちゃんと商売に目を配ってさえいれば、かなり儲《もう》かってるはずだ」スパーホークは弁解する口調になっていた。

「おれの知る限りでは、店はうまくいってる。でも大切なのはそんなことじゃないんだ。おまえが別れの言葉を――それに店の譲渡のことも――手紙で残していったってところが問題なのさ。つまり泣いてわめいて、自殺すると言っておまえを脅す機会を与えられなかった」

「だからああしたんじゃないか」

「それは恐ろしく無情なやり方だよ。修羅場はリリアスの生き甲斐なんだぜ。いつもの伝で夜中にこっそり抜け出すことで、おまえはヒステリーを起こすすばらしい機会をリリアスから奪ってしまったんだ」ヴォレンはにやにや笑っていた。

「よくもそんなことが言えるな」

「友人として忠告してるだけさ。ダブールで相手にするのは、せいぜいが数千人のわめき散らす狂信者だけだ。リリアスを相手にするとなったら、ずっとずっと危険なことになるってもんだ」

21

半時間ほどしてから、一行は目立たないようにヴォレンの館《やかた》をあとにした。馬に乗るときもスパーホークは心配そうにセフレーニアを見守っていた。まだ正午を少し回ったくらいだというのに、教母は疲れ果てているようだった。

「われわれを追ってきている存在というのは、川の上でも竜巻を起こせると思いますか」

セフレーニアは眉をひそめた。

「何とも言えませんね。じゅうぶんな水面がありませんから普通なら無理なのですが、地下世界の生き物がその気になれば、自然界の法則をねじ曲げることもできますから」

教母はしばらく考えてから尋ね返した。「川幅はどのくらいあるのですか」

「ごく狭いものです。レンドー国じゅうの水を集めても、大河というほどのものにはなりません」

「両岸の土手も竜巻を阻む形になるでしょう」セフレーニアは考えながら答えた。「マービンの船を沈めた竜巻の動きは、とても不安定でしたから」

「ではそこに賭けることにしましょう。今の状態ではダブールまで持ちそうにないですからね。南へ行くにつれてもっと暑くなってきますし」

「わたしのために無用の賭けをしないでください、スパーホーク」

「あなたのためばかりではないんです。もうかなりの時間を無駄にしてしまいました。船で行くほうが馬よりも速いんですよ。すぐに逃げられるように、船はできるだけ川岸の近くを航行させましょう」

「いいと思うようにおやりなさい」教母はそう言って、疲れたように鞍に身体を預けた。

街路は混雑していた。黒いローブ姿の砂漠の遊牧民が、彩り豊かなローブ姿の街の住人や、北の諸王国から来た商人たちといっしょに歩きまわっている。街路は騒音と、いかにもレンドー国らしい刺激的な香りにあふれていた――香辛料、香水、それにオリーブ油の煙のにおいだ。

「リリアスって誰なんです」川のほうへと馬を進めながら、好奇心を抑えきれなくなったクリクが尋ねた。

「大したことじゃない」スパーホークがぶっきらぼうに答える。

「危険な人物だということなら、従士として知っておきたいですね」

「そういう意味で危険だと言ってたわけじゃない」

「女の話をしてるんだと思ってましたけど」

食い下がるのをやめるつもりがないのは明らかだ。スパーホークは渋い顔になった。

「わかったよ。わたしはジロクに十年住んでいた。ヴォレンは小さな店を一軒用意してくれて、わたしはマークラという名前で商売をしていた。そうすればマーテルの手下に見つかりにくいだろうと思ってな。暇をもてあまさないように、わたしはヴォレンのために情報を集める作業に従事した。そのためにはごく普通の商売人に見えるようにする必要がある。商売人はみんな結婚していたから、わたしにも妻が入り用だった。それがリリアスだ。満足したか」

「簡単すぎますよ。その女性は気が短かったようですけど」

「違うな。むしろ非常に気の長い女だ。恨みをじっくりと育て上げるような」

「なるほど、そういう女性ですか。一度会ってみたいですね」

「やめたほうがいいぞ。金切り声の愁嘆場が気に入るとは思えん」

「そんなにひどいんですか」

「どうして真夜中に街を抜け出したと思ってるんだ。この話はもうやめにしないか」

クリクは小さく笑った。

「笑って失礼。でもタレンの母親とのことをうっかり洩《も》らしたときには、あまり同情してはくれませんでしたからね」

「わかった、これでおあいこだ」スパーホークは口を閉じて、くすくす笑いつづけているクリクの声が聞こえないかのように馬を進めていった。

グール川の泥だらけの河原に並んだ船着き場は、どれもぐらぐらする危なっかしい代物だった。漁のための網が干してある向こうに、ジロクとダブールのあいだを往復する幅の広い川船がもやってある。腰帯とねじり鉢巻《はちまき》を締めただけの日に焼けた船乗りたちが、それぞれの船の上で客を待っていた。スパーホークは馬から下り、縞柄《しまがら》のローブを羽織った凶悪そうな片目の船長に近づいた。片目の男は泥に汚れた平底船の甲板に立って、あまり働き者には見えない三人の船員に何事か怒鳴っていた。

「きみの船か」スパーホークが声をかけた。

「何の用だ」

「船を雇えるか」

「値段次第だな」

「それなら、ダブールまで何日かかる」

「三日か四日、まあ風の具合による」船長はスパーホークとその連れを、いいほうの目で値踏みするように眺めた。渋かった表情が変化して、にんまりといった感じの笑みが浮かぶ。「値段の交渉といこうじゃありませんか、旦那」

しばらく値切った末、スパーホークはヴォレンにもらった革袋の中から数枚の銀貨を船長のごつごつした手の中に落とした。革袋を見た船長の目がきらりと輝いた。船に乗りこんだ一行が中央部に馬をつなぐと、三人の船員が太綱を繰り出しながら船を流れの中に押しやり、一枚きりの斜帆を張った。流れはゆるやかで、アーシウム海峡から吹きこんでくる海風に乗った船は、かなりの速度で川を遡《さかのぼ》りはじめた。

「気をつけろよ」馬から鞍をおろしながら、スパーホークは仲間にささやいた。「あの船長は独立心旺盛《おうせい》な自営業者で、どんな機会も見逃さない感じだ」それから騎士は後部甲板で舵輪《だりん》を握っている片目の男に近づいた。「できるだけ岸の近くを航行してくれ」

「どうしてだ」船長の片目が急に用心深い色を浮かべる。

「姉が水を恐がってるんでね」ととっさに理由をでっち上げ、「声をかけたら、すぐに岸に着けて姉が降りられるようにしてくれ」

「あんたがお客だ。こっちは言われるとおりにするだけさ」船長は肩をすくめた。

「夜も航行するのか」

スパーホークの問いに、船長はかぶりを振った。

「するやつもいるが、おれはしない。沈み木や隠れた岩がごろごろしてるんだ。暗くなったら岸に着けることにしてる」

「けっこう。船乗りはそのくらい慎重でないとな。旅の安全というのは大切なことだ」

騎士はロープの前を開いて、鎖帷子《くさりかたびら》と剣帯に吊るした大剣を見せた。「この意味はわかるな」

船長の顔が悔しそうに歪《ゆが》んだ。

「おれの船の上でおれを脅迫するような真似はやめてくれ」

「さっききみが言ったように、客はわたしだ。きみのところの船員はいささか頼りなげに見えるし、きみの顔もあまり信頼を寄せるに足るようには見えないのでな」

船長は顔をしかめた。「侮辱までしなくたっていいだろう」

「わたしが間違っていたのだとしたら、あとで謝る。いささか貴重なものを運んでいて、どうしても守らなくてはならないんだ。わたしと連れは前甲板で寝るから、きみたちは後甲板で寝てくれ。それであまり不都合はないと思うが」

「神経質になりすぎなんじゃないのか」

「そうならざるを得ない微妙な時期なのだよ。いいかね、夜になって船を岸に着けたら、きみたちは後甲板で眠るんだ。船員が夜中に出歩いたりしないように、よく言って聞かせておくことだ。船の上でそんなことをするのは危険だし、わたしは眠りが浅いのでね」それだけ言うとスパーホークは背《そびら》を返し、仲間のところに戻った。

川の両岸は無秩序に繁茂した草に覆われているが、その狭い緑の帯の背後に迫る丘の斜面は岩がむき出しの荒れ地だった。スパーホークたち一行は前甲板に座って船長と船員たちの動向に目を配り、同時に天候が不自然な変化を見せないかと警戒していた。フルートは船首に突き出した丸材にまたがって笛を吹き鳴らし、スパーホークは小さな声でセフレーニアやクリクと話しこんでいた。セフレーニアはこの国の習慣をよく知っていたので、勢いスパーホークの指示は主に従士に向けられることとなった。スパーホークは個人的な侮辱と受け取られかねない細々したことや、冒瀆《ぼうとく》とみなされる恐れのあるさまざまな行為を列挙していった。

「そういう下らない規則は誰が決めたんです」クリクが尋ねた。

「エシャンドだ」とスパーホーク。「エシャンドは狂っていたが、狂った民というのは儀式に慰めを見出すものなんだ」

「ほかには何か」

「もう一つある。羊に出くわしたら、道を譲ってやること」

「何ですって？」クリクは信じられないという声で問い返した。

「これは大事なことなんだ」

「冗談はやめてくださいよ」

「真剣そのものさ。エシャンドは少年時代に羊飼いをしていて、群れの中を馬で横切ったりする者がいると激怒したんだそうだ。権力を手中にしたあと、羊は神聖な動物であるという神のお告げがあったから、人は羊に道を譲らなければならないと宣告したんだ」

「狂ってますよ」

「もちろんだ。でもそれがこの国の法なんだよ」

「神の啓示がその預言者の個人的な好みとぴったり一致していることに、エレネ人は疑問を感じないのでしょうか」セフレーニアがつぶやく。

「この国の連中、普通の人間がやるようなことは何かしないんですか」

「ああ、あまりしないな」

日が沈むと船長は船を川岸にもやい、船員たちといっしょに後甲板に寝床を広げた。スパーホークは立ち上がり、船の中央部へ行ってファランの首を軽く叩いた。

「見張りを頼む。夜中に誰かがこっそり動きだしたら教えてくれ」

ファランは歯をむき出し、向きを変えてまっすぐ後甲板のほうを向いた。スパーホークは親しみを込めてその尻を叩き、仲間のところへ戻った。

パンとチーズで冷たい夕食を摂《と》ると、一行は甲板に毛布を敷いた。

「スパーホーク」全員が横になると、クリクが声をかけてきた。

「どうした」

「ちょっと考えたんですが、ダブールには馬で出入りする人間がたくさんいるんですか」

「まあそうだな。アラシャムのおかげで大勢が押し寄せているだろうし」

「わたしもそう思ったんです。だとしたら、一リーグかそこらダブールの手前で船を降りて、街に向かう巡礼の中に紛れこんだほうが目立たないんじゃないでしょうか」

「いつもいろいろ考えているんだな」

「そのために給金を払ってるんでしょう。騎士はときどき現実離れしたことを考えますからね。主人が厄介ごとに巻きこまれないようにするのも従士の務めですよ」

「ありがとう、クリク」

「特別料金は取りませんから」

その夜は何事もなく過ぎ、夜明けとともに船員たちはもやい綱を解いて帆を張った。

その翌日の午前中にはコドルの街を過ぎ、船は川を遡って聖都ダブールへと向かっていった。コドルとダブールのあいだは船の往来が激しかった。どの船も勝手な航路を進んでいるらしく、あちこちで衝突や接触が見られる。すると両方の船から呪詛《じゅそ》や侮辱の言葉が投げつけられるのだった。

四日めの午《ひる》ごろ、スパーホークは後甲板で片目の船長と話をした。

「だいぶ近づいてきたようだな」

「あと五リーグってところだ」船長はわずかに舵《かじ》を切って近づいてくる船を避け、「疥《かい》癬《せん》持ちの驢《ろ》馬《ば》の息子野郎！」と叫んだ。

「おめえのお袋なんぞ、桟橋から転げ落ちちまえ！」楽しそうな声が返ってくる。

「街に着く少し前に船を降りたい」スパーホークが言った。「アラシャムの信徒たちと出会う前にあたりを見ておきたいんだが、船着き場は見張られているだろうからな」

「そいつはいい考えだ」船長が答える。「それにあんたがた、どうやらやばい客らしい。おれとしては関わり合いになりたくないからな」

「じゃあ、どっちにとっても好都合というわけだ」

船長が舵を切って船首を狭い帯状の砂浜に向けたのは、午後も早くのことだった。

「これ以上は近づけねえな。この先は川縁が泥濘《ぬかるみ》になってる」

「ダブールまではどのくらいだ」スパーホークが尋ねた。

「四、五マイルってとこだな」

「それだけ近ければじゅうぶんだ」

船員たちが船の中央部から砂の上まで板を渡し、スパーホークたち一行は馬と驢馬を引いて船から下りた。船員が渡し板を引き上げて長い竿で岸を押しやると、船はすぐに川の流れの中に戻っていった。別れの挨拶さえない。

「だいじょうぶですか」スパーホークはセフレーニアに声をかけた。顔はまだやつれているが、目のまわりの隈《くま》は消えかかっている。

「だいじょうぶです」

「これ以上一人でも騎士が斃《たお》れたら、そうはいかないようですね」

「明言はできません。こんな状態になるのははじめてのことですから。とにかくダブールへ行って、タンジン先生と話をしましょう」

一行はいじけた低木の藪《やぶ》を抜けて土手を登り、すぐにダブールへ通じる埃《ほこり》っぽい街道に達した。街道を行き交う旅人はほとんどが黒いローブ姿の遊牧民で、宗教的な情熱に黒い目を輝かせていた。一度は羊の群れにぶつかって道の隅に追いやられた。驢馬にまたがった羊飼いは傲慢《ごうまん》な顔で、できるだけ道をふさぐように羊を追っていた。文句を言えるものなら言ってみろという表情だ。

「羊ってのは昔から気に食わなかったんです」クリクがつぶやいた。「羊飼いのことは、前にもまして嫌いになりました」

「それを表に出すんじゃないぞ」とスパーホーク。

「ここじゃあ羊肉《マトン》をたくさん食べるんでしょう」

スパーホークがうなずく。

「聖なる動物を殺して食っちまうなんて、一貫性に欠けるんじゃないですか」

「レンドー人の考え方に、一貫性があると思うか」

羊が通り過ぎるのを待っていると、フルートが笛を取り上げて耳障りな短い曲を吹いた。羊たちは急に険悪な目つきになり、しばらくその場でぐるぐる動きまわったかと思うと、砂漠に向かって暴走を始めた。羊飼いが必死になってそのあとを追いかける。フルートは口を覆って声もなく笑っていた。

「やめなさい」セフレーニアがたしなめる。

「今あったのは、わたしの思ってるとおりのことなんですか」クリクが驚いた顔で尋ねた。

「だとしても別に驚かんね」とスパーホーク。

「実はわたし、あの子が大好きなんですよ」クリクは満面の笑みを浮かべた。

一行は巡礼の最後尾について進んでいった。ややあって低い丘の頂きに達すると、眼下に広がるダブールの街が見えた。川のそばには例によって白い漆喰《しっくい》塗りの家が並んでいるが、そこからあらゆる方角に向かって、無数の黒い天幕が大地を覆いつくしていた。スパーホークは片手をかざして街を見わたした。

「牛小屋はあの向こうに見える」と東の街はずれを指差し、「ペレンはあのどこかで見つかるだろう」

丘を下って、街の南側を埋めつくした建物や天幕を避けながら、牛小屋へ向かう。天幕のあいだを縫うようにして進んでいくと、ガラスのかけらを埋めこんだペンダントを首から鎖でぶら下げた髭面の遊牧民が、天幕の陰から出てきて行く手をはばんだ。

「どこへ行くつもりだ」男が横柄に言ってすばやく片手を動かすと、さらに十人ほどの黒いローブの男たちが、長い棒を手にして姿を現わした。

「仕事の話で牛小屋を訪れるところです」スパーホークが穏やかに答える。

「ほう、そうかね」髭面の男はにやにや笑っていた。「牛はいないようだが」そう言って、自分の頭のよさはどうだと言わんばかりに仲間たちを見まわす。

「牛はあとから来ます」とスパーホーク。「わたしたちは先乗りして、話をつけておくことになっているのです」

ペンダントの男は眉をひそめ、何とかその話に欠陥を見つけようとした。

「おれが誰だか知ってるか」男は喧嘩っ早そうな口調で尋ねた。

「申し訳ありませんが、お知り合いになる機会にはいまだ恵まれておりません」

「おまえ、自分は頭がいいと思ってるんだろう」男はねちねちと言った。「そんな口先だけの言葉でおれが喜ぶと思ったら、大間違いだぞ」

「おべんちゃらを言ったわけではありませんよ」スパーホークの声がわずかに険を帯びた。「社交辞令というものです」

「おれはウレシム、聖アラシャム様の一番弟子だ」髭面の男はそう名乗って、拳で自分の胸を叩いた。

「お目にかかれて光栄に存じます」スパーホークは鞍の上で頭を下げた。

「言うことはそれだけか」ウレシムは侮辱されでもしたかのように目を丸くした。

「ですから光栄に存じますと申し上げております、ウレシム様。このような大人物にご挨拶いただけるとは、身に余る栄誉です」

「おれは挨拶をしにきたわけじゃないぞ、牛飼い。おまえは拘留される。馬から下りろ」

スパーホークは男を見つめ、状況を考慮した。ファランの背から滑り下り、セフレーニアが下りるのに手を貸す。

「どういうことです、スパーホーク」教母がフルートを下ろしてやりながら小声で尋ねた。

「あいつは取り巻きの小物で、重要人物を気取りたがってるだけです」スパーホークがささやき返す。「面倒は起こしたくありません。ここは言われたとおりにしてみましょう」

「捕虜をおれの天幕に連れていけ」ウレシムはわずかにためらってから、尊大に命令した。アラシャムの一番弟子は、このあとどうすればいいのか考えていなかったようだ。棒を持った男たちが脅すように前に出て、中の一人が汚ない緑色の布で作った旗の立っている天幕を示した。

スパーホークたちを荒っぽく天幕の中に押しこむと、入口の垂れ布が下りた。

クリクが軽蔑しきった顔でつぶやいた。

「ど素人が。羊飼いの杖みたいに棒を握って、しかも武器を持ってないかどうか、身体検査さえしないなんて」

「素人かもしれませんが、こうしてわたしたちを捕虜にしましたよ」セフレーニアが静かに指摘する。

「長いことじゃありませんよ」クリクはローブの下の短剣をまさぐった。「裏口を作って出ていけばいいだけです」

「だめだ」スパーホークが穏やかに制止した。「そんなことをしたら、わめき立てる狂人の群れに追いかけられることになる」

「じゃあ、こうしてここに座ってるつもりですか」信じられないと言いたげにクリクが抗議する。

「わたしに任せろ、クリク」

息苦しい天幕の中で、しばらく時間が過ぎた。

やがて天幕の垂れ布が開き、二人の部下を引き連れたウレシムが入ってきた。

「名前を聞こうか、牛飼い」横柄に尋ねる。

「マークラと申します」スパーホークはおとなしく答えた。「これはわたしの姉とその娘、それに召使です。なぜ拘留されるのか、理由をうかがわせてください」

ウレシムの目が細くなった。

「聖アラシャムの権威を認めようとしない者もいるからな。一番弟子たるこのウレシムは、偽預言者どもを摘発して串刺しにするのが使命だと思っているんだ。聖アラシャムはおれを全面的に信頼してくださってる」

「まだそんな者どもが？」スパーホークは声に驚きをにじませた。「アラシャム様に反対する輩《やから》など、もう何年も前にすっかりいなくなったものと思っていました」

「とてもとても！」ウレシムはなかば叫ぶように答えた。「今もまだ砂漠や街に隠れて、陰謀を画策する者どもは残っている。そんな連中を一人残らず炎の中に投げこむまで、おれは決して手を休めたりはせんのだ」

「わたしや連れについては、その心配はございませんよ。神の聖なる預言者に深く帰依《きえ》して、祈りを欠かしたことはありませんから」

「口では何とでも言えるがな。おまえは自分の身元を証明して、まっとうな取引で聖都に来ているとおれを納得させられるのか」ウレシムはそう言うと、二人の手下に向かって得意げな笑みを投げかけた。

「もちろんですとも、ウレシム様」スパーホークは落ち着き払って答えた。「できると思いますよ。聖都ではミレレクという名の、牛の仲買人に会うことになっております。ご存じではありませんか」

ウレシムは鼻息を噴き出した。

「聖アラシャムの一番弟子たるこのおれが、なんでいちいち牛の仲買人の名前など知っているはずがある」

と、手下の一人が聖アラシャムの一番弟子に身を寄せて、長々と何事か耳打ちした。ウレシムの顔から徐々に自信が消え去り、最後にはいささか怯《おび》えたような表情が浮かんだ。

「おまえの言った仲買人のところに人をやる」その声には悪意が満ちていた。「おまえの話を裏付けてくれるならそれでいい。だがもしそうでなかったら、おまえたちは聖アラシャムその人の面前で裁きを受けることになるからな」

「ウレシム様のお望みのままに」スパーホークは一礼した。「マークラが小さき母上からのご挨拶を携えてきているとミレレクにお伝えください。すぐにここへ来て、嫌疑を晴らしてくれるものと思います」

「さもないと大変なことになるぞ、マークラ」髭面の一番弟子は脅すようにそう言い、さっき耳打ちをした手下に向き直った。「そのミレレクを連れてこい。牛飼いの言ったことをそのまままくり返して、聖アラシャムの一番弟子たるウレシムがすぐに来るように言っていると伝えるんだ」

「かしこまりました」男はそう答え、急いで天幕から出ていった。ウレシムはしばらくスパーホークを睨《にら》みつけていたが、やがて残った手下を連れて出ていった。

「剣は手元にあるんでしょう、スパーホーク」クリクが言う。「あの空気袋をぺしゃんこにしてやればよかったんですよ。手下二人はわたしが引き受けたのに」

「そんな必要はないさ」スパーホークは肩をすくめた。「ペレンのことはよく知ってる。今ごろはうまくアラシャムに取り入って、かけがえのない人材になっているはずだ。すぐにやってきて、聖アラシャムの一番弟子たるウレシムがよけいな口をはさまないようにしてくれるだろう」

「賭けではありませんか、スパーホーク」セフレーニアが疑問の声を上げた。「ペレンがマークラという名前に気づいてくれなかったらどうします。たしかあなたはジロクにいて、ペレンはずっとダブールにいたはずですね」

「わたしがレンドー国で使っていた名前なら、ペレンは知らないと思いますよ。でもあなたのことに気づかないはずはありません、小さき母上。これはパンディオン騎士団が何年も前から使っている符牒《ふちょう》なんです」

セフレーニアは目をしばたたいた。「それは光栄な話です。でも、どうして誰も教えてくれなかったのですか」

スパーホークは驚いて教母に向き直った。「知っているものとばかり思っていました」

十五分ほどたって、ウレシムが縞のローブを着た痩《や》せぎすのむっつりした男を伴ってふたたび天幕に入ってきた。聖アラシャムの一番弟子は卑屈な態度で、顔には不安そうな表情を浮かべていた。

「これがお話しした男です、ミレレク様」へつらうようにそう言う。

「やあ、マークラ」痩せぎすの男はスパーホークに近づき、温かく手を握った。「久しぶりじゃないか。いったいどういうことなんだ」

「なに、ちょっとした誤解だよ」スパーホークは答えながら、パンディオン騎士団の同僚に小さく頭を下げた。

「ではこれで片がついたというわけだ」サー・ペレンは聖アラシャムの一番弟子に向き直った。「そうだな、ウレシム」

「も――もちろんですとも、ミレレク様」ウレシムの顔が目に見えて青ざめた。

「わたしの友人を拘留したのは、いったいどういう嫌疑だったのかな」ペレンの声は穏やかだが、わずかに棘《とげ》を含んでいるようだった。

「お――おれは聖アラシャムを守ろうとしただけです」

「ほう。本人がきみに保護を要請したのか」

「それは――はっきりおっしゃったわけではないんですが」

「なるほど。きみはとても勇敢な男だな、ウレシム。聖アラシャムが指示を受けずに独自の行動をする者をどうお考えになっているか、知らないわけではあるまい。勝手なことをして首を失った者もたくさんいる」

ウレシムは激しく震えはじめた。

「わたしが口添えすればわかってくださるだろうが、何しろきみは聖アラシャムの一番弟子だそうだからな。この地区はすぐに別の者に任されることになるだろう。ほかに何かあるかね」

蒼白《そうはく》になったウレシムは、無言でかぶりを振った。

「では友人たちはわたしが連れていく。行こうか、マークラ」サー・ペレンは先に立って天幕から出ていった。

ダブール郊外を埋めつくす天幕のあいだを馬で通り抜けながら、ペレンは牛の相場がこのところ低落しているという話を長々としゃべった。天幕はそれぞれ勝手に張られているらしく、街路のようなものはどこにもない。薄汚れた子供たちの一団が砂遊びをしており、一行が通りかかると腑《ふ》抜《ぬ》けたような犬が日陰から出てきて、おざなりに二、三度吠《ほ》え、すぐにまた日陰に逃げこんだ。

ペレンの家は天幕の海を越えてすぐのところにある、雑草の生えた広場のまん中の、ブロックのような四角い家だった。

「中へどうぞ」ドアの前に着くと、大きな声でペレンが言った。「おたくの牛のことをもっと聞かせてもらおう」

全員が中に入り、ドアが閉まった。部屋の隅には簡単な調理用具があり、反対側には乱れたままの寝台があった。垂木《たるき》には水を満たした素焼きの壺がいくつもかけてあり、しみ出した水が床の上に水たまりを作っている。部屋の真ん中にはテーブルが一台と、二脚の椅子が置かれていた。

「粗末な部屋で申し訳ない」ペレンが謝った。

スパーホークは部屋の奥の窓に意味ありげな視線を投げた。窓は半分ばかり開いていた。「話してもだいじょうぶか」と小さな声で尋ねる。

ペレンは笑い声を上げた。

「だいじょうぶだよ、スパーホーク。暇を見て窓の外に茨《いばら》の藪を育ててるんだ。長い棘のある茨が、びっくりするほど生い茂ってる。ところで、元気そうだな。見習い時代以来じゃなかったか」ペレンの話し方にはごくかすかな訛《なま》りが感じられた。たいていのパンディオン騎士と違い、ペレンはエレニア人ではなく、イオシア中央部のどこかの出身だった。スパーホークとは昔から仲がよかった。

「やっとしゃべり方を覚えたようですね、ペレン」セフレーニアが言った。「昔は本当に無口でした」

ペレンは笑みを浮かべた。

「訛りのせいですよ、小さき母上。からかわれるのが嫌だったんです」教母の手首を取り、掌《てのひら》に口づけをして祝福を求める。

「クリクは覚えているか」スパーホークが尋ねた。

「もちろんだ。槍の訓練をしてもらったしな。やあ、クリク。アスレイドはどうしてる」

「元気です、サー・ペレン。気にかけていただいたと伝えておきましょう。さっきのあれは何だったんですか――あのウレシムとかいうやつのことですが」

「アラシャムの威を借りるごろつきさ」

「弟子だと言ってましたが、本当でしょうか」

ペレンは鼻を鳴らした。

「アラシャムがあいつの名前を知ってるかどうかも怪しいもんだ。何しろ自分の名前さえ忘れてしまうことがあるくらいだからな。ウレシムみたいなやつはごろごろしてる。みずから任じた一番弟子で、まっとうな人たちに迷惑をかけるだけの連中だ。あの男、今ごろはもう砂漠を五マイルほども進んで、懸命に逃げつづけてるだろう。与えられたわずかばかりの権威から踏み出す者に対しては、アラシャムは容赦がないからな。まあ座ってくれ」

「あなたはどうやってあれほどの権力を手に入れたのです」セフレーニアが尋ねた。

「ウレシムは、あなたが国王か何かのように接していたようですが」

「別に大したことではないんです。アラシャムは歯が二本しかなくて、しかもそれが嚙《か》み合っていないんですよ。わたしは仔牛肉をミルクで煮こんで、二週間に一度ずつ届けているんです。大いなる敬意の証としてね。老人というのは食べることが楽しみですから、アラシャムはとても感謝してくれます。弟子どもだって馬鹿ではありませんから、アラシャムの覚えめでたいわたしには一目置くわけです。それで、ダブールにはどういう用件で」

「ヴォレンからおまえを訪ねろと言われたんだ」スパーホークが答えた。「ある人物と会って話がしたい。できるだけ誰の注意も引かないように」

「ここを自分の家だと思ってもらって構わんぜ」ペレンが皮肉っぽく応じる。「誰に会いたいっていうんだ」

「タンジンという名前の医者です」セフレーニアはそう言ってベールをはずした。

ペレンは教母の顔をまじまじと見つめた。

「なるほど顔色がすぐれないようですが、ジロクに医者はいなかったんですか」

セフレーニアがかすかに笑みを浮かべる。

「わたしではありませんよ、ペレン。患者は別にいます。タンジンという医者は知っていますか」

「ダブールに知らない者はいませんよ。中央広場の薬種屋の裏に居を構えています。ただ、いつも見張られているはずです。ときどき魔法を使うという噂がありまして、愛国的な連中が現場を押さえようとしていますから」

「つまり歩いて訪問したほうがいいということか」スパーホークの問いに、ペレンはうなずいた。「それに陽が落ちるのを待ちたいところだな。闇に紛れて抜け出せるように――万一の場合にはということだが」

「いっしょに行ったほうがいいか」

「セフレーニアとわたしだけのほうがいいだろう」スパーホークが答える。「おまえはここに残って、おれたちが出かける。タンジンが疑われているとすると、おまえのダブールでの地位を危うくするかもしれない」

「路地には近づかないでくださいよ」とクリク。

スパーホークはフルートを手招きした。少女がおとなしくやってくると、騎士は両手を少女の肩に置き、まっすぐにその顔を見つめた。

「きみはクリクとここにいるんだ」

フルートはスパーホークを見つめ返していたが、やがてぷいと顔をそむけた。

「やめないか。話を聞くんだ、お嬢さん。まじめな話なんだ」

「ただ頼むのですよ」セフレーニアが助言する。「命令して何かをさせようとはしないことです」

「頼む、フルート、ここにいてくれないか」

少女はにっこりと微笑み、両手を前でそろえて軽く腰をかがめた。

「どうです、簡単でしょう」とセフレーニア。

「まだ時間があるな。何か食べるものを用意しよう」ペレンがそう言って立ち上がった。

「壺から水が漏れているようですが、サー・ペレン」クリクが垂木に吊るした壺を指差して言った。

「ああ、いいんだ。床は水浸しになるけど、多少は涼しいからな」ペレンは竈《かまど》の前でしばらく火打ち石と鉄片と火口《ほくち》を相手に奮闘し、砂漠の灌木のねじれた小枝に小さな火をおこした。やかんを火にかけ、大きな鍋に油を注ぎこむ。その鍋を炭火のコンロにかけ、蓋をした容器の中から肉の塊を取り出し、鍋の油が煙を上げはじめたところで肉を放りこんだ。「申し訳ないが、羊肉《マトン》しかないんだ。お客があるとは思わなかったので」そう謝りながら、ペレンは焼けはじめた肉に香辛料を振りかけて臭みを消し、どっしりした皿をテーブルに並べた。火の前に戻り、陶器の壺の中からお茶の葉を一つまみ取り出し、それをマグに入れて、やかんから煮立った湯を注ぐ。「これはあなたに、小さき母上」そう言ってマグを差し出す手つきは、なかなか堂に入ったものだった。

「すばらしい。大したものですよ、ペレン」セフレーニアが称讃の声を上げた。

「わが人生の喜びです」ペレンは大袈裟《おおげさ》にそう答え、新鮮な無花果《いちじく》とチーズの塊をテーブルに運んでから、煙を上げている鍋を中央に置いた。

「職業の選択を誤ったな」とスパーホーク。

「料理はずいぶん昔に習ったんだ。召使を置くような余裕はなかったし、知らない者は信用できなかったから」ペレンが腰をおろし、一同は食べはじめた。「くれぐれも気をつけろよ、スパーホーク。アラシャムの信徒は耳と耳のあいだがいささか不自由だからな。それに連中、隣人がちょっとした戒律に違反するのを目くじら立てて追及するのが大好きなんだ。アラシャムは毎日、陽が沈んでから説教をする。そして毎晩新しい禁令を考え出してくるんだ」

「いちばん新しいのはどんな禁令だ」スパーホークが尋ねる。

「蠅を殺すなかれ。蠅は神からの使いなんだそうだ」

「冗談だろう」

ペレンは肩をすくめた。

「そろそろ禁令のねたが尽きかかってるようだ。想像力のある男でもないしな。もっと羊肉《マトン》をどうだ」

「けっこうだ、ありがとう」スパーホークは無花果に手を伸ばした。「一切れが限度だな」

「一日一切れか」

「いいや。年に一切れだ」

22

太陽が西の空を赤錆色《あかさび》に染めはじめるころ、スパーホークとセフレーニアはダブールの中心に近い広場に足を踏み入れた。夕刻の空から降り注ぐ光が、広場に面した建物の壁や人々の顔を茜色《あかね》に染めている。セフレーニアは左腕を三角巾で吊り、スパーホークは案じるように右の肘を支えていた。

「もうすぐそこですよ」小さくそう言って、顎《あご》で広場の奥を示す。

セフレーニアは鼻と口を覆うベールをしっかりと巻きなおし、二人は広場を埋めつくした群集の中を抜けていった。

建物の壁のそここに、黒いローブ姿の遊牧民が寄りかかっていた。疑念に満ちた目で道行く人々の顔を見つめている。

「熱心な信徒ですね」スパーホークは皮肉っぽくささやいた。「隣人の罪にまで目を配っている」

「どこでもそうしたものですよ」セフレーニアが答える。「自分だけが正しいと考えるのは、人間のもっとも普通に見られる、もっとも忌避したい類の性癖の一つです」二人は監視人の横を通って、薬のにおいが鼻をつく店の中に入った。

薬種屋は小太りの小男で、愛想のいい表情をしていた。

「会ってくれるかどうかわかりませんよ」タンジン先生に診《み》ていただきたいと言うと、薬種屋はそう答えた。「見張られてるのはご存じでしょう」

「ええ、外に何人か見張りがいたようですね」とスパーホーク。「とにかくわたしたちのことを伝えていただけませんか。姉の腕を治していただきたいのです」

薬種屋は神経質そうに店の裏手のカーテンをかけた戸口を抜け、すぐに戻ってきた。

「すいません、新しい患者は診ないってことなんで」

スパーホークは声を荒らげた。

「医者が怪我人の診察を断わるなんて、どういうことなんだ。治療者の誓いは、ダブールではそんないい加減なものなのか。キップリアの医者はもっと誇り高いぞ。わが友人のヴォルディ先生だったら、病人や怪我人に援助の手を差し伸べるのを拒んだりは絶対にしないはずだ」

しばらく間があって、カーテンが左右に開いた。顔を突き出した男はとても大きな鼻と、分厚い下唇と、広がった耳と、気弱そうなしょぼしょぼした目をしていた。医者の白いスモックを着ている。

「ヴォルディだって」甲高い、鼻にかかった声だ。「ヴォルディを知ってるのか」

「知ってますとも」スパーホークが答える。「頭の禿《は》げかけた小男で、髪を染めてます。あなたのことをとても高く買っていました」

「なるほど、ヴォルディだ。お姉さんを連れてきなさい。急いでな。店の外の人間に見られないように」

スパーホークはセフレーニアの肘を取り、カーテンの奥へと連れていった。

「入るところを誰にも見られなかったろうね」大きな鼻の男は神経質そうに尋ねた。

「おおぜいに見られたと思いますよ」スパーホークは肩をすくめた。「広場に面した壁に、罪を嗅《か》ぎつけようと禿鷹《はげたか》みたいに並んでいましたから」

「ダブールではそういう言い方はやめたほうがいいぞ」タンジンが警告する。

「でしょうね」スパーホークはあたりを見まわした。部屋はちらかっており、四隅には開いた木箱や本が積み上げられていた。丸花蜂《まるはなばち》が一匹、一枚きりの汚れた窓硝子《ガラス》に何度も体当たりして外に出ようとしていた。壁の前に低い長椅子と背のまっすぐな木製の椅子があり、中央にはテーブルがあった。「本題に入ってよろしいですか」

「そうだな」医者はセフレーニアに声をかけた。「ここに座って、腕を見せてみなさい」

「それで先生のお気が済むなら」セフレーニアは椅子に腰をおろし、三角巾をはずした。

ローブの袖をめくり上げると、少女のようなみずみずしい腕があらわになった。

医師はためらうようにスパーホークを見た。

「もちろんわかっているだろうが、姉上の肌に触れるのは個人的な関心からではない。診察するのに必要なことなんだ」

「わかっていますよ、先生」

タンジンは大きく息を吸いこみ、セフレーニアの手首を何度か前後に動かした。二の腕に沿って指を走らせ、肘を曲げさせる。息をつき、さらに上腕を調べる。それから指先で軽く肩に触れたまま、腕を上下に動かした。目がすっと細くなる。

「この腕はどこも悪くない」

「そう言っていただいて安心しました」セフレーニアはそう答え、ベールをはずした。

「ちょっと、顔を隠したまえ！」医師が驚いた声を上げる。

「まじめな話、ここへは腕や足の話をしにきたのではないのです」

「間諜《スパイ》だな！」

「そう呼ぶこともできるでしょう」セフレーニアは穏やかに答えた。「間諜であっても、ときにお医者様の力を借りることはあるのです」

「すぐに出ていけ」

「今来たばかりですよ」スパーホークはフードを取った。「続けてください、姉上。ここに来た理由を聞いてもらうんです」

「タンジン先生、〝ダレスティム〟という言葉にお心当たりは」

医師はやましげに目をそらし、カーテンのかかった戸口を見やって後じさった。

「ご謙遜《けんそん》には及びませんよ、先生」とスパーホーク。「噂では、ダレスティムを盛られた王弟殿下とその甥御《おいご》たちを回復させたそうではありませんか」

「証拠はないはずだ」

「証拠などいりません。治療法を知りたいのです。わたしたちの友人が同じ状態にありまして」

「ダレスティムには解毒剤も治療法も存在しない」

「では、なぜ王弟殿下はまだ生きているのです」

「おまえたち、どうせやつらの仲間なんだろう」医師は曖昧《あいまい》な手振りで広場のほうを示した。「騙《だま》して告白させようとしているんだ」

「やつらって誰です」

「アラシャムに従う狂信者どもだ。わたしが治療に魔法を使ったと証明したがっている」

「使ったんですか」

医師は身をすくめた。

「帰ってくれ。わたしの命を危険にさらさないでくれ」

「もうお気づきでしょうが、わたしたちはレンドー人ではありません」セフレーニアが言った。「この国の人たちのように、魔法に対して偏見を持ってはいないのです。先生が魔法を使ったからといって、気にはしません。わたしたちの国ではごく当たり前のことですから」

医師は不安そうに教母を見ていた。

「さっき話したその友だちというのは、とても大切な人なんです」今度はスパーホークが言った。「治療法のためなら、どんなことでもするつもりです」その点を強調するようにローブを開く。「どんなことでもね」

鎖帷子《くさりかたびら》と剣を見て、医師は息を呑《の》んだ。

「先生を脅してどうするのですか」セフレーニアがたしなめた。「だいじょうぶ、きっと喜んで治療法を教えてくださいます。何といっても人を癒《いや》すのが仕事なのですから」

「何の話をしておられるのかわかりませんね」タンジンは懸命にとぼけて見せた。「ダレスティム中毒を癒す方法はありません。どこでそんな噂をお聞きになったのか知らないが、それはまったくのでたらめですよ。わたしは魔法など使いません」医師はまたしても、カーテンをかけた戸口に不安げな視線を投げた。

「ですが、キップリアのヴォルディ先生はそうおっしゃっていました。王族を治療したと」

「それは――まあそうです。でもあれはダレスティムではなかった」

「では何だったのです」

「ええと――ポルグッタ――だったと思う」これは明らかに嘘だった。

「ではなぜ先生が呼ばれたのですか」セフレーニアは追及の手をゆるめない。「ポルグッタなら、下剤をかければそれで排出されてしまいます。どんな駆けだしの医者でも知っていることとです。そんな簡単な毒物であったはずがありません」

「ええと――何か別のものだったかもしれない。よく覚えていない」

セフレーニアはスパーホークに向き直った。

「どうやら先生ははっきりした保証をお望みのようね。わたしたちが信用できる、言っているとおりの人間だという証拠を」教母はまだ窓を突破して外に出ようとしている頑固な丸花蜂に目を向けた。「どうして丸花蜂を夜中に見かけることがないのか、先生はお考えになったことがありますか」と怯《おび》えている医師に問いかける。

「考えたこともないね」

「ちょっと考えてみるのもいいものですよ」セフレーニアはスティリクム語を唱えながら、指で呪文の印を描きはじめた。

「何をする気だ、やめろ!」タンジンは片手を伸ばして止めようとした。スパーホークがそれを抑える。

「邪魔をしないで」

セフレーニアは指を伸ばし、呪文を解き放った。

虫の羽音に混じって、人間の知らない言葉で歌う楽しげな歌声が聞こえてきた。笛の音のようなその声を聞いて、スパーホークは埃《ほこり》で曇った窓のほうにさっと顔を向けた。丸花蜂はいなくなり、かわりにお伽話《とぎばなし》から抜け出してきたような、小さな女性の姿があった。白いくらいの金髪が、忙しく羽ばたいている羽根と羽根のあいだに長く垂れている。小さな全裸の身体は完璧に均整が取れていて、顔は息を呑むほど美しかった。

「蜂自身が思い描く自分の姿です」セフレーニアが落ち着き払って説明する。「実際、こういう姿をしているのかもしれません。昼間はただの虫でも、夜になればこのような驚くべき姿を取るのかも」

タンジンは長椅子に腰を落とし、目を丸くしてぽかんと口を開けている。

「こっちへおいで、小さな妹」セフレーニアは妖精にやさしく呼びかけ、手を伸ばした。セ妖精は透明な羽根でぶんぶんと部屋の中を飛びまわり、小さな声で歌いつづけた。セフレーニアの伸ばした手にそっととまる。羽根はずっと動かしたままだ。セフレーニアは震えている医師に向き直り、妖精のとまった片手を静かに差し伸べた。

「よろしければお手にどうぞ。針にだけは気をつけて」教母は妖精が手にした小さな細身剣《イビア》を指差した。

タンジンは両手をうしろに隠して後じさった。

「どうやったんです」尋ねる声が震えている。

「あなたにはできないとおっしゃるのですか。だとすれば、嫌疑は本当に誤りなのでしょう。これはいちばん簡単な魔法――それこそ初歩の初歩ですからね」

「ご覧のとおり、わたしたちは魔法に嫌悪を抱いてはいません。アラシャムや狂信的な信徒に、告げ口したりすることはないんです。どうぞ話してください」とスパーホーク。

タンジンは唇を固く結んだまま、セフレーニアの手の上で羽ばたいている魅力的な妖精を見つめていた。

「そう頑《かたく》なにならないでください」セフレーニアが言った。「王弟殿下をどうやって治療したのか、それさえ聞かせていただければ退散しますから」

タンジンはじりじりと後退した。

「どうやら時間の無駄らしいですね」教母はスパーホークに声をかけた。「先生は協力してくださらないようです」片手を上げて、「お行き、小さな妹」と妖精に声をかける。小さな生き物はふたたび宙に舞った。「ではこれで、タンジン先生」

スパーホークは抗議の声を上げようとしたが、教母はそれを抑えるように騎士の腕に手を置いてドアに向かった。

「これをどうするつもりだ」タンジンが飛びまわる妖精を指差して叫んだ。

「別にどうもしませんよ、先生。ここが気に入っているようですからね。ときどき砂糖をやって、小さな皿に水を汲《く》んでおいておやりなさい。でも捕まえようとはしないで。ひどく怒りますからね」

「このままにされたんじゃ困る！」医師は怒りに駆られていた。「誰かに見られたら、魔法を使ったとして串刺しの上、火あぶりだ」

「みごとに正鵠《せいこく》を射ていると思いませんか」セフレーニアがスパーホークに言う。

「科学の訓練の賜物でしょうな」スパーホークが笑みを見せる。「行きましょうか」

「待ってくれ！」

「何か言いたいことがおありですか、先生」セフレーニアが静かに尋ねた。

「わかった、わかった。だが絶対に誰にも洩《も》らさないでもらいたい」

「もちろんです。口は固いですから」

タンジンは大きく息を吸いこみ、急ぎ足でカーテンをかけた戸口の前に行くと、誰も立ち聞きしていないことを確かめた。それから二人を奥の隅に呼び寄せ、かすれた声でささやいた。

「ダレスティムはきわめて毒性が高く、自然界には治療法も解毒剤も存在しない」

「それはヴォルディから聞いたよ」とスパーホーク。

「自然界にはというところが重要なんだ。数年前、わたしは研究中に、ある古い奇妙な書物に出会った。エシャンド以前の時代に書かれた、エシャンド派の戒律が確立する前のものだ。どうやら当時のレンドー国の治療者たちは、ごく普通に魔法を使って患者を診ていたらしい。うまくいくこともあったし、うまくいかないこともあったが——驚くべき効果を発揮する治療法も存在していたのだ。それらすべてに共通する要素は、この世界に莫大な力を秘めた物品があるという点だった。当時の医師はそうした力を利用して患者を治療していたのだ」

「わかります」とセフレーニア。「スティリクム人の治療者も、ときにそうした方法に頼ることがあります」

「この方法は、ダレシア大陸のタムール帝国では今も普通に行なわれているが、ここイオシアではすたれてしまった。イオシアの医師たちは科学的な技術を選んだのだ。信頼性が高いという理由のほかに、エレネ人がつねに魔法をどこか胡散臭《うさんくさ》いものと思っていたということもあるのだろう。しかしダレスティムはあまりに毒性が強く、現在ある解毒剤はどれも効き目がない。魔法の品でしか治療することはできないのだ」

「それで、王弟殿下と甥御たちを治すのに何を使ったのですか」とセフレーニア。

「ある特定の色の、カットしていない宝石だ。もともとはダレシア大陸から渡ってきたものだと思うが、確信はない。たぶんタムールの神々が力を封じこめておいたのだろう」

「その宝石は今どこに」スパーホークが急《せ》きこんで尋ねた。

「残念ながら、もうない。すり潰《つぶ》して粉にして、ワインに混ぜて王の親族を治療するのに使ってしまった」

「何という愚かな！」セフレーニアが怒りを爆発させた。「魔法の品はそのような使い方をするものではありません。ただ患者の身体に触れさせて、力を呼び出せばいいのです」

「わたしは医者として訓練を受けているのですよ」タンジンは硬い声で答えた。「虫を妖精に変えることもできないし、宙に浮かぶことも、敵に呪文をかけることもできない。わたしとしては、この職業の通常のやり方を踏襲する以外になかった。患者に薬を服《の》ませるという方法です」

「ほんの数人のために、数千人を癒すことのできる宝石を潰してしまうとは！」セフレーニアは懸命の努力で怒りを抑制した。「ほかにそうした品物の心当たりは」

「いくつかある」医師は肩をすくめた。「タムールの皇宮に巨大な槍があるし、ゼモック国にはいくつか指輪がある。ただ、これらは病人の治療に力を発揮するかどうか。ペロシア国のどこかに宝石をはめ込んだ腕輪があるという噂だが、これはただの伝説かもしれない。ミトリアムの島の王の剣には大いなる力があると言われているが、ミトリアムは大昔に海に沈んでしまった。それからスティリクム人は何本か魔法の杖《ワンド》を持っていると聞いている」

「それも伝説です」セフレーニアが言った。「木はそうした力を保つには弱すぎます。ほかには何か」

「わたしが唯一知っているのはサレシア国の王冠の宝石だが、あれはゼモック国の侵攻以来失われたままだ」と顔をしかめ、「あまり役には立たないな。あと、アラシャムの持っている護符だが、本人は世界でいちばん神聖で力のあるものだと言っている。この目で見たことはないから確かなことは言えないし、アラシャムの知性は、手にしている権威ほどしっかりとは頭の中に固定されていないから、その言葉がどこまで信用できるかもわからんがね。いずれにしてもあれを取り上げるのは不可能だろう」

セフレーニアは顔の下半分をふたたびベールで隠した。

「どうもありがとうございました、タンジン先生。わたしたちの口から秘密が洩れることは絶対にないと思っていただいて結構です」そこでしばらく考えこみ、腕を伸ばして、「副木《そえぎ》を当てていただいたほうがいいでしょう。そうすれば見張っている者たちも、ちゃんとした理由があってここを訪れたのだと思うはず。表向きを取り繕う必要があるのは、先生もわたしたちも同じですからね」

「それはいい考えだ」タンジンは木の板を数枚と、長い白布を取ってきた。

「友人としての忠告を聞いていただけますか、先生」セフレーニアの腕に副木を固定している医師にスパーホークが声をかけた。

「聞きましょう」

「そうしてください。もしわたしが先生なら、身のまわりのものをまとめてザンドへ向かいますね。あそこなら王の庇護《ひご》が受けられるはずです。まだ脱出できるうちに、ダブールを脱出すべきでしょう。狂信者というのは、疑惑から確信へと一気に飛び移ってしまうものです。串刺しにされて火あぶりになったあとで無実が証明されても、何にもなりません」

「そうは言うが、何もかもここに置いてあるんだ」

「爪先が焦げはじめたときには、大いに慰めになることでしょう」

「本当にそこまで差し迫っていると思うのかね」タンジンは顔を上げ、気弱な声で尋ねた。

スパーホークがうなずく。

「差し迫ってるなんてものではありませんよ。このままダブールで今週いっぱい生きていられたとしたら、先生はとても運がいい」

医師は激しく震えはじめた。セフレーニアが副木で固定された腕を三角巾の中に戻す。

「待ってくれ」二人が帰ろうとすると、医師が声を上げた。「あれはどうするんだ」そう言って窓の近くを飛びまわっている妖精を指差す。

「おお、失礼しました。忘れるところでした」セフレーニアは口の中で何かつぶやき、曖昧な身振りをした。

丸花蜂がふたたび窓に頭を打ちつけはじめた。

薬種屋の店から外に出たときには、もう暗くなっていた。広場の人影もまばらだ。

「あまり収穫はありませんでしたね」スパーホークが心許なげに言う。

「以前よりは進歩していますよ。少なくともどうすればエラナを治せるかわかったのですから。あとは問題の品物を一つ手に入れるだけです」

「アラシャムの護符には本当に力があると思いますか」

「思います」

「よかった。ペレンの話だと、アラシャムは毎晩説教をするのだとか。行ってみましょう。治療法に近づけるなら、説教くらいいくらでも聞きますよ」

「どうやって護符を取り上げるつもりです」

「何とかします」

と、黒いローブの男がいきなり行く手に立ちふさがった。

「ちょっと待ちな」

「どうかしましたか、ネイバー」スパーホークが尋ねる。

「どうして聖アラシャムのところへ行かないんだ」ローブの男の口調には咎《とが》めるような響きがあった。

「これから行くところですよ」とスパーホーク。

「ダブールの者なら、聖アラシャムが日没時に人々に向かって語りかけるのを知らないはずがない。どうしてわざと欠席した」

「今日着いたばかりなんです。それに姉の怪我を医者に診てもらわなくてはなりませんでしたから」

狂信者は疑わしげにセフレーニアの三角巾を見つめた。

「まさかあの魔法使いタンジンに診てもらったんじゃなかろうな」声に怒りがこもっている。

「苦しんでいる者には、治療者の資格など気にならないものです」セフレーニアが答えた。「ですがあの先生、決して魔法など使いませんでしたよ。どこの先生でもやるように、折れた骨を普通につないで、副木を当ててくれました」

「心正しき者なら、魔法使いなどに診てはもらわないものだ」狂信者が頑固に言い張る。

「そうまで言うならあなたの腕も折ってあげましょうか、ネイバー。その上で先生に診てもらえばいい。間近に見れば、魔法を使ってるかどうかよくわかるんじゃないかな」

スパーホークは快活な声で言った。

狂信者が慌てた様子で後じさる。

「さあさあ、遠慮はいりませんよ。勇気を出して。あまり痛くないように折ってあげます。魔法という嫌悪すべきものを探索するあなたの熱意に、聖アラシャムもきっと称讃を惜しみませんよ」

「聖アラシャムが人々に語りかけている場所を教えていただけませんか」セフレーニアが尋ねた。「わたしたちの魂は、聖者の言葉に飢えきっていますので」

「あっちだ」男は神経質そうに指を差した。「松明《たいまつ》の明かりが見える」

「どうもありがとう」スパーホークは軽く会釈してから、眉を寄せた。「あなたはどうして今夜の説教を聞きにいかないんです」

「おれは、その、大切な義務があるんだ。ちゃんとした理由もなしに欠席する者を探し出して、審判にかけるという義務がな」

「なるほどね」スパーホークは男に背を向け、すぐにまた振り返った。「本当に腕を折らなくてもいいんですか。すぐに済みますよ」

狂信者は急ぎ足で二人から遠ざかっていった。

「会う人をみんな脅さなくては気が済まないのですか」セフレーニアがたしなめる。

「ああいうのを見ると苛々《いらいら》するんですよ」

「何を見てもすぐに苛々するのでしょう」

スパーホークはしばらく考えこんだ。「そうですね。そんな気がします。行きましょうか」

二人はダブールの暗い街路を歩いて、ずらりと天幕が張ってある街はずれまでやってきた。南のほうに、瞬《また》く星々と競うように、赤みがかった光が見える。二人は急ぎ足で天幕のあいだを抜け、光を目指した。

揺れる松明は二つの丘のあいだにできた自然の円形劇場とでもいったところを囲むように、高い竿の上にしつらえられていた。窪地《くぼち》にはアラシャムの信徒が集まり、狂乱の指導者その人は、一方の丘の斜面を少し登ったところの、大きな丸石の上に立っていた。長身痩軀《そうく》で長い灰色の髭を生やし、黒いげじげじ眉をしている。群集に向かって熱弁を振るっているが、歯がないために言葉はひどく聞き取りにくい。スパーホークとセフレーニアが聴衆に加わったときには、老人は神の恩寵の広汎《こうはん》かつきわめて複雑な証拠について語っているさいちゅうだった。これは夢の中で与えられたものだと老人は主張していた。その論理には大きな欠陥と飛躍がいくつも存在したが、レンドー国ではそうしたギャップを埋めるのが信仰だということになっているようだった。

「あの言葉に何か意味があるのですか」セフレーニアが三角巾と副木をはずしながら不思議そうな声でささやいた。

「わたしにわかる限りでは、ないですね」スパーホークがささやき返す。

「それは意外ですね。エレネ人の神は、ああいった狂乱したおしゃべりを推奨しているのですか」

「わたしは推奨されたことはありません」

「もっと近づけないかしら」

「難しいでしょう。アラシャムのまわりは人がぎっしりですよ」

アラシャムは続いてお得意の演題である教会攻撃に移った。今の組織化されたエレネ人の宗教は、至高者に愛され選ばれた預言者たるアラシャムの地位を認めないという過《あやま》ちゆえに神の不興を買っている、というやつだ。

「よこしまな者は罰せられねばならん」歯のない口から聞き取りにくい叫びが上がり、唾《つば》が飛び散った。「わしに従う者は無敵である！　あと少しだけ辛抱するのじゃ。さすればわしは聖なる護符を掲げ、よこしまな者どもとの戦いに立ち上がるじゃろう。敵は呪われし聖騎士団を送りこんでこよう。だがそのようなものは恐れるに足りん。聖遺物の力が、風の前の籾殻《もみがら》のようにそやつらを吹き払ってしまうじゃろう」アラシャムは何かをしっかりと握った手を頭の上に掲げた。「祝福されしエシャンドの霊が、そう確約してくれておる！」

「どうです」スパーホークがセフレーニアにささやいた。

「遠すぎます。この距離からでは何とも言えません。もっと近づかないと。何を持っているかもわからないのですから」

アラシャムの声が陰謀を打ち明けるように低くなった。

「忠実なる信徒たちよ、よく聞くがいい。これは真実じゃ。神の声が教えてくれた。今やわれらの運動は、北の王国でも国境と森を越えて広がり、普通の人々が――われらの兄弟姉妹たちが――教会の軛《くびき》を逃れ、聖なる大義に加わりつつあるのじゃ」

「マーテルに聞いたんでしょうね。あいつの声を神の声だと思ってるようじゃ、想像以上に狂ってる」スパーホークは爪先立ちになって、群集の頭の向こうを見渡した。アラシャムが説教をしている場所から少し斜面を下ったところに、大型の天幕が張ってある。そのまわりには頑丈な杭《くい》が打ってあった。「この群集を迂回《うかい》しましょう。教祖様の天幕がわかったような気がしますよ」

二人はゆっくりと群集の端まで移動した。アラシャムはまだ教会を糾弾しつづけているが、その耳障りな声は距離とざわめきの中に聞こえなくなった。スパーホークとセフレーニアは群集を迂回し、杭の線を越え、その向こうの大天幕に向かった。二十歩《ペース》ほど進んだところでスパーホークがセフレーニアの腕に触れ、二人は足を止めた。武装した男たちが数人、大天幕の入口の前で見張り番をしていた。

「説教が終わるまで待つしかなさそうですね」スパーホークがささやいた。

「何をするつもりなのか教えてもらえませんか。不意打ちはごめんですからね」

「アラシャムの天幕に入りこめるかどうか見てみたいんですよ。あの護符に本当に力があるのなら、白昼堂々と奪い取るのは難しいでしょうから」

「どうやって奪い取るつもりです」

「甘言で騙し取ろうかと」

「それはいささか危険だし――見え透いていませんか」

「もちろん見え透いてますよ。頭のおかしいのを相手にするには、見え透いたやり方しかないんです。ほのめかし程度じゃ気がついてくれませんからね」

アラシャムの声が高まり、演説はクライマックスを迎えたようだった。信徒たちは教祖のくぐもった一声ごとに歓声を上げている。それから説教の終わりを告げる祝禱《しゅくとう》があって、群集は解散をはじめた。油断のない弟子たちに囲まれて、聖者は人波の中をゆっくりと天幕に戻りはじめた。スパーホークとセフレーニアはアラシャムの行く手に進み出た。

「そこをどけ！」弟子の一人が鋭く叫ぶ。

「申し訳ありません」スパーホークは老人のところまで聞こえるように大きな声を出した。「わたしはデイラ国王から聖アラシャムへの伝言を携えてきた者です。陛下からエレネ教会の真の首長に、ご挨拶がございます」

セフレーニアは小さく息を詰まらせたような音を立てた。

「聖アラシャムは国王のことなど気になさらん」弟子は傲慢そうに鼻を鳴らした。「さっさとそこをどけ」

「まあ待て、イッカド」アラシャムの声は驚くほど弱々しかった。「ディラ国の兄弟からの伝言というのを聞いてみよう。神が最後に語りかけてきたときおっしゃっていた知らせというのは、これのことかもしれん」

「至聖なるアラシャム様」スパーホークは深々と一礼した。「ディラ国王オブラー陛下から、兄弟のご挨拶をお送りいたします。われらの国王は老齢であり、年齢はつねに叡《えい》智《ち》をもたらします」

「そのとおりじゃ」アラシャムは長い灰色の髭をしごいた。

「陛下は以前からエシャンドの教えに傾倒しておいでになり、レンドー国におけるアラシャム様のご活躍にもつねに関心を向けていらっしゃいました。一方で今の教会のやり方には嫌悪感を強めてきていらしたのです。教会は偽善的で、みずからの利益を図っているとおおせでした」

「まさにわしの言ってきたことじゃ」アラシャムは恍惚《こうこつ》の表情になった。「わし自身、同じ言葉を百回以上もくり返してきた」

「陛下は聖アラシャムこそがこの考えの源にして、汲めど尽きせぬ泉であると理解しておいでです」

「うむ」アラシャムはわずかに居ずまいを正した。

「陛下はエレネ教会を浄化する時が至ったとお考えです。そしてまた、教会の罪を清めるのは神に選ばれた聖アラシャムをおいてほかにないとも信じていらっしゃいます」

「今夜の説教は聞いたかな。わしはまさに同じことを指摘したのじゃ」アラシャムが熱のこもった口調で言う。

「まさしく」とスパーホーク。「陛下が聖アラシャムにお伝えしろとおっしゃった言葉とあまりにぴったり一致するので、驚いたくらいです。ところで、陛下が提供しようとなさっているのは、ただ敬意を込めたご挨拶のお言葉だけではございません。とは申しましても、この場であまり詳しいことをお話しするわけにもまいりますまい。聖アラシャムのお耳にのみ達するような場所でないと」そう言って、周囲に押しかけてきている群集に疑惑の目を向ける。「このようにおおぜいの集まっているところでは、かならずしも全員が見かけどおりの者であるとは限りません。もしわたしの申し上げることがカレロスにでも知れましたなら、教会は全力を挙げて陛下の計画を妨害しようとするでしょう」

アラシャムは自分も気がついていたという態度をとろうとしたが、あまりうまくはいかなかった。

「なかなか思慮のある若者じゃな。ではわしの天幕の中で、わが親愛なる兄弟オブラーの心の内を詳しく聞かせてもらうこととしよう」

スパーホークはでしゃばりの弟子たちを押しのけて、老教祖の腕と肩を支えた。

「どうぞわたしに寄りかかってください、聖者様。聖エシャンドの言葉にも、年老いた賢者に仕えるのは若くたくましい者の義務であると述べられております」

「まさにそのとおりじゃ、息子よ」

二人は杭を打って作った門を抜け、羊の糞《ふん》が点々と落ちている砂の上を歩いて大天幕に向かった。

アラシャムの天幕の内装は、貧相な外観からは考えられないほど豪華なものだった。中央にある唯一のランプは高価な油を燃やしており、砂の床の上には最高級の絨毯《じゅうたん》が敷かれている。絹のカーテンが天幕を前後に仕切り、そのカーテンの奥からは少年たちのくすくす笑う声が聞こえていた。

「座って、楽にするがよい」アラシャムはおおらかに言って、自分も絹のクッションの一つに腰をおろした。「何か飲み物を持ってこさせよう。それから親愛なる兄弟、ディラ国のオブラーの考えを聞かせてもらおうかの」鋭く手を打ち鳴らすと、鹿のような目をした少年が絹張りの衝立《ついたて》の陰から現われた。「メロンを持ってきておくれ、サブード」

「かしこまりました、聖者様」少年は一礼して、絹張りの衝立の陰に引っこんだ。

アラシャムはクッションにもたれかかった。

「われらの大義への共感がディラ国にも広がっているという話じゃが、わしにとっては驚くべきことでも何でもない。北の諸王国がそうした状況にあることは、とうにこの耳に達しておったからな。実は同じような知らせが届いたばかりだったのじゃ」考えこむように間を置いて、「今思いついたことじゃが——あるいはこれもまた、いつも考えをわしにお伝えになる神からの啓示なのかもしれんが——その知らせを届けてきた者とおぬしは知り合いなのかもしれん」アラシャムは天幕の一隅の、あまり光の届かない絹の衝立の陰に顔を向けた。「出てくるがいい、わが友なる助言者よ。ディラ国からの高貴なる使者の顔を見て、知り合いの者かどうか教えておくれ」

衝立の向こうに影が動いた。影はわずかにためらう様子を見せたが、やがてローブとフードをまとった人影がランプの明かりの下に姿を現わした。スパーホークよりもわずかに背が低く、肩はがっしりした戦士のものだ。男は手を上げてフードを押し下げた。射るような黒い目と、雪のように白い豊かな髪があらわになった。

奇妙に超然とした気持ちで、スパーホークはなぜ自分が即座に剣を抜かなかったのだろうかといぶかっていた。

「そのとおりです、聖者アラシャム」マーテルの深く朗々とした声が響いた。「スパーホークとわたしは、昔からの知り合いですよ」

23

「ずいぶん久しぶりだな、スパーホーク」マーテルが何気ない口調で言った。ただ目だけは油断なく相手を注視している。

スパーホークは努力して筋肉の緊張をゆるめた。

「まったくだ。十年ぶり以上だろう。もっと頻繁に会えるとよかったんだが」

「これからは少し考えてみることにしよう」

会話はそこでとだえた。二人ともまっすぐに相手の顔を見つめている。空気がひび割れそうなほどの緊張がみなぎる中、二人は互いに相手の出方をうかがっていた。

「スパーホークか」アラシャムがつぶやいた。「変わった名前じゃな。どこかで聞いたような気がするのじゃが」

「とても古い名前でしてね。一族に代々伝わっているんです。先祖の中には、何人か有名人もおりました」

「ではたぶんそれで聞いたことがあったのじゃな」アラシャムは満足そうにつぶやいた。

「二人の昔馴染《なじみ》を再会させることができて、わしも嬉しいぞ」

「ご恩は忘れませんよ、聖者様」マーテルが答えた。「どれほどスパーホークに会いたいと思っていたか、とてもおわかりいただけないくらいです」

「それはこちらも同じことさ」スパーホークは老教祖に向き直った。「マーテルとわたしは、一時は兄弟のように親しかったのです。年月が二人を引き離してしまったのは、残念なことです」

「何度も見つけ出そうとしたのだがね」マーテルが冷たく言う。

「ああ、そうらしいな。こっちもおまえを見かけたと聞けば、すぐにその場所に飛んでいったんだ。だがいつもいなくなったあとだった」

「仕事が忙しくてな」

「いつもこれじゃ。若き友人たちが話をはじめると、年寄りは置いてきぼりにされる」アラシャムが歯のない口を歪《ゆが》めて、格言のように言った。目蓋《まぶた》が憂鬱《ゆううつ》げに閉じられる。しばらくしても目が開く気配はなく、やがて鼾《いびき》が聞こえてきた。

「教祖様は疲れやすくてな」マーテルは静かにそう言い、セフレーニアに向き直った。ただし目だけはスパーホークから離さない。「小さき母上」挨拶するその声には、皮肉と悔悟が入り混じっているようだった。

「マーテル」セフレーニアはごくわずかに顎を引いてうなずいた。

「どうやらあなたを失望させてしまったようだ」

「自分を失望させたほどではないようですね」

「わたしに対する罰ですか」皮肉っぽく尋ねる。「わたしがまだじゅうぶんに罰せられていないと?」

「わたしは他人を罰したりしませんよ、マーテル。自然には復讐も罰もない――あるのは結果だけです」

「いいでしょう。結果は引き受けます。せめてご挨拶くらいはお許しいただけませんか。できれば祝福を求めることも」マーテルは教母の手を取り、掌《てのひら》を上向かせた。

「それはできません」セフレーニアは手を握った。「あなたはもうわたしの生徒ではない。ほかの者に従うことにしたのですからね」

「何もかもがわたしのせいというわけではありませんよ。あなたがわたしを拒んだんだ、セフレーニア」マーテルはため息をつき、教母の手を離した。スパーホークに向き直る。

「こんなところで会おうとは、まったく驚いたよ。何度もアダスを差し向けて、片をつけさせようとしたのにな。あいつとはじっくり話し合う必要がありそうだ――まだ殺されていなければだが、もちろん」

「最後に会ったときには少し血を流していたな。大した傷ではないが」

「アダスは血なんか気にしないさ。たとえ自分の血であっても」

「どいていてくれませんか、セフレーニア」スパーホークはローブの前を開き、剣の柄《つか》の位置を調節した。「マーテルとは前回の話し合いが中途半端なままになっていましてね。続きをやりたいんですよ」

マーテルの目が細くなる。白髪の戦士もローブの前を開いた。スパーホークと同じように、鎖帷子《くさりかたびら》を着て大剣を吊っている。

「いい考えだ、スパーホーク」太い声がささやき程度にまで低くなっていた。

セフレーニアは二人のあいだに踏み出した。

「おやめなさい、二人とも。そんなことをしている場合でも、場所でもありませんよ。軍団のまっただ中にいるのです。アラシャムの天幕の中でそんなことをはじめたら、決着がつく前にレンドー国じゅうの人間の半数が集まってきてしまいます」

スパーホークは目の眩《くら》むほどの失望を覚えたが、セフレーニアの言葉の正しさはわかった。不承不承、剣の柄から手を放す。

「いずれ近いうちにな、マーテル」その声はぞっとするほど落ち着いていた。

「喜んでお相手するとも、兄弟」マーテルは皮肉っぽく一礼し、何かを推し量るように目を細めた。「二人そろって、レンドー国で何をしている。まだカモリア国にいるものと思っていたが」

「仕事で旅してるのさ」

「ははあ、ダレスティムのことはわかったらしいな。こう言ってはなんだが、時間の無駄だぞ。解毒剤は存在しない。シミュラの友人に推奨するに当たって、その辺のことはじゅうぶんに調査した」

「図に乗りすぎだぞ、マーテル」スパーホークが不吉な口調で言う。

「わたしはいつでもそうだよ、わが兄弟。虎穴《こけつ》に入らずんば虎児《こじ》を得ずということさ。残念ながらエラナは死ぬ。リチアスが跡を継いで、アニアスは総大司教になる。そしてわたしはたっぷりと〝虎児を得る〟予定だ」

「考えているのはそれだけか」

「ほかに何がある」マーテルは肩をすくめた。「それ以外のことは、みんな幻想だ。ヴァニオンはどうしてる」

「元気だ。気にしていたと伝えておこう」

「生きてもう一度会うつもりでいるわけか。わが旧友の現状はきわめて危険なものだと思うがね」

「おまえも同じだぞ、マーテル」

「わかっているが、わたしは慣れている。おまえには良心やら何やら、足を引っ張るものがあるからな。こちらはそんなもの、とうの昔に捨てている」

「ダモルクはどこです、マーテル」セフレーニアがいきなり尋ねた。

マーテルは一瞬驚いた顔をしたが、すぐに立ち直った。

「実のところ見当がつかないのですよ、小さき母上。あれは召喚しなくても現われるので、いつやってくるのか知りようがないのです。たぶんもう本来の居場所に戻ったのではないでしょうか。しょっちゅうそうしていないと存在を維持できませんからね、ご存じのとおり」

「地下世界の生き物にそこまでの好奇心を抱いたことはありません」

「それは大きな手落ちかもしれませんよ」

「あるいは」

アラシャムがクッションの上で身じろぎし、目を開けた。

「眠ってしまったのか」

「わずかの間ですよ、聖者様」マーテルが答える。「おかげでスパーホークとわたしは旧交を温めることができました。いろいろと積もる話がありましたから」

「そう、いろいろと」スパーホークはわずかにためらったが、自信にあふれているマーテルを見て、たぶん質問の重要さを見落としてしまうだろうと考え、思い切ってこう切り出した。「聖者様は今日のお話の中で護符のことをおっしゃっていましたが、もしよろしければ、それを見せてはいただけないものでしょうか」

「聖遺物をかね。構わんとも」老人はローブの中を手探りして、ねじれた骨のようなものを取り出した。「これが何か知っておるか、スパーホーク」

「いいえ、聖者様、残念ながら」

「聖エシャンドが羊飼いとして生まれたのは知っていよう」

「そう聞いております」

「まだとても若かったころ、聖エシャンドの群れの羊が一頭の仔羊《こひつじ》を産んだ。その仔羊は見たこともないほどまっ白で、しかも生まれたときからもう角が生えておった。むろんこれは神の御印《みしるし》じゃ。純白の仔羊は聖エシャンドその人を象徴しておる。そしてその仔羊に角が生えておったということの意味はただ一つ――教会の不正を罰する者として、聖エシャンドが神に選ばれたということじゃ」

「神のなさりようはまことに神秘です」スパーホークは驚嘆の声を上げた。

「まったくじゃな、息子よ。まったくじゃ。聖エシャンドはその仔羊をねんごろに世話して、やがてそれが話しはじめたとき、その声は神ご自身の声じゃった。こうして神は聖エシャンドに、なすべきことをお教えになった。この聖遺物は、その仔羊の角から作ったものなのじゃ。こう聞けば、どれほどの力が備わっているかわかろうというものじゃろう」

「それはもう、はっきりと」スパーホークは声に畏敬《いけい》の念をにじませて答え、セフレーニアに呼びかけた。「こちらへおいでなさい、姉上。この奇跡の護符をご覧なさい」

セフレーニアは進み出て、アラシャムの手の中にあるねじれた角をじっくりと眺めた。

「驚くべきものです」つぶやきながらスパーホークに目をやり、ほとんどそれとわからない程度に首を横に振る。

苦い失望が騎士の口の中に広がった。

「呪わしい聖騎士団と魔法使いどもが束になってかかってきても、この護符の圧倒的な力の前にはひとたまりもない。神が御《おん》みずからそう教えてくださったのじゃ」アラシャムははにかむような笑みを浮かべた。「実はまことに驚くべきことを発見したんじゃよ」と秘密めかした口調で、「独りになってこの聖遺物を耳に当てると、神の御声《みこえ》が聞こえてくるんじゃ。神は聖エシャンドになすべきことをお教えになったと同じ方法で、わしにもなすべきことをお教えくださっておる」

「奇跡です！」マーテルが驚きを装って声を上げる。

「そう思うじゃろ」アラシャムは顔を輝かせた。

「護符まで見せていただいて、本当にありがとうございました、聖者様」スパーホークが言った。「北の諸王国じゅうにこの話を広めるつもりです。なあ、マーテル」

「ああ、もちろんだとも」マーテルはわずかに戸惑った表情を見せ、疑わしげにスパーホークを見つめた。

「われわれがここにやってきたのも、神のご計画の一部だったことがよくわかりました。

この奇跡を北の王国の隅々にまで述べ伝えるのは、われわれの使命でしょう。あらゆる村々に、あらゆる街道に。この目で見たことを告げ知らせるようにと、もうすでに神がこの舌を滑らかにしてくださっているようです」手を伸ばしてマーテルの左肩をつかむ――思いきり力を込めて。「そうは思わないか、兄弟」

マーテルはわずかにたじろいだ。スパーホークの手の下で肩の筋肉が収縮する。

「思うとも」声がいささか苦しそうだ。「もちろんそう思うとも」

「神のお力は神秘なるかな！」アラシャムが叫んだ。

「まさしく神秘です」マーテルは肩をさすりながら答えた。

スパーホークがその手を思いついたのは、やっとこのころになってからだった。思いがけずマーテルに出会って動揺していたのかもしれない。しかし今や計画は落ち着くべきところに落ち着きはじめていた。マーテルがここにいてよかったという思いさえ湧き上がってくる。

「それでは聖者様、陛下からの伝言の残りをお伝えいたしたいと存じます」

「いいとも。わしの耳はそなたに開かれておる」

「陛下としては、ディラ国での準備が整うまで、ここレンドー国で腐敗した教会に対し蜂起《ほうき》するのはお待ちいただきたいとの仰せです。ことは慎重に運ばなくてはならないのです。カレロスの聖議会はそこらじゅうに間諜《スパイ》を放っております。陛下は何としても聖者様のお役に立ちたいと願っておりますが、教会の力は依然として侮りがたく、ディラ国において一気に教会を圧倒できるだけの戦力を確保するまでは、迂闊《うかつ》に動くことができないのです。一撃で制圧しなければ、教会はただちに反撃に出て陛下を打ち負かしてしまうでしょう。この南の地と北の地で同時に蜂起が起きれば、教会はどちらを先に攻めればいいかわからずに混乱をきたし、われわれは迅速な攻撃で勝利に次ぐ勝利を得られるだろうと陛下はお考えです。このわれらの勝利の衝撃に教会側の士気はいちじるしく衰え、聖者様と陛下は勝利のうちに、そろってカレロスに入城できることになりましょう」

「神に讃《たた》えあれ！」アラシャムは大声で叫んで立ち上がり、羊飼いの杖を武器のように振りまわした。

スパーホークが片手を上げてそれを押しとどめる。

「ただし、神ご自身の発案になるとしか思えないこの大計画も、聖者様と陛下が同時に蜂起しなければ勝算はありません」

「むろんそのことはわかっておる。神ご自身の声が、まさにそのような戦略を授けてくださったからな」

「きっとそうだろうと思っておりました」スパーホークは顔に抜け目なさそうな表情を浮かべて見せた。「教会は蛇のように狡賢《ずるがしこ》く、あらゆる場所に耳を持っております。どれほど注意して秘密を保とうとしても、いずれ計画は教会の知るところとなってしまうでしょう。そして教会の策略は、つねにまず欺瞞《ぎまん》から始まります」

「わしもそう思っておった」アラシャムが同意する。

「すなわち教会は、われわれの計画を知るや、まずこちらを欺《あざむ》こうとしてくるでしょう。いちばん手っ取り早い方法は、偽の伝言を聖者様に送って、まだ陛下の準備が整っていないうちにレンドー国の民を蜂起させるという方法です。そうなれば教会は、聖者様と弟子のみなさんを個別に撃破できるからです」

アラシャムは眉をひそめた。

「それはあり得ることじゃ。だが、どうすれば欺かれずにすむかな」

スパーホークは考えこむふりをした。それからぱちんと指を鳴らす。

「そうだ！　教会の偽の伝言に欺かれないように、聖者様とわたしと、ディラ国のオブラー陛下だけが知っている合言葉を決めておくというのはどうでしょう。そうすれば聖者様は、伝言が本物かどうかわかるというものです。時が至ったという伝言を持って現われた者が合言葉を知らなかったら、その者は教会が聖者様を欺くために送ってきた蛇ということになります。そういう者にはふさわしい処分をすればよろしいでしょう」

アラシャムは考えこんだ。

「うむ、そうだな。それなら教会の裏をかけるかもしれん。しかしどのような合言葉なら、ほかの者に知られることなく、しっかりと心に刻みこんでおけるであろうか」

スパーホークはちらりとマーテルに目を向けた。マーテルは苦虫を噛《か》み潰《つぶ》したような顔をしている。

「力のある言葉でなくてはなりませんな」じっと考えこむように天幕の屋根を見上げる。計略は見え透いた、子供っぽいとさえ言えそうなものだ。だが年老いたアラシャムが相手なら効果があるし、マーテルに対しても過去の失点を取り戻して得点を加える、またとない機会だった。

セフレーニアはため息をつき、あきらめたように目を上げた。この点だけは申し訳ないものを感じる。アラシャムは期待に身を乗り出して待っていた。歯のない口をもぐもぐと動かし、長い顎鬚《あごひげ》を揺すっている。

「その前に、合言葉を秘密にするという絶対確実な誓いを聖者様に立てていただかなくてはなりません」スパーホークはうやうやしくそう言った。「わたしは、これからお教えする合言葉を、ディラ国の首都であるアシーにおいてオブラー国王陛下に申し上げる時を除いて、二度と口にすることはないと命をかけて誓約いたします」

「わしも誓約しよう、高貴なる友スパーホーク」老人は熱のこもった声で叫んだ。「たとえ拷問されても、合言葉がわしの口から引き出されることはない」と、何とか堂々たる風格を見せようとしながら誓う。

「聖者様のご誓約、確かに承りました」スパーホークはレンドー式に深々と頭を下げた。老人に近づき、耳元に口を寄せてささやく。アラシャムのにおいはあまり快いものではなかった。

「〝仔羊の角〟」

元にキスをした。

「完璧な言葉じゃ！」アラシャムは細い両腕をスパーホークの首に回し、音を立てて口

マーテルは怒りに顔を青ざめさせ、何とか近づいて合言葉を聞き取ろうとしたが、セ

フレーニアがその前に進み出て邪魔をした。マーテルは目をぎらりと光らせたが、傍目《はため》

にもそれとわかるほどの努力で、セフレーニアを突き飛ばそうとする衝動を抑えこんだ。

セフレーニアは顎を上げ、まっすぐにマーテルの顔を見つめた。「何か？」

マーテルは口の中で何事かつぶやき、背を向けると天幕の奥に引き退がった。固めた

拳に苛立《いらだ》たしげに歯を立てている。

アラシャムはまだスパーホークの首にかじりついていた。

「わが愛する息子にして伝言を運ぶ者よ」アラシャムは目に涙を浮かべていた。「まさ

にそなたは神がお遣わしになった者に違いない。もはや負けることはあり得ん。神はわ

れらの味方なのじゃ。邪悪なる者どもを震え上がらせてやろうぞ」

「まったくです」スパーホークはそっと老人の腕を首からはずした。

「一つ考えたことがございます、聖者様」マーテルが抜け目なく口をはさんできた。もっとも、その顔はまだ怒りに青ざめている。「スパーホークといえどもただの人間であり、不死身ではございません。しかもこの世は不慮の事故に満ちております。万一の場合を考えて――」

「不慮の事故だって」スパーホークは急いでマーテルの言葉をさえぎった。「おまえの信仰はどうしてしまったんだ。これは神のご計画であって、わたしの考えではない。この使命が終わるまで、神はわたしに死ぬことをお許しになどならないだろう。信仰を強く持つんだ、兄弟。神があらゆる危難から守ってくださる。この使命を完遂するのはわたしの運命であって、失敗などしないよう、神が見守ってくださっているんだ」

「神に讃えあれ！」アラシャムが恍惚《こうこつ》となって叫び、スパーホークの演説を締めくくった。

鹿《しか》の目をした少年がメロンを運んできて、話題はもっと一般的なものに移った。アラシャムがさらに口をきわめて教会を非難するあいだ、マーテルはずっと顔をしかめてスパーホークを睨《にら》みつけていた。スパーホークはメロンから目を離さなかった。とてもおいしいメロンだ。あまりにも簡単にいきすぎたことが、却《かえ》っていささか不安に思えた。マーテルは恐ろしく頭の切れる、狡猾な男だ。こんなにたやすく出し抜けるはずがない。スパーホークは天幕の奥にいる、これまでずっと憎みつづけてきた白髪の男を見やった。

マーテルは苦慮するような、苛立たしげな表情をしている。これもまたマーテルらしくなかった。若いころのマーテルは、決して感情を表に出すような男ではなかった。スパークホークは自信が揺らぎはじめるのを感じた。

「ちょっと思いついたことがあるのですが、聖者様」スパークホークはアラシャムに話しかけた。「今度の件では何よりも時間が大切です。姉とわたしは一刻も早くディラ国に戻って、レンドー国ではすべての準備が整っていると陛下に報告し、わたしたちの胸の中にのみ刻まれている言葉を陛下にお伝えしなくてはなりません。もちろん馬は連れてきておりますが、足の速い船で川を下れば、さらに何日か早くジロクの港に着けると思うのです。ダブールで船を雇うとして、聖者様か弟子の方たちの中に、信頼できる船主をご存じの方はいらっしゃいませんでしょうか」

アラシャムはぼんやりと目をしばたたいた。「船を？」とつぶやく。

かすかな動きがスパークホークの目をとらえた。セフレーニアの腕が、袖を揺するようにかすかに動いている。教母がこれまでずっと何をしていたのか、スパークホークは即座に理解した。

「雇うとな、わが息子よ」アラシャムが笑顔になる。「そのようなことは考えんでもよい。わしのところにすばらしい船がある。わしの祝福とともに、その船に乗っていけばよかろう。武装した者たちを同行させよう。両岸には警護の軍団を配備して、ジロクまで安全にたどり着けるよう目を配らせよう」

「聖者様のお心のままに」スパーホークは天幕の奥のマーテルに輝くような笑みを送った。

「まったく驚くべきことだと思わないか、兄弟。これほどの知恵と気前のよさは、確かに神から出たものに違いないな」

「ああ、わたしもそう思う」マーテルが暗い声で答える。

「では急がなくてはなりませんので、アラシャム様」スパーホークは立ち上がった。

「馬と荷物を街はずれの家の召使に任せてきたのです。それを持って、一時間以内に戻ってまいります」

「いいと思うようにするがいい、息子よ。わしは弟子たちに言って、そなたの川下りのための船と兵士を用意させておこう」

「そこまでいっしょに行こう、兄弟」マーテルが食いしばった歯のあいだから言葉を押し出した。

「喜んで。いつものことだが、おまえがいてくれると心が温まるよ」

「まっすぐ戻ってくるのだぞ、マーテル」アラシャムが言った。「この奇跡のような幸運について話し合い、それをもたらしてくれた神に感謝を捧《ささ》げねばならん」

「はい、聖者様」マーテルは一礼した。「すぐに戻ってまいります」

「では一時間後にな、スパーホーク」

「一時間後に、聖者様」スパーホークも深々と一礼した。「じゃあ行こうか、マーテル」そう言って、またしても相手の左肩を叩く。

「ああ」マーテルは顔をしかめ、騎士の親しげな手から逃れた。

大天幕の外に出ると、マーテルはスパーホークに向き直った。その顔は怒りに青ざめている。

「いったいどういうつもりだ」

「今日は機嫌が悪いんだな、ええ?」スパーホークが落ち着いて答える。

「いったい何を企《たくら》んでる」マーテルはあたりを見まわして、ぶらぶらしている弟子たちが聞いていないことを確かめてから言い募った。

「そっちの計画を邪魔しただけさ。アラシャムはこれで化石になるまであそこに座ったままだ。秘密の合言葉を知っている誰かがやってくるのを待ちつづけてな。新しい総大司教を選ぶときには、たぶん聖騎士団はみんなカレロスにいることだろう。レンドー国では何も起きてはいないんだから」

「頭のいいことだな、スパーホーク」

「気に入ってくれて嬉しいよ」

「これも貸しにしておくからな」

「いつでも返済を要求してくれていいぜ、兄弟。喜んでお返ししよう」

スパーホークはセフレーニアの腕を取って導いた。

「頭がどうかしてしまったのですか、スパーホーク」マーテルの耳に声が届かないところまで来ると、セフレーニアが言った。

「そんなことはありませんよ。もっとも、狂人は自分のことを狂っているとは思わないそうですがね」

「ならば天幕の中でのあれはどういうことです。窮地に陥るのを防ぐために、何度わたしが介入したかわかっているのですか」

「気がついていました。あなたがいなかったら、ああはうまく行かなかったでしょう」

「にやにやするのはやめて、どういう心算だったのか説明しなさい」

「マーテルはわれわれがここへ来た真の目的を見抜きかけていました。だから行く手に障害物を投げ出して、解毒剤が見つかるかもしれないということを気取られないようにする必要があったんです。自分で言うのも何ですが、なかなかうまくいきましたね」

「天幕に入る前からそんなことを考えていたのなら、どうして教えてくれなかったのです」

「わかるわけないじゃないですか。マーテルが中にいることだって、顔を見るまで考えもしなかったんですから」

「ということは、あれは……」セフレーニアは目をむいた。

スパーホークがうなずく。

「話しながら考え出したんですよ」

「やれやれ、スパーホーク、何という危なっかしい真似を」

騎士は肩をすくめた。

「短い時間ででっち上げた話です。あれが精いっぱいですよ」

「どうしてマーテルの左肩ばかり小突いていたのです」

「十五歳くらいのとき、あそこの骨を折っているんです。今でも痛いようですね」

「残酷なことを」セフレーニアが咎《とが》める口調になる。

「十年前にキップリアの路地で起きたことも残酷でしたよ。クリクとフルートを連れてきましょう。ダブールでやるべきことは終わったようです」

アラシャムの船は、川を遡《さかのぼ》るのに乗った船に比べれば、まるで豪華客船だった。大きさも四倍はあったろう。左右の舷側に漕ぎ手が並んで、剣と投げ槍《ジャベリン》で武装した信徒たちが、松明《たいまつ》に照らされた船首と船尾に集まっている。信徒たちをぐらぐらする桟橋まで率いてきたマーテルは、岸で目をぎらつかせている弟子たちから少し離れて、スパーホークとセフレーニアとクリクとフルートが船に近づくのを独りきりで見つめていた。白い髪が星明かりに輝き、その顔は蒼白だ。

「まさかこれで済んだと思ってはいないだろうな、スパーホーク」マーテルは低い声でささやいた。

「うん？　よくあたりを見てみろよ、マーテル。もう済んだとしか思えないがね。もちろんわれわれを追いかけてくることはできるが、岸を警備してる連中が邪魔をするんじゃないかな。それに落ち着いて考えれば、おまえにできることは一つしかないのがわかるはずだ。魔法の合言葉を、何とかしてアラシャムの口から聞き出すしかないんだよ。それに成功するまでは、おまえがレンドー国で準備したことは何もかも凍結だ」

「償いはさせてやるぞ」マーテルは暗い声で凄んだ。

「それはもう済んでいると思うね。十年前、キップリアで」スパーホークが手を伸ばすと、マーテルは手の届かないところまで肩を遠ざけた。しかし騎士は侮辱するように、白髪の男の頬を軽く叩いた。「身体を大事にしろよ、マーテル。また会いたいからな。それもできるだけ早く。そのときに病気や怪我をしていてもらいたくないんだ。体調を万全に整えておかないと、きっと後悔するぞ」それだけ言うと相手に背を向けて、スパーホークは渡し板を渡り、船に乗りこんだ。

　船員たちがすべてのロープをはずし、船を緩やかな流れの中に押しやった。櫂《かい》が動きだし、船が川を下りはじめる。桟橋が遠ざかり、その端にたたずむ男の孤影が小さくなっていった。

「おお、神よ。何とすばらしい」スパーホークは叫んだ。

一日半ほど川を下ってから、ジロクの一リーグばかり上流で一行は船を下りた。まさかとは思うが、マーテルが先回りして見張りを送り出していた場合のための用心だった。そこまでする必要はないとスパーホークも思ってはいたが、気をゆるめても得るものはない。西門から街に入り、群集に紛れてヴォレンの屋敷に向かう。着いたのは夕方になってからだった。

スパーホークたちが帰ってきたのを見て、ヴォレンは少しばかり驚いていた。

「早かったな」庭に入ってきた一行の姿を見て、そう声をかける。

「運がよかったんだ」スパーホークは肩をすくめた。

「運がよかったどころではありません」セフレーニアが暗い声でつぶやく。その怒りはダブールを出て以来あまりおさまってはおらず、小柄な教母はスパーホークと口をきこうとしなかった。

「まずいことでもありましたか」ヴォレンが尋ねる。

「おれは気がつかなかったがね」スパーホークが楽しげに答える。

「いつまでも浮かれているのではありません、スパーホーク。わたしは怒っているのですよ。とても怒っているのです」

「申し訳なかったとは思いますが、わたしは最善をつくしたんです」スパーホークはヴォレンに向き直った。「マーテルに出くわしたんだ。何とか進路を妨害してやった。やつの計画は音を立てて崩れ落ちたよ」

ヴォレンは口笛を吹いた。

「それのどこがまずいんですか、セフレーニア」

「やったことがいけないというのではありません。やり方が問題だと言っているのです」

「ほう?」

「そのことについては、何も言いたくありません」教母はフルートを腕に抱き、暗い声音のスティリクム語で何ごとか少女につぶやきながら、泉水のそばの長椅子に腰をおろした。

「ヴァーデナイスに向かう足の速い船に、人目につかないように乗りこみたいんだ。何とかならないかな」スパーホークがヴォレンに言った。

「簡単だ。われわれのブラザーが正体を暴かれてしまうことがときどきあるんで、うまくレンドー国を脱出させる方法が用意してある」ヴォレンは皮肉っぽく笑った。「実はジロクに赴任して最初の仕事がそれだったのさ。もうすぐこれを自分のために使うことになるんじゃないかって気がしてるがね。港にはうちの栈橋があって、その近くに水辺の宿屋がある。宿屋の経営者はブラザーの一人だ。そこには宿屋にあるものなら何でもそろってる。酒場も、厩《うまや》も、二階の寝室も、何もかも。しかも地下には酒蔵があって、そこからうちの大倉庫の地下室まで通路が続いてる。引き潮のときには、その地下室から直接船に乗りこめるんだ」

「それでダモルクの目をごまかせますかね、セフレーニア」スパーホークが尋ねる。

セフレーニアはしばらく騎士を睨みつけていたが、やがて気を静めた。片手の指先を軽く額に当てて考える。スパーホークは教母の髪に白髪が増えたことに気づいた。

「ごまかせると思います。ダモルクがこの地にいるのかどうかもわかりません。マーテルは本当のことを言ったのかも」

「あまり当てになりませんね」クリクが低い声でつぶやく。

「だとしても、「ダモルクには地下室という概念自体が理解できないでしょう。地下の通路となればなおさらです」

「ダモルクとは？」ヴォレンが尋ねた。

スパーホークは地下世界から来た存在のことを説明し、マデルからアーシウム海峡に出たばかりのところでマービン船長の船がどうなったかを話して聞かせた。

ヴォレンは立ち上がり、前後に行ったり来たりしはじめた。

「この脱出法では、そういう事態は想定していない。予防策を追加したほうがよさそうだな。今、港にはうちの船が六隻入港している。それを全部いっしょに出航させたらどうかな。どの船に乗っているかわからなければ、敵もいささか混乱するだろう」

「ちょっと大袈裟《おおげさ》じゃないか」とスパーホーク。

「おまえが控え目なのは承知してるが、今のところおまえは世界でいちばん重要な人間なんだ。少なくともシミュラに戻って、ヴァニオンに報告を行なうまではな。手助けできることがあれば、どんな小さな機会でも逃したくない」庭を囲む壁の前に行き、目を細めて夕陽を眺めながら、「急がなくちゃならん。今夜の引き潮は日没の直後だ。船の手すりが桟橋よりも低くなるまでには、地下室で待機していてもらいたいからな。おれもいっしょに行って、ちゃんと乗りこんだかどうか確認する」

一行はそろって川岸に向かった。その道はスパーホークが隠れ住んでいた、懐かしい店の前を通っていた。通りの両側の家々が古い友だちのように思える。太陽が西の地平線に傾きかけた中、家路を急ぐ人々の中には二、三見知った顔もあるように思えた。

「野蛮人！」背後から聞こえたその声は、アーシウム海峡を半分ばかり渡ってきたかのようで、しかも胸が苦しくなるほど聞き覚えがあった。「人殺し！」

「ああ、まずい！」スパーホークはうめいて、ファランの手綱を引いた。「おまけに、すぐ近くだ」ヴォレンが目指している川辺の宿屋を憧《あこが》れるように見つめる。あとほんの路地一本のところだ。

「化け物！」耳障りな声はやまなかった。

「あの、スパーホーク」クリクが小さく声をかけた。

「空耳でしょうか。それともあの女性、こちらの注意を引こうとしてるんでしょうか」クリクが小さく声をかけた。

「放っておけ」

「仰せのとおりに、閣下」

「人殺し！　野蛮人！　化け物！　女たらし！」

小休止があって、「殺し屋！」

「そんな覚えはないぞ」スパーホークは小声でつぶやき、ため息をついてファランを振り返らせた。「やあ、リリアス」ローブを着てベールをつけた女に向かって、できる限り穏やかな、優しい声をかける。

「やあ、リリアス？」女は叫んだ。「やあ、、、、リリアス？　言うことはそれだけ？　この山賊野郎」

微笑が浮かびそうになるのを、スパーホークは懸命に抑えた。いささか独特な形ではあるが、騎士はリリアスを愛しており、その楽しんでいる姿を見るのが好きだったのだ。

「元気そうだな、リリアス」何気ない口調でそう答える。それが火に油を注ぐ結果になることはよくわかっていた。

「元気そう？　元気そうですって？　あたしを殺しておきながら。あたしの心臓を切り取っておきながら。これ以上ない絶望の淵《ふち》に沈めておきながら」背を反《そ》らして頭を上げ、両腕を大きく広げて悲劇的なポーズを作る。「あなたが一文なしのあたしをどぶの中に捨てていったあの憎しみの日以来、食べ物なんてほとんど喉《のど》を通らなかったわ」

「店を残していったじゃないか。二人でも食っていけたんだぞ。一人ならじゅうぶんに食えたはずだ」

「店ですって！　店がどうだって言うのよ。あんたはあたしの心をめちゃくちゃにしたのよ。マークラ！」フードをはねのけ、ベールを引き裂く。「人殺し！　自分のしたことを見るといいわ！」女は艶《つや》やかな長い髪を引きちぎり、自分の顔を爪で引っ掻《か》きはじめた。

「リリアス、やめろ！」スパーホークはいっしょに暮らした年月のうちでも数回しか使ったことのない、強い命令口調で叫んだ。「怪我をするぞ」

だがリリアスは大声を張り上げ、もはや手がつけられなかった。

「怪我をする？」悲劇的な声を上げ、「だからどうだって言うの。死んだ女に怪我をさせたりはできないのよ。傷ついた姿を見たいんでしょ、マークラ。あたしの心臓を見るがいい！」女はローブの前を引き裂いた。現われたのは心臓ではなかった。

「何ということを」敬虔《けいけん》そうな声を上げたクリクの目が女の胸に釘付《くぎづ》けになる。ヴォレンは顔をそむけて笑みを隠した。セフレーニアだけはやや違う表情でスパーホークを見つめた。

「ああ、やれやれ」スパーホークはうめいて、鞍から飛び下りた。「リリアス！」と鋭く叱りつけ、「肌を隠せ。近所じゅうの人たちが見ているぞ。子供たちもいるんだ」

「近所の目がどうだって言うのさ。見たければ見せておけばいい！」むき出しの胸を突き出して、「心の死んだ女に、恥も外聞もありはしないわ！」

スパーホークはむっつりと女に近づいた。じゅうぶんに近づいたところで、食いしばった歯のあいだから小さく声をかける。

「みごとな胸だよ、リリアス。だけどそいつは、あらゆる方角の通り六本以内の男たちにとっちゃ、驚きでも何でもないと思うね。本当にこのまま続けたいのか」

リリアスは少し確信を失ったようだったが、それでもはだけた胸をローブで覆おうとはしなかった。

「好きにするさ」スパーホークは肩をすくめ、大声を張り上げた。「おまえの心は死んでなんかいないぞ、リリアス」二階のバルコニーに群がり、息を呑んで見つめている見物人たちに向かって宣言する。「むしろ正反対だと思うね。パン屋のジョージアスはどうなんだ？　ソーセージ屋のネンダンは？」そうやって適当に選んだ男の名前を挙げていく。

リリアスは青くなって後退し、胸元を掻き合わせた。「知ってたの？」

スパーホークはいささか傷ついたが、その気持ちを表には出さなかった。

「当たり前だ」とさらにバルコニーに向かって演技を続ける。「だがそのことは許そう。おまえは独りではいられない女だ」手を伸ばし、そっとフードをかぶせてやる。「元気だったかい」騎士は優しく声をかけた。

「何とかね」女がささやく。

「よかった。これで一件落着かな」

「締めくくりが必要なんじゃないかしら」リリアスは期待を込めて騎士を見上げた。

スパーホークは笑いだしそうになるのを懸命にこらえた。

「本気で言ってるのよ、マークラ。街でのあたしの評判がかかってるんだから」

スパーホークはふたたびバルコニーに向かって声を張り上げた。

「いいか、リリアス、おまえはおれを裏切った。だがそれは許そう。おれはここでおまえを引き止めてはいなかったんだから」

リリアスは少し考えてからすすり泣き、男の腕の中に倒れこんで胸に顔を埋めた。

「あなたがいなくて寂しかったからよ、マークラ。心が弱ってしまったの。あたしはただの哀れで無知な女――情熱の奴隷なの。本当に許してくれるのね」

「許すも許さないもないさ、リリアス。おまえは大地のような、海のような女だ。与えるのがおまえの本性なんだ」

リリアスは身を引いた。

「ぶってちょうだい！　ぶたれて当然のことをしたんだから！」大粒の涙が輝く黒い目からあふれる。スパーホークの知る限り、この涙は本物だ。

「ばかを言え」この先の展開はすっかり読めている。「ぶつなんてとんでもない。ただこれを」騎士は女の唇に一度だけ上品な口づけをして、小声でささやいた。「元気でな、リリアス」それから相手が腕を首に絡めてくる前に、急いで後退する。女の力の強さはよく承知していた。

「魂を引き裂かれる思いだが、おれはやはり行かなければならない」手を伸ばしてベールをかけてやり、「運命に導かれるままさまようおれのことを、たまには思い出してくれ」

「わかっていたわ！」リリアスはスパーホークよりも観衆のほうを意識して叫んだ。片手を自分の胸の上に置きたいという衝動はどうにか抑えることができた。

「あなたは動乱に生きる人。二人の愛は永遠にこの胸の中にあるわ、マークラ。あなたへの愛は墓場まで持っていく。もし生きていたら、きっと戻ってきて」ふたたび両腕を広げて、「たとえ死んでも、幽霊となってあたしの夢を訪れて。あなたの青白い影であっても、できるかぎり慰めてあげるわ」

スパーホークは差し伸べられた腕の前から後じさり、ドラマティックにローブの裾を翻して背を向けた。その程度の見せ場を作る義理はあると思ったのだ。ファランに飛び乗り「さらばだ、リリアス！」と悲劇の主人公のように叫んで手綱を引く。ファランが前足で宙を蹴った。「ふたたびこの世で出会うことはできなくても、神が来世で必ず会わせてくださるだろう」騎士はファランの脇腹を踵で締め、疾駆《ギャロップ》でリリアスの横を駆け抜けた。

「あれはわざとやったのですか」川辺の宿の中庭で馬を下りたセフレーニアが尋ねた。

「ちょっと夢中になってしまったかもしれません」とスパーホーク。「リリアスはときどき男とああいうことをするんです」少し残念そうな笑みを浮かべて、「平均すると、一週間に三回くらい〝心をめちゃくちゃにされ〟てますね。恐ろしく浮気っぽい女で、しかも金箱がからんだ場合にはいささか不正直になる。自惚《うぬぼ》れ屋で、悪趣味で、自分に甘くて、男を惑わし、貪欲で、とんでもなく演技過剰な女です」ふと言葉を切ってこの数年を振り返る。「でも好きでした。欠点はあるにしても、いいやつなんですよ。あれと暮らしていれば、退屈するということがない。あのくらいの芝居に付き合う程度には恩義があります。あれで当分は女王のようにあの界隈《かいわい》を歩けるわけだし、わたしのほうの懐が痛むわけではありませんからね」

「わたしは絶対にあなたを理解できないでしょうね」

「だから面白いんじゃないですか、小さき母上」スパーホークは教母に微笑んだ。

セフレーニアの白い馬に同乗していたフルートが、からかうような短いトリルを吹いた。

「フルートとお話しなさい」スパーホークが言った。「その子は理解してるようだ」

フルートはくるりと目を動かして騎士を見つめ、澄まして手を伸ばすと、騎士に馬から下りる手伝いを許した。

24

アーシウム海峡の端を横切る船旅は何事もなく続いていた。晴天の下を追い風に乗って、散開したヴォレンの船団に囲まれて北東に進む。

三日めの午《ひる》ごろ、スパーホークは船首甲板に上がってきた。そこではセフレーニアとフルートが泡立つ波を見つめていた。

「まだ怒っているんですか」スパーホークは尋ねた。

セフレーニアがため息をつく。「いいえ。もういいのです」

スパーホークは漠然とした不安をどう言葉にしていいのかわからず、遠まわしに話を始めた。

「セフレーニア、ダブールでのあの晩のことですが、ちょっとうまくいきすぎだとは思いませんでしたか。何だかまた鼻面を引き回されてるような気がするんですよ」

「どういう意味です、正確には」

「あなたが何度かアラシャムに魔法で干渉したことはわかってます。でも、マーテルにもやったんですか」

「いいえ。やっていれば気づかれて、対抗されていたでしょう」

「そこが気になるんですよ。マーテルはどうしたんでしょうか」

「よく意味がわかりませんね」

「あいつの行動はまるで青二才みたいでした。わたしたちの知っているマーテルは、知的で頭の回転の速い男です。こっちの計画は見え透いていて、即座に見抜かれていても不思議はなかったのに、あいつは何もしなかった。ばかみたいに突っ立ったまま、自分の計画が崩れ去るのを指をくわえて眺めていただけです。あまりにあっけなさすぎる。そこが心配なんですよ」

「アラシャムの天幕でわたしたちに出会うとは、まったく思っていなかったのでしょう。驚いて取り乱していたのではないですか」

「マーテルは簡単に取り乱したりしませんよ」

セフレーニアは眉をひそめた。

「そうですね。確かにそのとおりです」しばらく考えこんで、「シミュラを発《た》つ前にダレロン卿が言っていたことを覚えていますか」

「何でしたっけ」

「エレネ諸国の王たちを騙《だま》そうとするのに、アニアスがばかのような行動をしたということです。ラドゥン伯爵の死を宣告するのに、ちゃんと死んだかどうか確認もしなかったという」

「ああ、はい、思い出しました。あなたの意見では、伯爵を殺して罪をパンディオン騎士団にかぶせるという計画全体が、スティリクム人の魔術師の発案ではないかということでしたね」

「どうやらそれどころではないようですね。マーテルはダモルクと接触しています。つまりどこかでアザシュが関わっているということです。アザシュはいつもスティリクム人を相手にしていますから、エレネ人の戦略的な考え方に慣れていません。スティリクムの神々は直接的で、偶発事件に備えるということはまずしないものです。スティリクム人はあまり複雑なことは考えませんからね。さて、アーシウム国とレンドー国の策略が目的としていたのは、聖騎士団を選挙期間中カレロスから遠ざけておくことです。シミュラの王宮で、アニアスはスティリクム人のような行動を取りました。アラシャムの天幕では、マーテルがやはり同じようなことをしました」

「話が混乱してますよ」スパーホークは文句を言った。「スティリクム人は複雑なことを考えないなんて言いながら、とてもついていけないような込み入った説明をするんですから。何を考えているのか、率直なところを教えてください」

「アザシュはつねに信奉者の心を支配します。その大部分はスティリクム人でした。アニアスとマーテルがスティリクム人のような行動を始めているとすれば、面白い可能性が見えてくるのではありませんか」

「申し訳ありませんが、それには同意できませんね。いろいろ欠点があるとはいえ、マーテルはやっぱりエレネ人だし、アニアスは教会の人間です。アザシュに魂を売るとは考えられません」

「それを意識しているとは限りませんよ。アザシュは役に立つと見た人間の心を堕落させるのが得意ですからね」

「だとしたらどうなります」

「はっきりとはわかりませんが、アザシュにはアニアスを新しい総大司教にしたいと考える理由があるようですね。その点は心に留めておかなくてはなりません。アザシュがアニアスとマーテルを操っているのだとすれば、二人はスティリクム人のように考えはじめていることになります。スティリクム人は意表をつかれると、とっさの反応ができなくなります。民族的な特徴ですね。これはこちらの武器になるかもしれません」

「それが怒った原因ですか――あなたの意表をついたから？」

「もちろんです。わかっているものと思っていました」

「次からは事前に声をかけますよ」

「そうしてもらえるとありがたいですね」

二日後に船はユセラ川の河口に入り、エレニアの港湾都市ヴァーデナイスに向けて川を遡《さかのぼ》りはじめた。だが桟橋に近づいたところで問題が起きた。赤い短衣《チュニック》を着た兵士が港を警邏《けいら》していたのだ。

「今度は何です」二人が顔を見られないように甲板室に身を伏せるのを見て、クリクが尋ねた。

スパーホークが顔をしかめる。

「このまま湾を横切って、アーシウム側から上陸できないかな」

「港を見張ってるくらいなら、国境だって当然見張ってますよ。頭を使ってください」

「夜陰に紛れて上陸できるかもしれない」

「〝かもしれない〟に頼るには、いささか事態が重大すぎるんじゃありませんか」

スパーホークは悪態をついた。

「シミュラにはどうしても行かなくちゃならん。十二騎士の次の一人が、いつ斃《たお》れるかわからないんだ。そうなったらセフレーニアにどれほどの重荷がかかるか、見当もつかない。考えろ、クリク。こういう戦略にかけてはおまえのほうが上手だ」

「それはわたしが甲冑《かっちゅう》をつけてないからですよ。自分は無敵だって感覚は、脳に悪い影響があるんです」

「ありがとう」スパーホークはそっけなく答えた。

クリクは眉根を寄せて考えこんだ。

「どうだ」スパーホークが我慢できずに尋ねる。

「考えてるんです。せっつかないでください」

「どんどん桟橋に近づいてるんだぞ」

「わかってますよ。船の中まで捜索してますか」

スパーホークは顔を上げ、甲板室の上から外を覗《のぞ》いた。

「そこまではしてないようだ」

「よかった。つまり今すぐどうするか決める必要はないわけです。下へ行ってじっくり考えましょう」

「何か手があるのか」

「急《せ》かさないでくださいってば。悪い癖ですよ。自分がしようとしてることを最後まできちんと考えないで、とにかくまっただ中へ突っこんでいこうとするんだから」

船はタールを塗った桟橋に接舷《せつげん》し、船員たちがそこここに散らばった作業員にもやい綱を投げた。渡し板が渡され、箱や樽の荷揚げが始まる。

船倉からことことと音がして、ファランが甲板に上がってきた。スパーホークは驚いて自分の軍馬を見つめた。フルートが足を組んで巨馬の背に座り、笛を吹いている。ひどく眠たげな、子守り歌のようなメロディーだ。スパーホークとクリクが慌てて連れ戻そうとする前に、フルートはファランの背中を足でつついた。ファランは静かに渡し板を渡って、桟橋に降り立った。

「あの子はいったい何をしてるんです」クリクが悲鳴のような声を上げる。

「見当もつかんね。セフレーニアを呼んでこい——大至急だ」

桟橋ではフルートが、向こうにいる教会兵の一団に向かってまっすぐファランを歩かせていた。兵士たちは乗客や船員を一人ひとり厳重に調べていたが、フルートと馬には目もくれなかった。兵士たちの前をこれ見よがしに何度か往復してから、フルートは振り返った。まっすぐスパーホークを見つめているようだ。なおも笛を吹き鳴らしながら、小さな片手を上げて騎士を差し招く。

スパーホークはフルートを見つめていた。

少女は小さな顔をしかめると、まっすぐに兵士の列に馬を乗り入れた。兵士たちは無意識に道をあけるが、誰もフルートと馬のほうを見ようとはしない。

「どうなってるんです」クリクがセフレーニアを連れてくると、スパーホークが尋ねた。

「わたしにもよくわかりません」セフレーニアは眉をひそめて答えた。

「どうして連中はあの子を無視してるんでしょう」フルートがもう一度兵士の列を横切るのを見て、クリクが尋ねる。

「姿が見えていないのでしょうね」

「でも目の前にいるんですよ」

「それは問題にならないようです」セフレーニアの顔にゆっくりと畏怖《いふ》の表情が浮かんだ。「聞いたことがあります。古いお伽話《とぎばなし》だと思っていましたが、どうやらそれは間違いだったようです」スパーホークに向き直って、「桟橋に降りてから、あの子は船のほうを見ましたか」

「ついてこいと合図してたみたいですが」

「確かでしょうね」

「そんなふうに見えました」

セフレーニアは大きく息を吸いこんだ。

「では、試してみるしかありませんね」スパーホークが止めるよりも早く、教母は立ち上がって甲板室の外に歩み出た。

「セフレーニア！」騎士の呼びかけも耳に入らないかのように、セフレーニアは甲板を横切って手すりに近づき、そこで足を止めた。

「あれじゃ丸見えですよ」クリクが息を詰まらせたような声で言う。

「わかってる」

「連中は人相書を持ってるに決まってます。頭がどうかしてしまったんでしょうか」

「そいつはどうかな。見ろ」スパーホークは桟橋の上の兵士たちを指差した。セフレーニアの姿ははっきりと見えているはずなのに、誰一人顔を上げようともしない。

しかしフルートはセフレーニアに気づいて、また手招きをくり返した。

セフレーニアはため息をつき、スパーホークを見やった。

「そこで待っていてください」

「どこでです」

「そこで――船の上で」教母は渡し板に歩み寄り、桟橋に降り立った。

「これまでだな」言い放つやスパーホークは立ち上がり、剣を抜いた。すばやく桟橋の上の兵士の人数を数える。「大した数じゃない。意表をつければ何とかできるかもしれない」

「どんなもんですかね」とクリク。「もう少し待ってみましょうよ」

セフレーニアは桟橋を歩いて、兵士たちのまん前に立った。

誰も気づかない。

話しかけてみる。

何の反応もない。

教母は船のほうを振り返った。

「大丈夫ですよ、スパーホーク。こちらの姿は見えないし、声も聞こえないようです。馬と荷物を降ろしてください」

「魔法ですか」クリクが痺《しび》れたような声で尋ねた。

「だとしたら、聞いたこともないやつだ」とスパーホーク。

「とにかく言われたとおりにしましょう。急いだほうがいい。魔法の効果が切れたときに、あの兵隊たちのまん中にはいたくないですから」

教会兵たちの目の前で渡し板を渡り、そろそろと桟橋の上を歩いてすぐ間近を通り過ぎるのは、気分のいいものではなかった。兵士たちは退屈そうな顔で、何かおかしいと気づいている様子はまったくなかった。ただ手順のとおりに、桟橋を離れようとする船員や乗客を次々と呼び止めている。なのにスパーホークとクリクと馬たちにだけは、まったく何の関心も示さない。兵士たちは何も命令されないのに、スパーホークとクリクが馬を引いて近づくとすっと場所をあけ、通り過ぎるとまた列に戻った。一行は桟橋から石敷きの道に進んだ。

スパーホークは何も言わずにフルートをファランの背から下ろし、代わって鞍にまたがった。それが済むとセフレーニアに声をかける。

「それで、あれはどうやったんです」

「普通のやり方ですよ」

「でもフルートは話せない――話そうとしないじゃないですか。どうやって呪文を？」

「笛ですよ。気がついていると思っていたのに。言葉で呪文を唱える代わりに、笛で呪吹いているのです」

「そんなことができるんですか」スパーホークが疑わしげに尋ねる。

「今見たばかりではありませんか」

「あなたにもできますか」

セフレーニアはかぶりを振った。

「わたしはいささか音痴ですからね、スパーホーク。一つひとつの音符の違いがきちんと区別できないのです。全体の流れは何とかわかるのですがね。メロディーはきわめて正確に吹かなくてはならないのですよ。さて、それでは行きましょうか」

一行はヴァーデナイスの港から街路をたどった。

「わたしたちの姿はまだ見えないんですか」クリクが尋ねる。

「実際に目に見えないわけではないのですよ」セフレーニアはマントでフルートを包んだ。フルートはまだ眠たげな曲を吹きつづけている。「本当に見えなくなっているなら、お互いの姿も見えないはずでしょう」

「全然わかりませんね」

「兵士たちは、わたしたちがそこにいることには気づいているのです。道をあけてくれたでしょう？　ただ何の注意も払わないことを選んだだけなのですよ」

「選んだ？」

「あまり適当な言葉ではないかもしれませんね。むしろそのように強制されたと言うべきでしょうか」

一行は門番に止められることもなくヴァーデナイスの北門から街を出て、すぐにシミュラに向かう街道に行き当たった。数週間前にエレニアを出て以来、気候はだいぶ変わっていた。冬の北風はもう吹いておらず、街道の両側の木々の枝には新芽が芽吹きはじめていた。農民が犂《すき》を引かせて豊かな黒い土を耕している。雨が上がったところで、空は青く晴れわたり、あちこちに白い綿雲が浮かんでいた。風はすがすがしくて温かく、土は生長と新生の香りがした。レンドーのローブは船を下りる前に脱いでいたが、スパーホークは鎖帷子《くさりかたびら》と詰め物をした短衣《チュニック》だけでも不快なくらいの暑さを感じた。

クリクは鋤き返されたばかりの畑を賛嘆の目で眺めていた。

「うちの畑ももう耕し終わってるといいんだが。帰ったときにまだやってるようだったら、息子どもをぶっとばしてやる」

「アスレイドがちゃんと面倒を見てるさ」とスパーホーク。

「まあそうでしょうね」クリクは渋い顔になった。「はっきり言って、あいつのほうが畑仕事はうまいんです」

「女だからですよ」とセフレーニア。「女のほうが月と季節によく調和していますからね。スティリクムでは、畑は女の領分です」

「男は何をしてるんです」

「できるだけ怠けていますね」

五日近くかかって、シミュラに着いたのはある早春の午後のことだった。街から一マイルばかり離れた丘の上で、スパーホークは手綱を引いて馬を止めた。

「もう一度できますかね」とセフレーニアに尋ねる。

「誰が、何をです」

「フルートですよ。もう一度、誰もこちらに気がつかないようにできるでしょうか」

「わかりません。自分で訊《き》いてみたらどうですか」

「訊いてみてくださいよ。わたしはあまり好かれてないみたいなんです」

「どこからそんなことを考えついたんです。フルートはあなたを気に入っていますよ」

セフレーニアはわずかに身をかがめ、自分に寄りかかっている少女にスティリクム語で話しかけた。

フルートはうなずいて、片手で円を描くような奇妙な仕草をして見せた。

「何て言ってます」とスパーホーク。

「大まかに言うと、騎士館はシミュラの街の反対側にあるから、街を突っ切るよりも迂《う》回《かい》したほうがいいといったようなことです」

「大まかに言うと?」

「翻訳できない部分が多いのですよ」

「わかりました。それで行きましょう。シミュラに戻ってきたことをアニアスに知られたくはありませんから」

一行は街を迂回して進み、街の外壁からつねに一マイルほど離れるようにしながら、野原やまばらな木立の中を突っ切っていった。シミュラはあまり魅力的な街ではないとスパーホークは思った。街の立地と風の関係からだろうか、何千という煙突から吐き出された煙は、まるで街全体を覆う屋根のように、いつまでも街の上空にとどまっている。低くたなびく煙の雲のおかげで、街はひどく陰気に見えた。

やがて一行は、騎士館の壁から半マイルばかりのところにある茂みまでたどり着いた。農作業中の農民の姿がまたもあちこちに見られるようになり、東門を抜けた先の街道には、色とりどりの服装の旅人の姿が見受けられた。

「そろそろ始めるように言ってください」スパーホークがセフレーニアに声をかけた。

「このあたりには、アニアスの手先がかなり紛れこんでいるでしょうからね」

「フルートにもわかっていますよ。この子はばかではありません」

「ええ。ばかではなくて、小さな魔女ですね」

フルートは騎士に向かって顔をしかめて見せ、笛を吹きはじめた。ヴァーデナイスで吹いたのと同じ、眠気を催しそうなものうい曲だ。

一行は畑を横切り、騎士館の外に点在するわずかな家々のほうに足を向けた。あたりの人々が気づくことはないとわかっていても、スパーホークは本能的に緊張していた。

「気を楽にしなさい、スパーホーク」セフレーニアの声が飛んだ。「フルートがやりにくいそうです」

「すみません。身についた習慣でね」スパーホークは努力して気持ちを落ち着けた。

職人が何人か、砦《とりで》の門に通じる道を補修していた。

「間諜《スパイ》だ」クリクがつぶやく。

「どうしてわかる」

「敷石の並べ方を見てくださいよ。とても真面目にやってるとは思えない」

「なるほど、いささかいい加減だな」補修された部分の敷石に厳しい目を向けて、スパーホークは顔を上げようともしない男たちのあいだを通り抜けた。

「アニアスは耄碌《もうろく》したんじゃないですか。こんな見え透いたことをするやつじゃないはずですがね」

「ほかに考えなくちゃならんことが多すぎるんだろう」

跳ね橋まで街路を進み、橋を渡って中庭に入る。門を守っている騎士たちはまったく気づかない。

若い見習い騎士が中庭のまん中にある井戸から水を汲《く》み上げていた。井戸の上に取り付けられた巻上機の把手《とって》を懸命に回している。最後に華やかな旋律を吹いて、フルートが笛を口から離した。

見習い騎士は息を詰まらせたような声を上げ、剣に手を伸ばした。巻上機がきしんで、桶《おけ》が井戸の中に落ちる。

「いいんだ、ブラザー」スパーホークが馬を下りながら声をかけた。

「どうやって門を通り抜けたんです」見習い騎士が叫ぶ。

「聞いても信じられないよ」クリクが去勢馬の背から下りながら答えた。

「失礼しました、サー・スパーホーク」見習い騎士は口ごもった。「驚いてしまったもので」

「いいんだ。カルテンはもう戻っているか」

「はい、ほかの騎士団の方々とごいっしょに、しばらく前にお戻りになりました」

「よかった。どこへ行けば会えるかわかるかね」

「ヴァニオン卿の書斎にお集まりだと思います」

「ありがとう。馬の面倒を頼めるかな」

「もちろんです、サー・スパーホーク」

一行は騎士館の中に入り、中央の廊下を通って南の突き当たりまで行くと、塔の狭い階段を上った。

「サー・スパーホーク」扉を警護している若い騎士の一人がうやうやしく声をかけた。「ヴァニオン卿にお取り次ぎいたします」

「ありがとう、ブラザー」

騎士はノックをして扉を開いた。「サー・スパーホークがおいでです」

「そろそろだと思った」部屋の中からカルテンの声がした。

「どうぞお入りください」若い騎士は一礼して脇にどいた。

ヴァニオンがテーブルの前に座っていた。カルテンとベヴィエとアラスとティニアンが、一行に挨拶しようと椅子から立ち上がる。ベリットとタレンは部屋の隅の長椅子に腰をおろしていた。

「いつ戻ったんだ」カルテンと荒っぽい握手を交わしながらスパーホークが尋ねた。

「先週のはじめだ。そっちはずいぶん手間取ったな」

「長旅になってしまったのさ」何も言わずにティニアン、アラス、ベヴィエの三人と手を握り合い、ヴァニオンに一礼する。「閣下」

「スパーホーク」ヴァニオンがうなずく。

「知らせは届きましたか」

「二通だけだが」

「よかった。それなら向こうでの出来事もほとんどご存じということです」

ヴァニオンはまじまじとセフレーニアを見つめた。

「あまりお元気そうではありませんな、小さき母上」

「大丈夫です」教母はそう答え、片手で弱々しく目元をぬぐった。

「座ってください」カルテンが椅子を勧める。

「ありがとう」

「ダブールでは何があったんだ」ヴァニオンの目つきが鋭くなる。

「医者を見つけました。アニアスが女王に盛ったのと同じ毒に冒された人たちを、確かに治癒させていました」

「ありがたい！」ヴァニオンはふうっと息を吐き出した。

「まだ喜ぶのは早いですよ、ヴァニオン」セフレーニアが言った。「治療法はわかりましたが、使う前にまず見つけださなくてはなりません」

「よく意味がわかりませんね」

「あの毒は非常に強力なもので、魔法を使わないと解毒できないのです」

「医者は呪文を教えてくれたのですか」

「呪文は関係ありません。この世界にはいくつか、強い力を持った品があります。そうした品を一つ、見つけなくてはならないのです」

ヴァニオンは眉をひそめた。

「時間がかかるな。そういう品は、盗まれないように隠されているはずだ」

「でしょうね」

「その毒薬だってことは間違いないのか」カルテンがスパーホークに尋ねた。

スパーホークがうなずく。「マーテルに確認した」

「マーテルに！　殺す前に話し合う時間があったのか」

「まだ殺してない。ちょうど間が悪くてな」

「あいつをやっつけるのに、間が悪いも何もあるものか」

「見つけたときはおれもそう思ったんだが、セフレーニアに言われて双方とも剣を引いたんだ」

「あなたにはがっかりですよ、セフレーニア」とカルテン。

「その場にいたのでなければわからないでしょう」

「その医者が使った品を、そのままもらってくればよかったんじゃないのか」ティニアンが口をはさんだ。

「粉にしてワインに混ぜて、患者に飲ませてしまったんだよ」

「そういう使い方をするものなのか」

「いや、実はそうじゃない。セフレーニアはかなり厳しい言葉で、医者にその点を指摘していた」

「一から始めるしかないようだな」ヴァニオンが言った。

「そうです」スパーホークは腰をおろした。アラシャムの〝聖なる護符〟のことと、老人の天幕を訪れることになった顚末《てんまつ》を簡単に物語る。

「またずいぶん大胆にわが国王陛下の名前を使ってくれたもんだな、スパーホーク」ティニアンが文句を言った。

「オブラー陛下にはお知らせしなくてもいいんじゃないかな。レンドー国から遠く離れた国の名前を使いたかっただけなんだ。アラシャムは、ディラ国がどこにあるかもよく知らないと思うね」

「だったらどうしてサレシア国から来たって言わなかったんだ」

「アラシャムがサレシア国という国を知ってるかどうか、自信がなかったんだ。とにかくその〝聖なる護符〟はいんちきだとわかりました。そこにはマーテルもいて、新しい総大司教の選挙のときまで蜂起を延期するように説き伏せていたんです」そしてスパーホークは、白髪の男の計画を出し抜いた経緯を語った。

「おまえはおれの誇りだよ」カルテンが称讃《しょうさん》の声を上げた。

「どうもありがとう。どうやらうまくいったよ」スパーホークが謙遜して答える。

「アラシャムの天幕を出て以来、ずっと自画自賛していたのですよ」セフレーニアはそう言って、ヴァニオンに向き直った。「ケリスが死にました」

ヴァニオンは沈んだ顔でうなずいた。「知っています。よくわかりましたね」

「亡霊がやってきて、剣をセフレーニアに託したんです」スパーホークが答えた。「ヴァニオン、これだけは何とかしないと。セフレーニアにこれ以上の剣と、その象徴するものを負わせるわけにはいきません。一人斃《たお》れるたびに、どんどん衰弱しているんです」

「わたしは大丈夫ですよ」とセフレーニア。

「お言葉を返すようですが、小さき母上、どう見たって大丈夫じゃないですよ。もう顔を上げるだけで精いっぱいじゃないですか。あと二本剣が増えたら、立ち上がることもできなくなってしまう」

「剣は今どこに」ヴァニオンが尋ねた。

「箱に入れて、驢馬の背にくくりつけてあります」クリクが答える。

「持ってきてくれないか」

「今すぐに」クリクはドアに向かった。

「何を考えているのです、ヴァニオン」セフレーニアが疑わしげに尋ねる。

「剣はわたしが預かります」と肩をすくめ、「それに伴うすべての重荷とともに」

「無理です」

「できますよ、セフレーニア。わたしも玉座の間にいたんです。どの呪文を使えばいいかもわかっている。あなたが重荷を背負わなくてはならないと決まっているわけではないんだ。あの場にいた者なら誰でもいいのですからね」

「あなたの力では支えきれないでしょう」

「腕いっぱいに重荷を抱いたあなたを身体ごと抱え上げられますよ、教母様。現状では、わたしよりあなたのほうが重要だ」

「でも――」

ヴァニオンは片手を上げて、セフレーニアの言葉をさえぎった。

「議論はこれまでです。騎士団長はわたしだ。あなたの承諾があろうとなかろうと、剣はわたしが預かります」

「どういうことかわかっていないのですよ、愛しい人《マイ・ディアレスト》。やらせるわけにはいきません」

セフレーニアの目から涙があふれた。いつも超然としている教母らしくもなく、感情的に両手をもみ絞る。「絶対にだめです」

「止めても無駄ですよ」ヴァニオンは優しく答えた。「必要とあれば、あなたの手を借りなくても呪文はかけられます。呪文を秘密にしておきたかったら、大声で唱えたりしないことですね、小さき母上。わたしの記憶力がとてもいいことくらい、知っていてもよさそうなものでした」

セフレーニアはヴァニオンを見つめた。

「驚きましたね、ヴァニオン。若いころはそんなに意地悪ではありませんでしたよ」

「人生とは、そうした小さな失望の積み重ねですよ」

「止めてみせます」セフレーニアはなおも手をもみ絞りながら叫んだ。「わたしにどれほどの力があるか、忘れているようですね」甲高い声には勝ち誇った響きがあった。

「もちろん、あなたの力は大したものだ。だからこそ助力をお願いしたのです。しかし十人の騎士が声をそろえて呪文を唱えたら、対処できますかな。五十人なら？　五百人なら？」

「卑怯《ひきょう》ですよ！　そこまでやるつもりはないでしょう、ヴァニオン。信じています」

「信じていただいたほうがよろしいでしょうな」ヴァニオンはいきなり威圧的な態度に出た。「あなたが犠牲になるのを認めるわけにはいきませんからね。無理にでも預からせていただく。そうするのが正しいということはおわかりのはずだ。重荷をわたしに引き渡しなさい。あなたには何よりも大切な仕事があるのです。それを完遂するためには、どんな犠牲も厭《いと》ってはいられないのですよ」

「ヴァニオン、愛しい人――」セフレーニアが声を荒らげる。

「さっきも言ったように、議論はこれまでです」ヴァニオンは教母の言葉をさえぎった。

セフレーニアとヴァニオンが睨《にら》み合ったまま、長くぎこちない沈黙が続いた。

「ダブールの医者は、女王を癒《いや》すのに必要な品の手掛かりか何かを教えてくれたのですか」ベヴィエが不安げな顔でスパーホークに尋ねた。

「ダレシアの槍《やり》、ゼモックの指輪、ペロシアのどこかにある腕輪、それにサレシアの王冠の宝石といった名前を挙げていた」

アラスがうめいた。「ベーリオンか」

「なら簡単じゃないか」とカルテン。「サレシア国に行って、ウォーガン王に王冠を借りてくればいいんだ」

「王冠はない」アラスが言った。

「どういう意味だ、王冠がないっていうのは。ウォーガンはサレシア国王なんだろ」

「王冠は五百年前になくなった」

「何とか探し出せないか」

「探し出せるとは思う」巨漢のサレシア人が答える。「ただ、五百年探しつづけたが、まだ見つからない。そんな時間があるか」

「何なんだ、そのベーリオンっていうのは」ティニアンが尋ねた。

「伝説によると、薔薇《ばら》の形に彫り上げられたとても大きな青玉《サファイア》だ。トロールの神々の力を秘めていると言われる」

「本当にそうなのか」

「知らん。見たことがない。なくなったと言ったろう」

「ほかにもそうした品はあるはずです」セフレーニアが口をはさんだ。「わたしたちが住んでいるのは魔法にあふれた世界です。時の始まりこのかた、神々にはそのような品を作る時間が無限にあったはずなのですから」

「自分で作るわけにはいかないんですか」とカルテン。「人を集めて、何かに呪文をかけさせるとか。宝石でも石でも指輪でも、何でもいい」

「どうしてあなたの秘儀の腕前がちっとも上達しないのか、わかったような気がしますよ」セフレーニアはため息をついた。「基本的な原理すら理解できていないとは。魔法というのはすべて神々に発するもので、わたしたちの内にあるものではないのです。正しいやり方で頼めば、神々は魔法を〝貸して〟くれます。でも今問題になっているような品をわたしたちが作ることは、決して認めてはくれません。魔法の品に封じこめられる力は神々自身の力の一部であり、軽々しくそのような品を下げ渡してはくれないのですよ」

「へえ、知りませんでした」

「知っているはずですよ。十五歳のときに教えてあります」

「忘れちまったみたいですね」

「とにかく探しはじめるしかない」ヴァニオンが言った。「各騎士団長にも要請して、聖騎士は全員で探索に当たることにする」

「わたしは山のスティリクム人に応援を頼みましょう」とセフレーニア。「スティリクム人にしか知られていない品も多いはずです」

「マデルでは、何か面白いことはあったのか」スパーホークがカルテンに尋ねた。

「大してなかった」とカルテン。「何度かクレイガーを見かけたんだが、いつも遠くからでな。駆けつけてみると、寸前で逃げ出してるんだ。まったくすばしこい鼬《いたち》野郎だよ」

スパーホークはうなずいた。

「クレイガーが罠の餌だろうと思ったのもそのせいだ。やつが何を企んでるかわかったか」

「いいや。あまり近づけなかったんだ。でも何か企んでるのは間違いない。チーズ工場の中の鼠《ねずみ》みたいに駆けずりまわってたからな」

「アダスは消えたままか」

「まあな。タレンとベリットが一度見かけてるが――クレイガーといっしょに街から出ていくのを」

「どっちへ向かった」スパーホークは少年に尋ねた。

タレンは肩をすくめた。

「最後に見たときには、ボラッタのほうに向かってた。でも見えなくなってから方向を変えたかもしれないよ」

「大きいほうは腹に包帯を巻いて、腕を吊っていました、サー・スパーホーク」とベリット。

カルテンが笑い声を上げた。

「どうやら思ってた以上の手傷を負わせてたらしいじゃないか」

「努力してるんだ」スパーホークがむっつりと答える。「アダスを厄介払いするのは、おれの人生の目標の一つだからな」

ドアが開いて、クリクが斃《たお》れた騎士の剣を納めた木の箱を持って戻ってきた。

「どうしてもやる気ですか、ヴァニオン」セフレーニアが尋ねた。

「ほかに選択の余地はないと思いますな。あなたは動きまわらなければならない。わたしの仕事は座っていてもできます。寝台に横たわっていても、もしかすると死んでいてさえ」

セフレーニアの目がごくかすかに動いた。ほんの一瞬、フルートに目を向けたのだ。少女はしっかりとうなずいた。そのことに気づいたのは自分だけだろうとスパーホークは思った。なぜかひどく気持ちが動揺した。

「一度に一本ずつ引き受けなさい」セフレーニアがヴァニオンに指示した。「すさまじい重さですから、時間をかけて慣らしていく必要があります」

「剣を持ったことくらいありますよ、セフレーニア」

「これは普通の剣ではありません。それに剣そのものの重さのことを言っているのでもありません。それにともなう重荷が大変なのです」木箱を開けて、アーシウム国でアダスに殺された若い騎士、サー・パラシムの剣を取り出す。セフレーニアは刃のほうを手に持って、柄《つか》をヴァニオンの前に差し出した。

ヴァニオンは立ち上がり、剣を受け取った。

「間違えたら言ってくださいよ」そう言ってから、騎士団長はスティリクム語を唱えはじめた。セフレーニアも声を合わせたが、その声はか細く、確信に欠け、目には疑いの色があった。呪文が最高潮に達すると、いきなりヴァニオンの膝が崩れた。顔が土気色になっている。「神よ《ディア・ワン》！」騎士団長はあえぐように叫び、剣を落としそうになった。

「大丈夫ですか、あなた」セフレーニアが声を上げ、手を伸ばして支えようとする。

「ちょっと息を整えさせてください」とヴァニオン。「よくこんなのに耐えていられましたね、セフレーニア」

「しなければならないことをするだけです。もう楽になってきました。残る二本はこのままでいいでしょう」

「そうはいきません。次は誰が斃《たお》れるかわからないのですからね。そうしたらその騎士は、剣をあなたのところへ届けることになる。その時あなたが一本の剣も引き受けていないようにしておかなくては」ヴァニオンは背筋を伸ばした。「いいですよ。次をお願いします」

25

その夜、スパーホークはいつになく疲れきっていた。レンドーで無理をしたつけが一気に回ってきたかのようだ。だが肉体は疲労困憊《こんぱい》しているのに、騎士は寝つけないまま、独房のような部屋の狭い簡易寝台の上でしきりに寝返りを打っていた。満月の青白い光が、細長い窓越しにまともに顔を照らしている。スパーホークは低く悪態をつき、毛布をかぶって月明かりを締め出した。

少し眠ったのかもしれないし、眠らなかったのかもしれない。何時間にも思えるあいだ、騎士は眠りと覚醒《かくせい》の境界線上を漂っていた。柔らかな眠りの戸口をくぐろうとするのだが、どうしてもくぐれない。とうとうスパーホークは毛布をはねのけ、身体を起こした。

もうほとんど春といっていい時期だ。永遠とも思えた冬が終わろうとしているのに、事態はどれだけ進展したというのか。月が移り、エラナの命は縮んでいく。クリスタルの墓からの解放に、本当に少しでも近づいたのだろうか。真夜中の冷たい月の下、スパーホークはぞっとするような思いにとらわれた。このすべてが、アニアスとマーテルの仕組んだ大掛かりな偽計だということは考えられないだろうか。目的はただ一つ、スパーホークを引きずりまわして時間を稼ぎ、何も感じることのできないエラナの残された時間を尽きさせてしまうことだ。実際、シミュラに戻ってこのかた、事件から事件へと走りまわっているではないか。そうやって潰《つぶ》してきた敵の計画は、最初から成功することなど考えられていなかったのかもしれない。時間稼ぎが唯一の目的なのだ。実は自分は、すべてを背後から操っている人物だか存在だかの 掌《てのひら》の上で、踊らされているだけなのかもしれない。そいつはスパーホークが腹を立てるのを見て喜び、駆けずりまわるのを見て楽しんでいるのだ。ふたたび横になると、騎士はそのことを考えつづけた。

急な寒気を感じて目が覚めた。骨まで食いこんでくるような寒気だ。目を開ける前から、部屋に誰かいることがわかった。

簡易寝台の足元のほうに、甲冑《かっちゅう》をつけた人影が立っていた。月光が磨き上げた黒い鋼鉄に照り映えている。今やお馴染みとなった、納骨堂のようなにおいがした。

「目覚めよ、サー・スパーホーク。語りたいことがある」ぞっとするような虚《うつ》ろな声で影が言った。

スパーホークは起き上がった。

「起きているよ、ブラザー」亡霊が面頬を上げると、知っている顔があった。「残念だ、サー・タニス」

「人はみな死す」亡霊が答えた。「わが死は無為なる死ではない。されば死者の家にても慰めはあろう。聞くがいい、スパーホーク。わが時は限られている。これより汝《なんじ》に指示を与えよう。そのためにこそ死んだのだから」

「承ろう、タニス」

「今宵《こよい》のうちにシミュラの大寺院の地下、納骨堂に赴くべし。いまだ安らげぬ亡霊がいて、汝にさらなる指示を与えよう」

「誰の亡霊だ」

「行けば知れよう」

「言われたとおりにしよう、ブラザー」

寝台の足元に立った亡霊が剣を抜いた。

「今はこれまで、スパーホーク。無間《むげん》の静寂《しじま》に立ち戻る前に、まずこの剣を渡さねばならん」

スパーホークはため息をついた。「わかっている」

「挨拶を、ブラザー。さらばだ」亡霊が言った。「わがために祈りたまえ」亡霊は背を向け、音もなく部屋から出ていった。

シミュラの大寺院の塔が星空を覆い隠し、青白い月が西の地平線に低くかかって、街路には銀の光と漆黒の影が満ちている。スパーホークは細い路地を音もなく移動し、路地の出口の深い影の中に身を沈めた。通りの向こうには大寺院の正門が見える。騎士は旅のマントの下に鎖帷子《くさりかたびら》を着こみ、腰には軽めの剣を吊っていた。

大寺院の扉は二人の教会兵が守っていたが、スパーホークには気にもならなかった。青白い月影に赤い制服は色を失い、門衛はだらしなく聖堂の石壁に寄りかかっていた。スパーホークは状況を考慮した。この正門は大寺院への唯一の入口だ。ほかの出入口はすべて鍵がかけられている。教会法に定められているわけではないが、教会の正門に鍵をかけることは、慣習として禁じられていた。

二人の門衛は眠そうで、油断しきっている。通りはそう広いものではない。すばやく駆け抜ければ大丈夫だろう。スパーホークは背筋を伸ばし、剣に手をかけた。と、その動きが止まった。どうも気に入らない。怖《お》じ気《け》づいたわけではないが、今夜の会見に血塗られた手で出かけてはいけないような気がした。それに大寺院の正門前の階段に死体が二つ転がっていたら、誰かが芳しくない目的で中に入りこんだと喧伝《けんでん》しているようなものだ。

要するに通りを横切って中に滑りこむあいだ、ほんのわずかな時間があればいいだけなのだ。スパーホークは考えこんだ。どんな手を使えば、二人の門衛を持ち場から引き離すことができるだろう。六つばかり思い浮かんだ案の中から、最終的に一つを選んだ。それを思いついたときには、つい笑みがこぼれてしまった。心の中で呪文を復唱し、間違っていないことを確認してから、小さく声に出してスティリクム語を唱える。かなり長い呪文だった。多岐にわたって細部をきちんと決めておかなくてはならないのだ。唱え終わると片手を上げ、騎士は呪文を解き放った。

通りの先に女の姿が現われた。ビロードのマントを着て、フードはかぶっておらず、長い金髪が背中に垂れている。顔立ちは信じられないほど愛くるしかった。蠱惑的《こわくてき》な優雅さで大寺院の扉に歩み寄り、階段の前で足を止めると、今ではすっかり目の覚めた二人の門衛を見上げる。言葉は何も発しなかった。何か言わせるとなると呪文が恐ろしく複雑になってしまうし、何も言う必要などなかったからだ。女はゆっくりとマントの紐《ひも》をほどき、前を開いた。マントの下には何も着ていない。

スパーホークの耳に、門衛たちの息を呑《の》む音がはっきりと聞こえた。

肩越しに誘うような視線を投げて、女は街路を戻りはじめた。二人の門衛は女のうしろ姿を見やり、互いに顔を見合わせ、左右を見渡して誰も見ていないことを確かめると、槍を石壁に立てかけて階段を駆け下りた。

女は角の松明《たいまつ》の下で足を止め、もう一度手招きをすると、光の輪の中から歩み出て脇道に姿を消した。

門衛たちがそれを追って走る。

スパーホークは二人が角を曲がる前に、もう路地の影の中から飛び出していた。通りを横切り、二段ずつ階段を駆け上がり、一枚の扉の重い把手《とって》をつかんで引っ張る。中に滑りこむと、あの二人が消えてしまった女の幻影をいつまで探しつづけるだろうかと思って、小さな笑みが浮かんだ。

大寺院の中は薄暗くてひんやりしており、香と蠟《ろう》のにおいがした。祭壇の左右に一本ずつ灯された細い蠟燭《ろうそく》が、スパーホークとともに聖堂の中に入ってきた夜の吐息《といき》に小さく揺れている。その光は瞬《また》く点のようで、祭壇を飾る黄金と宝石に、ほんのわずかに反射しているだけだった。

スパーホークは静かに中央通路を進んだ。背中が緊張にこわばっている。深夜ではあったが、大寺院の敷地内に居住している多くの聖職者の一人がひょっこり姿を現わす可能性はつねにある。スパーホークはこの訪問を秘密にしておきたかった。ばったり出くわして騒ぎになるような事態は避けたい。

祭壇の前でちょっとひざまずいてすぐに立ち上がり、格子で仕切られた薄暗い通廊を通って司祭室のほうに向かう。

前方に明かりが見えた。大きくはないが、しっかりした光だ。スパーホークは壁に張りつくようにして近づいた。カーテンをかけたアーチ形の戸口がある。厚い紫色のカーテンを指一本分ほど慎重に押し分けて、騎士は中を覗《のぞ》いた。

アニアス司教が、聖域内の小さな石の祭壇の前にひざまずいていた。サテンの衣装ではなく修道士の粗織りのローブを着ている。やつれた顔は自己嫌悪に苦しげに歪《ゆが》み、指が抜ければいいとでも思っているかのように両手を激しく振りまわしている。涙が顔を濡らし、喉《のど》の奥からは苦しげな息遣いが聞こえた。

スパーホークの顔がこわばり、手が剣の柄《つか》をまさぐった。大寺院の正門の前にいた兵士たちなら見逃してもいい。あの二人を殺しても殺さなくても、真の目的の達成には何の影響もないからだ。しかしアニアスとなれば話はまったく別だった。司教は独りだ。躍りこんで剣を一閃《いっせん》させれば、エレニアの汚濁の根を永久に断つことができる。

シミュラの司教の命は、その瞬間、スパーホークの手の中にあった。騎士は生まれてはじめて、武器を持たない人間を殺そうとしていた。そのとき、少女っぽさの残る軽やかな声が聞こえ、目の前に豊かな金白色の髪と、揺らぐことのない灰色の瞳が見えたような気がした。スパーホークは残念そうにビロードのカーテンを閉じ、女王の命令に従った。たとえ意識はなくとも、女王は優しい手を差し伸べて、スパーホークの魂が堕落するのを救ってくれたのだ。

「命は預けておくぞ、アニアス」低い声でつぶやいて、騎士は司祭室の横の廊下を先へ進み、納骨堂の入口に向かった。

納骨堂は大寺院の地下にあり、中に入るには石の階段を下りるようになっている。階段の上の壁に脂のこびりついた燭台があって、そこに獣脂蠟燭が一本だけ灯されていた。音を立てないように気をつけながら、スパーホークは蠟燭を二つに折り、燭台に残ったほうに火を移してから、残り半分を手に持って階段を下っていった。

階段の下の扉は重い青銅製だった。スパーホークは掛け金を握りこむようにして、ボルトが完全にはずれたと思えるまで、ごくゆっくりと回した。それから一度に数インチずつ、厚い扉を押し開ける。静寂の中では、蝶番《ちょうつがい》のきしむかすかな音もひどく大きく感じられた。もっとも、上の聖堂までは伝わらないだろうというくらいのことはわかる。どのみちアニアスは自分のことだけで手いっぱいで、気がつきはしないはずだ。

納骨堂の中は広くて天井が低く、冷え冷えとしてかび臭いにおいがした。スパーホークが手にした蠟燭の黄色い明かりはあまり遠くまで届かず、その光の輪の向こうには広大な空間が闇の中に広がっていた。天井を支えるアーチ形の梁《はり》は蜘蛛《くも》の巣にまみれ、不規則に連なる角ごとに濃い闇がわだかまっている。スパーホークは背中を押しつけるようにして、ゆっくりと慎重に青銅の扉を閉ざした。運命の扉が閉まるような虚ろな音が納骨堂に響いた。

大寺院の地下深く、納骨堂は変化のない闇の中に閉ざされた。丸天井と蜘蛛の巣だらけの梁の下、かつてエレニアを支配した者たちが無言のまま列をなして、埃《ほこり》に覆われた胸像の下の、傷んだ大理石の柩《ひつぎ》に瞑《ねむ》っている。このじめじめした地下の部屋で、二千年におよぶエレニアの歴史がゆっくりと塵《ちり》に還《かえ》ろうとしているのだ。暴君が名君の隣に、暗愚の王が賢人王と並んで横たわっている。死の前には誰もが平等だ。慣例として作られる葬儀用の像が石壁を飾り、また多くの石棺の四隅に据えられて、静まり返った墓所をさらにもの哀しい場所にしている。

スパーホークは身震いした。血と骨と肉が鋭く輝く鋼とぶつかり合うのには慣れているが、この冷たく埃っぽい静寂はそれとは異質のものだ。どっちへ進んだものだろうか。サー・タニスの亡霊はあまり詳しい指示を与えてくれなかった。落ち着かない気分で、納骨堂の扉の前に立ったまま待ちつづける。ばかばかしいとは思いながらも、片手は剣の柄《つか》を握っていた。この恐ろしい場所で現世の武器が役に立つと思ったわけではなく、むしろ安心感を得るための行動だった。

最初、その声は息遣いのようにひそやかだった。納骨堂の中の空気が、ゆるりと動いたような気がしただけだ。ふたたび空気が動いて、今度は少し大きく「スパーホーク」と聞こえた。ため息のような、虚ろなささやきだ。

スパーホークは蠟燭を掲げて闇の中を見透かした。

「スパーホーク」またしても声が聞こえた。

「ここにいる」

「こっちへ来い」

ささやく声は比較的新しい柩の列のあたりから聞こえてくるようだった。足を進めると、いよいよその思いが強まる。やがてスパーホークはある石像の前で足を止めた。エラナ女王の父親、アルドレアス王の名前のある柩だった。亡き王の像の前に立つ。スパーホークが献身を誓いながらも、尊敬することのできなかった王だった。石像を彫った職人はアルドレアスの顔立ちに威厳を持たせようと努力したようだが、それでもなお弱さは見て取れた。性急そうな表情と弱々しい顎《あご》の線にそれが表われている。

「挨拶を、スパーホーク」声は大理石の蓋《ふた》の上の彫像からではなく、柩そのものの中から聞こえてくるようだった。

「挨拶を、アルドレアス」スパーホークは答えた。

「今も余に敵意と軽蔑を感じおるか、わが擁護者よ」

スパーホークの心の中に無数の軽侮の言葉が躍った。自分はかつてこの男に侮辱され、恥をかかされたのだ。しかしその男の影は、今この大理石の墓所の中から哀れな声で語りかけてきている。死者の胸にナイフを突き立てて何になろう。スパーホークは静かに王を許した。

「そのように感じたことなどありませんよ、アルドレアス。あなたはわたしの王でした。それがすべてです」

「優しいのだな、スパーホーク」虚ろな声にため息が混じった。「優しき言葉は、非難の言葉にも増してわが実体なき胸を引き裂く」

「申し訳ありません」

「余は王冠にふさわしからぬ者であった」墓所からの声には悲しげな悔恨の響きがあった。「余には理解できぬ数多《あまた》のことが生起し、しかも余は周囲の者をみな友人と思っておった。だがそれは間違いであった」

「わかっていましたが、お守りする方法がなかったのです」

「余には余を取り巻く陰謀を知る術《すべ》がなかった。そうではないか、スパーホーク」亡霊はアルドレアスの生前の行ないを何とか説明し、正当化しなければ気が済まないようだった。「余は教会を敬うよう育てられた。さればこそ、シミュラの司教を誰よりも信頼した。司教が余を亡き者にしようと意図していたなどと、どうして知れよう」

「わからなくて当然です」そう言うのは難しいことではなかった。アルドレアスはもはや敵ではない。罪の意識に苛《さいな》まれる亡霊を慰められるのなら、わずかな言葉を惜しむことはない。

「だが、わが子に背を向けたりすべきではなかった」アルドレアスの声は苦渋に満ちていた。「これこそ余のもっとも悔悟するところだ。司教は余と娘を対立させた。あのような偽りの助言に耳を貸すべきではなかったのだ」

「エラナにはわかっていますよ。敵はアニアスであって、陛下ではないことが」

長い間があった。

「わが愛《いと》しい、愛しい妹はどうなった」亡き王の言葉は、憎しみに食いしばった歯のあいだから押し出されてきたもののように響いた。

「いまもデモスの尼僧院におります」スパーホークはできる限り感情を込めないようにして答えた。「あそこで死ぬことになるでしょう」

「では、あれの亡骸《なきがら》はデモスに埋葬してくれ。余を殺した下手人を余の隣に葬って、わが眠《ねむ》りを妨げることのなきよう」

「殺した？」スパーホークは慄然《りつぜん》となった。

「あれは余を疎《うと》ましく思うようになっておったのだ。追従屋にして情人たるアニアス司教が、内密にあれを余の寝室に手引きした。あれはひたすら奔放に、思いがけぬほどの激しさで余を消耗させ、それから余に飲み物を手渡した。毒とも知らずに、余はそれをあおった。力の抜けた余の姿を見て、あれは裸身のまま嘲笑《ちょうしょう》した。顔を憎しみと蔑《さげす》みに歪めて、余を嘲《あざけ》った。復讐を遂げてくれ、わが擁護者よ。邪悪なる妹とその卑劣なる情人を討ち果たしてくれ。あの者たちは余をおとしめ、正当なる嗣子から王位を簒奪《さんだつ》した。子供のころから愚かにも余が疎《うと》んじた、わが一人娘から」

「この世に生きてある限り、かならずや仰せのとおりにいたしましょう」

「わが娘がふたたび玉座に着きしあかつきには、愛していたと伝えてやってくれ」

「その日が訪れましたなら、かならずや」

「頼んだぞ、スパーホーク。さもなくばエレニアのすべても無に等しい。エラナのみが、エレニアの正統を継ぐべき者なのだ。わが妹とシミュラの司教の穢《けが》れた果実に玉座を許してはならぬ」

「剣にかけて阻止してみせましょう」スパーホークは熱っぽく誓った。「この週が終わる前に、三人はみずからの血の中に倒れて死んでいることでしょう」

「復讐にはやって命を縮めるか、スパーホーク。そのような犠牲が、わが娘に玉座を取り戻す何の役に立とう」

死んだアルドレアスは生きていたころよりもずっと賢明だ。スパーホークはそう思った。

「復讐は機が熟したときに果たされればよい。まずはわが娘エラナのために玉座を奪還することだ。そのために、余はいくつか真実を明かすことを許されておる。聞くがよい。娘のためには、いかなる薬も、力の劣る護符の類も役立つことはない。ただベーリオンのみに、エラナを癒《いや》すことができるであろう」

スパーホークの気持ちは沈んだ。

「落胆には及ばぬ、スパーホーク。ベーリオンが隠された場所から顕《あら》われ、地上にその力を振るう時が近づいておるのだ。ベーリオンは独自の時と目的に従っており、そして今、人がその目的を完遂すべき時が迫っておる。世界じゅうのいかなる力も、ベーリオンがふたたび日の光の下に現われるのを阻止することはできぬ。あらゆる国がその出現を待っておる。だが、ベーリオンを見出す者はそなたでなければならぬ。なぜならば、そなたの手の中においてのみ、ベーリオンは持てる力をすべて発揮して、今すでに地上を冒しつつある闇の力を退けることができるのだ。そなたはもはや、独り余の擁護者ではない。全世界の擁護者なのだ。そなたが失敗すれば、すべてが失われよう」

「どこを探せばいいのです、陛下」

「それを明かすことは許されておらぬ。しかしながら、ベーリオンを手に入れし後、いかにしてその力を解き放つかを教えることはできる。今そなたの手を飾る血のごとく赤き指輪と、生前の余の手を飾りし同じ指輪、この二つの指輪は想像よりもはるかに古いものだ。指輪はベーリオンを作ったと同じ者の手により作られた。ベーリオンの力を解き放つための鍵としてな」

「ですが、陛下の指輪はなくなってしまいました。シミュラの司教が王宮を隅から隅までひっくり返して探したのに、見つからなかったのです」

石棺の中から亡霊じみた笑い声が響いた。

「まだ余が持っておるのだ、スパーホーク。妹が最期《さいご》の口づけをして去りしあと、余に正気の瞬間が訪れた。指輪を敵の手に渡すことはできぬ。シミュラの司教のあらゆる努力にもかかわらず、指輪は余とともに埋葬されたのだ。考えよ、スパーホーク。伝説を思い起こすのだ。二つの指輪により余の祖先とそなたの祖先が絆《きずな》を結びしとき、そなたの祖先は余の祖先に、忠誠の印として槍を与えた。今こそその槍を返そう」

石棺から亡霊の手が伸びだした。手は柄の短い、幅広の刃のついた槍を握っていた。とてつもなく古い武器で、その象徴的な意味合いは何世紀も忘れ去られていた。スパーホークは手を伸ばし、アルドレアスの亡霊の手から槍を受け取った。

「誇りを持って受け取りましょう、陛下」

「誇りなどむなしいものだ、スパーホーク。その槍の重要さは、そのようなものをはるかに凌《しの》ぐ。刃を柄からはずして、中を覗いてみよ」

スパーホークは蠟燭を下に置き、片手を刃にかけて、硬い木製の柄をぐいとねじった。乾いた音がして柄と刃が分離する。古代の鋼鉄でできた柄の空洞を覗くと、血のように赤い紅玉《ルビー》が見つめ返していた。

「もう一つだけ言っておくことがある。そなたの探索が終わったとき、すでに娘が余とともに死者の家にあるならば、そなたは見つけだしたベーリオンを破壊せねばならぬ。それにより、そなたは命を落とすであろう」

「それほどの力がある品を、どうすれば破壊できるのです」

「余の指輪はそのまま槍の中に隠しておくがよい。すべてがうまく運んだならば、わが娘がふたたび玉座に復帰したとき、指輪を返してやってくれ。なれど先に娘が死したるときは、そなたはそのままベーリオンの探索を続けよ。一生かけても見つけだし、指輪を収めた槍をベーリオンの中心に力の限り突き立てるのだ。宝石は破壊され、指輪も砕け散るだろう――そしてそなたは命を失う。だがかならずやり遂げるのだ、スパーホーク。この世を支配せんとする闇の力に、ベーリオンが渡るようなことがあってはならぬ」

スパーホークは頭を下げた。「仰せのとおりに、陛下」

石棺からため息が聞こえた。

「ではこれまでだ。伝えるべきことはすべて伝えた。もはや思い残すこともない。余を失望させるでないぞ。挨拶を、スパーホーク。さらばだ」

「挨拶とお別れを、アルドレアス」

納骨堂は暗く空虚で、王室の柩が並ぶばかりだった。虚ろなささやきももはや聞こえてはこない。スパーホークは槍の柄と刃を元どおりにはめ込み、片手を伸ばして彫像の胸に触れた。

「安らかに瞑《ねむ》りたまえ、アルドレアス」小さくつぶやくと、古代の槍を手にした騎士は踵《きびす》を返し、静かに墓所を離れた。

本書は、一九九六年三月に角川スニーカー文庫より刊行された
『ダイアモンドの玉座』（下）を改題した新装版です。

訳者略歴　1956年生，1979年静岡大学人文学部卒，英米文学翻訳家　訳書『ダーウィンの剃刀』シモンズ，『コラプシウム』マッカーシイ，『眠れる女王』エディングス（以上早川書房刊）他多数

HM=Hayakawa Mystery
SF=Science Fiction
JA=Japanese Author
NV=Novel
NF=Nonfiction
FT=Fantasy

エレニア記②

水晶《すいしょう》の秘術《ひじゅつ》

〈FT420〉

二〇〇六年八月　十　日　印刷
二〇〇六年八月十五日　発行

（定価はカバーに表示してあります）

著　者　デイヴィッド・エディングス
訳　者　嶋《しま》田《だ》洋《よう》一《いち》
発行者　早川　浩
発行所　株式会社　早川書房

郵便番号　一〇一－〇〇四六
東京都千代田区神田多町二ノ二
電話　〇三－三二五二－三一一一（大代表）
振替　〇〇一六〇－三－四七七九九
http://www.hayakawa-online.co.jp

印刷・信毎書籍印刷株式会社　製本・株式会社明光社
Printed and bound in Japan
ISBN4-15-020420-9 C0197